山河盘游

王新建 著

陕西新华出版传媒集团
太白文艺出版社·西安

图书在版编目（CIP）数据

山河盘游 / 王新建著. -- 西安 : 太白文艺出版社, 2022.10（2023.1重印）
ISBN 978-7-5513-2155-6

Ⅰ.①山… Ⅱ.①王… Ⅲ.①散文集—中国—当代 Ⅳ.①I267

中国版本图书馆CIP数据核字（2022）第177913号

山河盘游
SHANHE PAN YOU

作　　者　王新建
责任编辑　谢　天
整体设计　建明文化
出版发行　陕西新华出版传媒集团
　　　　　太 白 文 艺 出 版 社
经　　销　新华书店
印　　刷　三河市同力彩印有限公司
开　　本　787mm×1092mm　1/16
字　　数　240千字
印　　张　17.75
版　　次　2022年10月第1版
印　　次　2023年1月第2次印刷
书　　号　ISBN 978-7-5513-2155-6
定　　价　59.00元

联系电话：029-81206800
出版社地址：西安市曲江新区登高路1388号（邮编：710061）
营销中心电话：029-87277748　029-87217872

独 唱

——王新建散文集《山河盘游》序

杨葆铭

一

宽敞的师范大学校园里松柏繁茂，碧草映阶。一个人行走在峻槐古柏笼罩的林荫道上，马上能感觉到，只有在黉门里才能涵养出的静气在周身缭绕。我掏出一支烟刚点着，又掐灭，觉得在这个地方不能吸烟，也不宜喧哗。走到林荫尽头的一个小石桌前停下来，听着从对面教室里传来的犹如春雨洒落在菽粟上的诵读声，看着洒满阳光的山坡上小草对大树的谦仰，我突然间对“沐浴”这个词好像有了新的理解。

这是1992年的秋天。在之前将近大半年的时间，为编一部《报刊志》，我窝在一个潮湿阴冷的资料室里，每天在故纸堆里寻章摘句，好不容易将志书所需的年表、史例归拢得差不多了，一抬头，看到艳丽盛装的夏日已经过去，落木千山的萧索秋景又嵌进天窗。这时，海珺打来电话说：“过来，咱中午‘闹’上一瓶，下午给文学社的同学搞个讲座。”放下电话，推着自行车往出走，刚走到大门口，碰见被同事尊为“贤达”的老梁——梁志彬。他一把拽住自行车，让我中午和他到市场沟吃老碗面。我说：“今儿顾不上，要到师范大学搞个讲座。”“讲座？啥年月了，讲的什么‘座’？”“贤达”的一句调侃语带奚落，闹得我心里不畅快。及至后来将积下的一摞报纸翻开一看，只见“东方风来，春潮在望”的写意词直在眼前晃动，遂感叹：中国真大，冷热难均。要知道，在当年，敝乡有许多人还不认识深圳的“圳”。

最让人难忘的是，在与文学社的同学共处一堂时，我真切地感受到：年轻，自身就带着一种朝气和风华。他们阳光、爽朗，尤其是乌黑的发下那一双双闪动着灵光的眼眸，像挂在新松上的露珠，在我眼前闪现、眨动。在那样的一种情景下，独角讲座很快就变成了一个谈艺沙龙。有的同学当场诵读了自己的诗作；有的递来字条，让我谈谈名噪当时的几位作家的作品。我拙于表达，又对同学们所提到的几位作家的作品没有细读。幸好几天前刚看了朱光潜先生《资禀与修养》这篇文章，我将关于此文的读后感梳理了一下，算是与大家来了一次分享交流。那一天，在教室后排临窗的座位，坐着几个像是来自偏远乡村的同学。他们衣着朴素、娴静少言、面带羞色。其中有一位，就是本书的作者王新建。

二

“盘游”一词，多见于文典与辞赋中。东汉张衡《归田赋》中有“极般游之至乐，虽日夕而忘劬”的典句。般，音pán，即乐。新建取“盘游”二字的散淡隐逸，与“山河”搭配，组成了一个多意象的书名。但我要告诉读者的是，这本书里不光有游记。

与一个当年不满20岁的风华学子，在一次文学讲座上打过一次照面后就再无音讯。今天，捧读着新建的书稿，像与一位在“盘游”中走散了的故人在风雪夜里执手恳谈。我们知道，文学是作者精神世界的对外展示，同时也有着嘤以其鸣来觅求友声的心理期求。新建的定力好，心不乱，告别了师范大学校园后，教书、读书、写书成了他人生的一个基本流程。活在当下，敢在一条道上往黑走的人不多，他们不是痴人便是高人。新建一口咬住个“死煎饼”，在这条道上走了20年。走着走着，一抬头，看见天亮了。之前，在好几个杂志和微信公众号上读过新建的一些随笔和散文，读着读着，发现这后生年龄不大，身上却有一股“夫子气”。其行文用语，颇有六朝高士和晚明文人的遗风，洒脱、隽永、雅洁不芜，饶有生气。这本集子，由四组散文辑成，每一辑里都有让人读来口齿生香的好篇章，每一篇里都有可圈可点之处。汉语的灵光神性，在新建的笔下能展现出摇曳多姿的风采，这既得益于作者谙熟典籍的丰赡积累，也能看出其博雅好古的审美意趣。读《焦村游记》，犹如在山阴道上行走，林深绿静，溪水有声，步随景移，俯仰百变。一篇不足千字的短文，却承接了庐陵太守“醉翁之意不在酒”的笔意。读《犁》，读闲置在屋檐下的那张落满了时间尘埃的铁犁，像是在读一首农事诗，聆听一首从山川大地传来的不堪承受工业文明重负的山水悲歌；而《陈蔡论道》，看上去是写孔子周游，实则是作者个人心志的自况。前几天，刚读了刘炜评和谢有顺的文章。刘文谈的是旧体诗的现代性，是如何用旧体诗这只“旧碗”来更多、更好地接纳当代生活的汩汩“新泉”；谢文以谈金庸小说来阐发俗文学如何兼具雅文学的风格，让“雅俗同欢”成为当代小说的本源。那么，当下的散文又是怎样的呢？在我看来，我们每天所看到的许多散文，正是在“背离祖法”中滥开“新泉”。这些散文用不着调的“雷语”、杂芜的网络词、发霉变酸的陈词滥调，将“法相庄严”的散文抹得五马六道。新建的散文好就好在有“根性”。

他“临”过“帖”，在古典文学中沉浸有年，对“韩柳欧苏”及“公安”“桐城”二派的散文笔意多有揣摩；他懂得如何在“博观”中“约取”，知晓在汉语所蕴含的高密度信息里，有一种“言有尽而意无穷者，天下之至言也”的“留白”道理。在收录到这本集子里的《送杨生序》《隐

《子午岭的蝉声》《冬村》等诸多篇什中，读者可以看到新建如何在删繁就简中锻句炼字，让雅洁的表达更能衍生出一种丰富。新建借纸上“盘游”来消心中块垒，我呢，捧着这本集子，像握着一段任由消遣的美好时光。读这样的好书，如黄庭坚《茶词》所云：“恰如灯下，故人万里，归来对影。口不能言，心下快活自省。”

三

“那个热爱文学的，你在哪里？”

一所文学院创新招生方式，发布了这样一则“寻人启事”。

“启事”像慈母在旷野里呼儿，声切切而意殷殷——孩子，你在哪里？

一茬又一茬的年轻学子走出校园，在多歧路的人生“盘游”中走散了。“各回各家，炕圪塄开花”，儿时唱过的这句童谣里闪动着稚语的灵光。

说什么“生活不只是眼前的苟且，还有诗和远方”，这是“门外人”说的胆大话。对于大多数人来讲，生活多是苟且，没有诗，也没有远方。

连日来，在阅读新建的这本集子时，我时常想起当年的师范校园里奇花初茁、新松蓊郁的怡人美景，想起与文学社的同学共同度过的那段美好时光。

人总是在“再见”中生活的。从发蒙到今天，在所相识的人中，还与我们保持密切交往的能有几个？每个人在人生的青春期，都可以被称为浪漫的文学青年，一过那个年龄段，心中存留的诗意和本来就不可靠的才华，就会被琐屑的生活蠹空。高志难遂，泯然已成众人。

新建的家乡是地处黄河沿岸的延长县罗子山镇。那个地方闭塞偏远，天高地迥。延河在完成了它的伟大行程后，在这里的一个名叫“天尽头”的地方与黄河相汇。两河相汇的土石山区，存留着几块被罡风天雨割裂的像遗世孤岛的大土塬，塬上土地平旷、嘉禾翳野。千百年来，生活在塬上的人们恪守祖法，崇礼重教、晴耕雨读、人文蔚起。张二棍有诗：“每个村庄/都有一个默默写诗的孩子/不然/炊烟不会如此袅袅。”袅袅者，鸟衣也、霓裳也，美不胜言。新建正是在这样一个地域环境中长大的。他在炊烟的律动中，看到春秋代序、应时而变的万物之美。这种美，会影响一个人的人生态度和精神气质。《山河盘游》，正是新建人生态度和精神气质的展示。在这种展示中，读者还会看到，特定的山川地貌和风尚习俗所衍生出的地域文化，在与作者的认知融会后，所产生的一种独特的抒情口吻和叙事方式。“万物过眼，皆为我有”。黄河西岸的那几块像是遁世隐迹以避秦乱的古塬，俨然已成了安妥新建心魂的桃花源。一个人，一旦有了回忆，便开始怀恋往事，这就给曾经有过的青春开出了一份有力的证明。当把这种带有伤逝意味的阅历诉诸文字后，想象中的田园风情，也就成了抵制今日时尚的可靠依据和坚定信念。

四

我卧室的对面，是凤凰山的余脉。每天晨曦微露的时候，总能听见有人在歌唱。

“邻壁之光，堪供照焉。”后来知道，歌者是一名下岗工人，姓徐，无他好，喜欢以唱歌来练习吐纳。

这是在避世中找到的一种清欢。

在这个王婆当街卖瓜、东施赶来选美，众声喧嚷、人人自夸的年代，独守清欢成了一种稀有的精神品质。

25年前，看到新建临窗静坐的样子；现在，他依然恬静，吸着烟，不说话，脸上带着处世不惊的谦和微笑。

新建的写作从本质上来讲，是一种带有传统范式、坚守本心、独享清欢的避世写作；是类似余杰那一拨人在刚出道时所写的“抽屉文学”——不以发表为念，单为抒写性灵。这样的写作，更需要志凝心静——“像老太穿针、少妇描眉、剃头匠的游刃，虽是小动作，却不由得凝神静气，超然物外，身心系于一端。”这是新建在《隐》中所写的一段文字。这种表达，更接近文学的本质。

新建天机不浅，有慧根。他的书法好，浸淫碑帖有年，又不践囿古人。其所书行楷浑穆磊落，法度严谨，森森然如武士列阵。几年前，应胜军和安民之邀，与微信群“松林”里的诸贤到新建的老家采风。乡民听说有客来，便箪食壶浆以迎，置酒杀鸡，热忱相待。酒酣天晚，歇息在村民家的一盘土炕上，听新建和诸贤讲乡邦文献中的野史逸闻。絮絮叨叨，神秘惊悚，恍然间，像置身于民国年间的骡马大店。

且敬往事一杯酒，愿无岁月可回头。俯仰之间，师范大学校园里的旧时风物和那一拨眼眸发亮的风华学子已不见踪影。时间，在雨雪交替中开始泛黄。与新建重逢，是一种机缘。在他的眼神和微笑里，贮存着我的青春记忆。

这本书编定之后，新建让我作序。我认真阅读了书中的每一个字，悉心体味文中的义理神韵和他对人生世相的深刻洞察。书读完，心有惴惴。对我来讲，为这样的一本书作序，似有僭妄。但我知道新建“口贵”，轻易不开口求人，便戏录北岛的典句用微信发给他：“在一生的黄昏时分，你听到晨光低调的密谋。”未几，新建以老泰（泰戈尔）的一句诗作为回敬：“我要唱的歌，至今还没有唱出，我每天都在乐器上调理弦索。”

与人神交，话不在多；衷肠互诉，意到为止。

是为序。

丁酉冬月于三环堂

目录

·风物·

·杂感·

·游记·

·人物·

风物

雨　村

高原天空的云像用水泥涂抹了一遍，均匀得无可挑剔，人们都知道，这就是连阴雨的预报。此前，雨已经下了三五天了，几户人家的院墙垮塌了几处，村口的路上也钻出了几眼窟窿，村中央那平日里干涸的池塘，雨水早就漫到了塘沿。

仲夏的雨很任性，天空一会儿亮堂，一会儿阴沉，把没来得及渗漏的路面再次洒得明晃晃的。人们趁着雨歇的间隙，从家中出来，踩着泥泞的路，最后躲进屋檐下，有一句没一句地说天气，说天晴以后的事。

雨季来了，庄稼人停了地里的农活，难得在这忙月里偷闲一回，古诗不是有“田家少闲月，五月人倍忙”吗？真的，男人们忙得没时间洗脸刮脸，女人们顾不得毒辣阳光的暴晒，大家谁也不笑话谁。美是对比的产物，五月的阳光最公平，它不管你白你黑，一律都给你变成和黄土一个色。

男人女人在一起过日子，家长里短、锅碗瓢盆，家家都有本难念的经，所以少不了斗嘴干仗，甚至闹得不可开交，互相冷战十天半月也稀松平常。可是在五月里，这样的事还是少有发生，男人女人全力以赴地将平日里的积怨和能量化成汗水，倾泻在阳光下滚烫的土地上了。明白的人都知道，这些只是日子里的插曲儿，一搭里把日子过平稳了才是正经事。

不过，连阴雨浇灭了土地的热烈，却很有可能点燃家户的战火。大家都说了，人生来就是贱，容不得闲，闲了就得生事。战争的根由和国际争端如出一辙，家庭经济嘛，离不开柴米油盐，日子过稳当了，人自然就少了计较，多了宽容。但是现在，谁也不肯让谁，反正没有什么新花样，短兵相接之后，战斗就有了结果：男人趁雨停的机会，顺门出来，到别处去了。

这倒是一个好办法。

那年的雨下了二十几天，塌了无数的墙，只有合作社时被遗弃的几间高大的瓦房还好。那一年，镇上铁匠老王在雨季到来之前就带着两个儿子，带着一套打制农具的家什，把这几间瓦房稍稍拾掇，就起了炉子，开始咣咣当当地打制农具。这样，外面雨在下着，炉火却随着风箱喷吐。老王是河南人，操一口豫东南口音，起初，村里人听不太懂，但没几天就能拉成话了，后来，几个灵性的年轻人还能模仿上几句。老王上了年纪，却还是担当打铁一把手的角色，这个角色的技术含量显然最高，要掌握炉火的温度，把需要锻造的原材料用钳子放进去烧红。这倒没什么，打铁难在砧子上的功夫。老王用铁钳熟练地翻转着红透了的铁板，右手的小铁锤像赛龙舟鼓手的鼓槌，指挥儿子的大锤趁热急促地锤打。

老王打制的农具很结实也很灵巧，价格也适中，因为这个，村子的人家几乎都趁机添加新农具。当然给谁家打就由谁家管饭，有的一两天，有的如果打制大点的如铡刀等，就得个三五天。我们村都是王姓，于是老王说我们五百年前是一家子。大家不懂，却认可，都乐呵呵地招待，拿出好点的饭来。

雨还在下，整个村子湿漉漉的，人们开初还在骂天，后来就消停了，心里想着，不是总会有歇下来的那一天么。不过现实的问题还是因为漫长的雨季而普遍出现了：先是柴火湿透了，再是预备的米面见了底儿。就眼前这两样，已经够人们发愁的了。这样，各家各户的烟囱里升起的多是变了味的炊烟，在雨中腾起，又反转回来。

村子里的麻雀命悬一线，叮叮咚咚的雨不停地下，它们再也没有心思站在树枝和电线上歌之舞之，可能睡眠是最好的保存能量的方式。当然也有铤而走险的，它们成群结队地飞进农家堆放牲口料的草屋，偷食遗落的谷粒，被人们驱赶，才一哄而散。

雨和农事有关，也把村落的人们引向农事之外。

打铁是苦累活，却是纯收入。没事的人们有一天替老王算账的时候，才惊奇地发现，这些日子他们父子三人已经挣了农家一年的收入了。不过人们都理解，老王老伴去世得早，靠自己一个人，而且一个外地来的，先是给木讷的大儿子结了婚成了家，眼下还得给已经有了对象的老二张罗成家，真是不容易。雨天里，没事的人们就问一个仔细，得知女方是本地人，老实本分，是两个人自己愿意的。这事也早已传到女方父母的耳朵里，女方父母却都对此讳莫如深，佯装不知。问题在哪里？少一个媒人呗。

这不得不说是个大问题。在这方土地上，谁都知道，人们还是忌讳与外面的人沾亲带故，这让老王和平时爱说笑的老二真是束手无策。这雨季里，关于老二婚姻的话题也就成了人们近来关注的焦点。当然，没有人能拿出像样的办法来成全这桩姻缘，最后都选择了沉默。铁匠铺里的炉火正烈，照耀在大家的脸上，气氛像这灰沉沉的天，只有屋檐上如注的水的声音和铺内单调的铁锤敲击红铁的铿锵之声。大家的目光随着老王颇有节奏的铁锤一上一下，似乎在观赏一场表演。

终于，西北风在一个黄昏时刮起来，蓝天自北方出现了，晚霞映在还在滚落雨滴的玉米的阔叶上，妩媚动人。一个沉寂的村落顿时活跃起来，牛叫马嘶，人声互答，出门、移栽瓜秧苗、砌墙，都是他们接下来的计划。前面的功课落下了，该补救的还得补救，毕竟荒废二十几天了。

打铁也进入尾声，毕竟，人们一家老少都将倾巢而出，真没空招呼老王他们父子三个了。

第二天中午的时候，太阳穿破高原的浓雾，照在漫长雨季浸泡了村落的草木庄稼上，泛着耀眼的光芒。夏蝉开始在树荫下没命地鸣叫，麻雀抖动着僵硬的翅膀，几乎活跃在大地的每个角落。人们呢，我们可以看到，有多少块土地，就有多少顶草帽在阳光照耀下精神饱满的谷子间起伏游动……

犁

犁挂在屋檐下，像是另一种形式的冬眠。春来的时候，它需要划破风干的土地，吮吸黄土深处的养料和水分，磨砺它渐已生锈的躯体，在开掘中激荡它应有的生机与活力，就如鹰隼需要张弛有度地在风中振翅。犁的辕子同样会在绳子的拉拽中，在嘎吱嘎吱的呻吟中变得深沉而坚韧。

这便是犁的生命动态。没有在荣枯大地上的拉练，犁将会在蠹虫的咬噬下遍体鳞伤，或被风干而不堪重负，铧片的荣耀也被时间湮没了光芒。扶犁的人在经年累月的耕作中，使犁铧集勇往直前与善刀而藏于一身。

犁是有生命的，为了人类的生命，它要在辽阔大地播撒生命。它坚韧的钝锋划开解冻的土地，把旧土翻成新的，连同旧年的枯枝腐叶埋入地下。曲辕如弓背的力士，死命地使转前驱，发出与土地力搏的夯歌，痛而快乐。

犁是有生命的，它的摧枯拉朽的近乎强暴式的行进，刺激了强健的耕牛——或说耕牛牵动了犁，几欲把一个冬天积蓄的力量，传送给犁和土地。犁不时发出沉吟，似在吟一首从先民始传唱至今的诗章，并无怨意。这或者就是牧歌中的断章，散发着凝重而清新、悠远而不朽的气息。那犁后的人，因为希望，或者不是，他光着脚，布满灰尘的脸上挂着读不出是苦还是乐的表情。燕子归来，农人看着那低低地剪掠过土地又远去的黑影，还有刚从蛹里蠕动而尚稚嫩的蝶贴着地面吃力地蹁跹起舞，心中似乎被温柔的阳光照亮，便不计较牛的乏力与犁的迟钝。土地上空升起了祖辈传唱的歌谣，盘旋着，和着土地和青草的淡净的香，向四野发散。

犁是有生命的。土地需要恬然入睡，也需要反复不停地折腾。诗人在赞美秋花满园的芬芳和秋果累累的富有的同时，也会赞美农人的劳作和土地的奉献。犁最明白枯燥无味的反复耕作之苦，就如蚕的吐丝，女人的织锦，再熟练，再有期待，都须戴月披星、废寝忘食，才能在冗长的岁月中装扮出一份如花似玉，一片锦绣山河。犁尖磨钝了，变形了，却硬是凭一股坚韧和沉稳开辟出一片富丽的秋天，播种出串串动人的笑语欢声。犁无语，经农人之手善而藏之，它在回望一个繁盛的秋天之后，期待又一个春天。

一扇新的犁铧要交付一个老农人之手。农人虽未读过老庄，却在用手中的犁实践着老庄的哲学，歌唱那些节气歌谣早已像土地会长出苗木一般自然。他更知道耕种并不是全凭力气，使犁是一门必修课，是一个融合了技巧与力量的活儿。新人上手，必经老人一番点拨，否则，犁铧拱得太深会被折断，甚至木辕也会被毁坏，费力又费时；太浅也不行，浅了容易出犁沟，有时甚至会伤及牛或驴的后腿。碰到成团的苇根，索性停下来，须等用镢头刨净了根，才能继续。所以不经指点而莽撞上阵的新手，大多是要哭着鼻子背着破犁回家的。犁的使用与用人一个理儿，你得知性而用。

犁，我们丝毫不用担心其失去本义而只留下寓言，虽然它与人类文明的发轫期相距不远。春秋时期的铁器距今也已两千五六百年了，这种金属虽易生锈，不像金玉那般能制成饰品，穿越历史最终成为升值百千倍的文物，它甚至不如秦砖汉瓦的生命持久。但犁扶植人类的使命让它与土地已无法割裂，只要土地需要垦种，犁的生命力就依然蓬蓬勃勃，而不至于沦落为博物馆的展品。

犁还挂在檐下，等着河开，等着雁来，等着农谚和童谣的又一次传唱……不久，一场播种生命的伟大活动就又会拉开序幕。

雪　村

一

没有雪的覆盖，高原冬村便没有多少隐秘。鸡鸣狗吠声清朗，牛马入圈时的嘶鸣更是透亮无碍，原原本本地直接抵达人们的耳郭，不停地回响。农家牲畜圈里久积和新生的臊溲气息，热浪一样漫过来，真真切切地，厌弃之余又不由让人狠劲地深嗅一下。

邻居老婆婆坐着晒太阳，拿拐杖叩击地面，驱赶墙根下不听话的鸡群。夏天的时候，她的花鸡婆抱了野窝，带回一群白绒球一样的鸡崽，她起初很是讨厌，几天里没给门前撒一撮米，以此惩罚这个不守规矩的东西。于是，这个像错嫁寡妇的鸡母亲，带领着鸡崽们亦步亦趋地四处游荡。时间一久，老婆婆发现，自己的行为不是在惩罚可怜的鸡妈妈，而是在惩罚自己，后来就渐渐地接纳了它们……如今，鸡崽们都已经长大，起初的一色白绒绒变成了五颜六色。那几只红冠子长尾翎的像大丈夫，胸脯挺得老高，跑起来地面噔噔地响。还有那些身体发福了的，屁股开始下垂，走路有点拐瘸的，是母鸡——它们才是老婆婆心里的宝鸡。老婆婆也许心里会想，那两只不听话的，爱站在院墙上逞能撂嗓子，引逗别人家鸡姑娘，还时不时欺负邻家娃娃的，过年的时候，一定得拔毛下锅。她的愿望捏在自己的手心里，就等着孙子孙女们上门来，她的手心马上就能松开。

没有雪的冬村，情形与初春没有两样，向阳的墙根下的枯叶丛中，竟然生出两束俏丽的黄花来。人们有些焦急，夏天那阵子的暴脾气又一次被眼前的情景激发出来，骂声翻过院墙就传到别的家户里去了。传染病一样，人们才集体性地意识到旱情已经来了。

好在是冬季，忧虑是有的，但还不算深重，不足以蔓延到无法收拾。

二

当二狗的新媳妇顶着大花伞从村口进来时，在起起落落的唢呐和爆竹声中，人们伸长脖颈张望，混在尘土飞扬的人流中，探听最新的消息，彼此把嗓门提高八度，对抗进入高潮的长脖子唢呐。队伍回到主人家的院子，接着就是比较烦琐的七八项仪式，见公婆，坐席，晚上的时候又有闹洞房，一切都在有条不紊中进行。第二天中午的时候，客人一拨一拨散去，村子又恢复到原先的模样。

按辈分和年龄能在婚房走动的人，在旁人的怂恿下，走到新房门前，胆怯地用手指小心翼翼地旋开窗纸，再大胆点的，就屏着气掀起门帘，顺着门缝往里瞧了又瞧。在获得了一星半点的信息后，又蹑手蹑脚地返回，把得来的消息一五一十地汇报给后方的“领导”。当得知小两口只是有一句没一句地，拉着那些清汤寡水的话题后，大家就一致决定大大方方地推门而入，看看那个刚过门的新娘子。于是栓子当头，后面一字长蛇阵。“革命”的道路总是曲折而漫长，当头的栓子还是有些胆气不足，队伍又被迫停了下来。退回原地后，大家嘲笑数落栓子。很快，栓子终于觉悟，又一次被任命为开路先锋。这次，他迈出了视死如归的脚步，大家也都气息平和，大声咳嗽、谈笑风生，顺利地掀起了新房的门帘。

民国一个作家林语堂说，幸福总是在秘密中进行。然而，二狗的幸福又洋溢在铜色的脸上，健壮如黄牛一样的体魄，加上新婚带来的昂扬斗志，他干起活来更泼，他能够担一个上午的水，劈一个下午的柴。新婚，让他的生活变得热气腾腾。

三

两天后雪就下了。

当庄户人家的灯火被夜色吞噬，人们都已入睡的时候，雪下了。

黑色的夜，正是这白色精灵的舞池，密致的韵脚，匀称的平仄，让人的想象也无边无际。这雪悄无声息，在高原的夜空织成了竖纹且饶有厚度的素瀑。它把欢乐用静默的方式表达，没有生动，宁静驱走了所有光芒，在想象的世界里，只有那扑向大地的蝶翅，在近乎凝固的时空里翩然。

在这样的时空里，土地、屋舍和萧瑟的草木，才能真切领受天地公允的抚慰，感受那落木般轻微的碰触与沉积，像是耳旁带着呼吸声的窃窃私语。

这雪自天而落，像是来自比天空更深邃更神秘的地方，在降落至村庄和土地的时候，不仅打破了眼前的喧闹奔流，而且似翻动历史的书页，凄凉萧索。有疲惫的马从古道旁低矮的草房走过，有风掠过瓦屋，将雪片吹得如梨花飞舞，那昏黄的窗子，像古酒的坛口飘出一缕缕老酒的温热。

家乡把大雪叫老雪，这个“老”字，分明就是一种满足感的妥帖表达。没有老雪，人们的心是悬浮着的、不安定的，像风中的树叶、漂泊的小船、解冻的冰河。老雪覆盖大地，人们将处在半冬眠的窝里了。雪，改变了人们的生活状态，最现实的是缩小了空间，但由此必然要延展思想的广度。

四

素白不畏足观。

荒凉的高原，一次降雪便如天开奇象。北国的雪的美妙处，在院落，在高树，在冰河，在绵延的群山之间。雪落之处，气象一新。

当然雪的美妙处，还在于一竿竹、一窗台、一檐、一池，不一而足。何必这样割裂美呢？其实在这里，有雪，就有风景。仿佛雪的屑状的铺排，如给大地置放了无数枚晶亮的小镜，是它们的集合，照出万千的姿态构成了奇幻世界。

雪霁那天，穿着厚棉袄的老人，用秃硬的扫帚从门庭到木栅，再到邻舍，豁出一道醒目的小路。扫雪时那均匀而沉着的声响，划出一条崭新的路。那路很简洁，却像翻卷的发黄的沧桑，或者是对岁月无声的发问，一种把烟火和禅宗融合得天衣无缝的通明。

孩子也是睡不着的，早早便抢着要出门，却被母亲拦住了。

母亲说："乖的，外面冻。"

"我要去。"小孩儿执拗道。

于是母亲给怀中猴子一样的孩子加了一层衣服，头上扣了一顶带绒球的棉帽，孩子便圆球一样骨碌出门。不过没过多久，扫雪的老人就抱了冻哭的孩子回了家。

有时候，有的美，需要岁月承载！

五

家家户户的路连通了，逶迤婉转，像盘绕的草绳。大家接下来就是打扫公用的场院、油磨，还有通往外村的路。人们戴着"火车头"，呼出的直直的雾气，瞬间消散了。铁锹刮动了坚硬的地面，弹跳着单调且不动听的沉闷声。大多是上了年纪的人，只有一个稍微年轻点，他是村里的光棍，浑身上下有使不完的劲。人们在村口拉开一道宽阔的口子。有经验的人说，日头一出来，剩下的雪就被舔干了。于是，大家就都挟了工具回家去了，只有光棍还在村口踅摸。光棍读了多少年小学，刚开始的时候，人们掰着指头还能说得清楚，后来就有了纠纷，有了异议，意见不一致了。当小学的代理老师换成光棍从小玩屎壳郎的伙伴的时候，他的父亲终于觉得脸上无光，只好埋头把他拉回了家。这个代理老师，女的，从外村来的，很有看头，两根长辫子像两根初春的柳条，“柳梢”上系着红头绳，走路的时候，在鲜明的屁股两边来回滚动。村里那些年轻人就在放学的路上观望。

观望的结果是没有结果，原因都是一致的，老辈人说了，不过河么不照镜？不照镜么还不尿尿？于是他们就把观望当作奢侈，时间久了还是羡慕起学校那个老三届学生了。

有关女老师的事情，还是发生了。那年秋天，秋收过后，村里放了一场电影，有个胖乎乎的男孩痴痴地站在工厂门口，终于等到他的心上人从厂子里出来，他勇敢地走上前，欲将怀里的灿烂的向日葵送给她。女孩在明白的一瞬，像受到莫大侮辱一般，将莫名而来的花接过来，狠狠地甩出老远，同时也把男孩的心甩得粉碎……

一个中午，学校的老三届男孩采集了一大把黄灿灿的菊花，老早就等在老师办公室前面，可惜等来的不是漂亮的女老师，而是一群比他矮一头的同学，大家就哄笑成一团。男孩羞愧难当，抱着花躲进教室里，把门反锁，其余的同学蜂拥而至，堵在门口乱作一团。老师终于来了，问明原委后也是哭笑不得。阳光明媚，在渐凉的秋风中，菊香在校园周围飘散而阑珊。

后来老师调走了，再后来听说她嫁给了一个城里人，就是那个冬天发生的事。她走的那天，正好下了雪。男孩也没有心思坐在教室，他喜欢做的事情是到村口去。也许他不知道，女老师的离开和那天下午发生的事情没有任何关系！

六

村里老五今年50岁了，他坐在屋檐下的长木头上晒太阳，望着阳光里彩色的游丝一缕又一缕飞过，听着屋檐上融雪的水滴不紧不慢地顺着冰溜子落下来，把瓦房下面砸出一溜儿泥坑，他望望远方，心里获得了本该就有的安静。人们说，老五是个有本事的人！老五起初相信这话，有时也觉得听起来挺带劲。不过也是这句话害了他。

老五年轻的时候，做过好大的发财梦，有点像《包法利夫人》里的夏尔他爹，但最终还是回到现实。村里来了说书的瞎子老张，老五因为好文艺，十分欢喜。让人想不通的是，老张在一个冬天被牵着来村里说书，要走的时候，老五就丢下妻子儿女，成了瞎子老张的马前张保，到别的村里去说，不为别的，就为夜夜能听书。

走南闯北久了，肚子里故事多了，见的世面广了，回到村里就被人尊重，身边总围着一圈闲汉。

过了几年，瞎子老张不能动了，老五才回村，老老实实地扛起了锄头。老辈人说了，老五就是撂到白土上的洋芋疙瘩，平白无故出芽子，太不安分了。初春的时候，他告诉老婆：看着吧，今年我给咱们种甜瓜，铺塑料纸的，人家南边的都种了，熟得早，卖得早。等到立夏，老五连甜瓜种子还没有买回来。后来就再也不说了。

他后来就卖年画，从老丈人家借了钱，买了两大箱子年画回来，亲戚都来看画，老五就拿画送人。他们说：可没钱噢。老五说：没钱就对了。可巧的是，那年冬天的雪特别大，几乎封住了山、封住了路，老五好不容易把年画用驴子驮到集上去卖，可赶集的人还是太少，或者办完事就赶回去了，老五只好把年画寄存到镇上一个亲戚家。大年三十那天，老五把年画又驮了回来。

于是那年过年，老五家的墙上，贴满了各种各样的年画。

老婆拿他没办法，娘家人也推波助澜，老五的这个家摇摇欲坠。邻居们告诉村人，老丈人放出言，再折腾，就要把女儿带回娘家！村里人又说：老五生下就是个飞着吃的，不像我们这样在地里刨着吃。春天的时候，老五又过了黄河，从山西拉回来一车老陈醋。让他没想到的是，也就是那个冬天，镇上扎了一家山西人，专门卖醋，东西地道不说，价格还便宜。村里的老师知道这事以后告诉学生娃，从前有个人看见本地没有白猪，于是从河北运回一头，要命的是，路过一个村子的时候，发现这个村里家家养白猪。

老五就是翻版。自此，他再也没有做过这些营生。这个洋芋疙瘩终于埋回湿漉漉的泥土里了。

30多岁的时候，很乖顺的老婆因为吃不上饭，跟着村里来的打席人跑了，留下他和没成事的小子。不过那时候孩子还小，他死缠烂打，好赖让小子高中毕业，和他一样，也是回家务农，干起了修地球的活儿。现在，一家俩光棍，叫他这个有本事的人在村里抬不起头来。

七

太阳出来了，如蛋黄般透亮，周围红光匀称，别在另一个村落的树顶，不知哪儿来的大鸟落在高树上，背着红彤彤的光芒而惊呼。高枝的积雪不知是因阳光的照射而骤然崩塌，还是因鸟雀的惊动而摇落，成团地落在树下，平的雪地顿时有了斑驳。

麦田绿叶全无，尽在一片白茫茫之中沉睡，让人看不出这大地的边际；而从低处一望，梯田样的土地层层叠叠，琴弦一样排列齐整。这里，偶尔有野兔出没，跳跃和停留颇有节奏。这些不会冬眠的小生灵，雪的降临对它们来说将是一场不小的考验，饥饿、寒冷，更有来自人类猎杀的危险。也许因为它们拥有造物主赐给的惊人的速度，还有一对警觉惊人的长条的耳朵、一身厚厚的绒毛，从而拥有自由。还有浑身锦缎的野雉，在雪地上如游动的火苗，白皑皑的雪地，让这惊艳的美丽更加傲慢，不，或者说，太过耀眼的光芒往往遮蔽了自己的眼睛。太阳下面，这些强烈到夺目的东西，应该三步一回头，提高警惕，以防潜伏于周遭的暗箭明枪。

八

村子，只有小学学校的旗帜，闪耀着暖暖的红色。在旗子下，一群麻雀一样的孩子在偌大的校园里蹦跳，打雪仗、堆雪人。带领这群麻雀的是戴着红头巾的老师，他们把院子的雪推进花园，堆起一个巨人一样的雪人，然后描眉画眼一番。这个雪人有多大？放学后孩子妈妈问。孩子把两手从背后背了过去，说这么大。有多高？孩子踮起脚说就这么高。

老师手巧，不知从哪儿找来的塑料管，用钢丝穿过去形成一个封闭的圆圈，然后缝了一层碎花的布，把它的中空缝实了，玩具就做好了。在孩子们的簇拥下，老师用手捏在边上，向遥远的地方抛出去，花色的圆盘旋转着，也牵引着一对对清澈的眼睛，飞向远方。孩子们又多了一个玩具，他们可以随着这个叫作“飞盘”的圆饼，望向那白皑皑的、带着薄雾的蓝天，遥想一个暂时脱离坚硬土地的地方……

九

这个做民办教师的叫雯。就在下雪前，从村里人嘴里得知的，她已经有对象了，不是别人，正是村人老五的儿子，被村人唤作灰的小伙。

说实话，没有人看好这一桩姻缘。有老祖宗留下的话放着哩，捉猪看母嘛。这事要是能成，不是活现的今古传奇么！卖油郎娶了花魁的事，只有戏文传说中才会有。人们几乎斩钉截铁！

可是，灰和雯的事情，还是让这个雪村不再寂寞，像一根木棍搅动了酒缸，村子顿时有了生气。爱情总让一片土地更有灵魂，更见生气，不是吗？就连村东头的三大爷都望着天拄着拐杖，抖着沾了霜渣的胡子说，人老几辈子，没有见过的事。这个时候，女人们的舌头最不安分，像进了油锅的铁勺子，尽情翻动。听说吧，女人天生好嫉妒，这种病要是发作起来，有的会带来心痛。不能证实，因为过程是在隐秘中进行的，只记得课本里有两句：众女嫉余之蛾眉兮，谣诼谓余以善淫。这样，她们聚集在同一屋檐下，或者摇动的灯盏下，把心中的郁结，通过这种特别的方式，徐徐释放出来，然后满心欢喜浑身轻松地回到自己家去。

灰没有继承他父亲的衣钵，庄稼活儿也不出众，在村子里是中游的情况。可他和别的庄稼人还不一样，最突出的一点是他对雯好，可能，雯把这种好体会到骨子里去了。灰此前成过家，因为家贫，女人留下一个刚过周岁的男孩走了，再也没有了消息，做爹的灰如今又要做娘。刚上学的时候，孩子惰学，雯就说，惰性是每个人的特点，不要太斥责娃。灰听着心里舒服。孩子调皮，雯说，娃在爹妈身边不听话，那是撒娇，他心里其实也是懂道理的，有时候甚至比我们还要知道得多，你咋不观察呢！灰心里感激之余，佩服雯的不同之处，问她，你没有孩子，咋就知道得这么细致？雯说，你不细心，不要说我不细心，我可是娃娃堆里过来的人哪！

天上的云彩是会变成雨，还是会随风飘过西边的山头，谁也算不准。于是，甜蜜和飘忽不定的爱情，在两人的世界既不生长，也不枯萎。

寒假前，雯告诉灰，如果没有了这回事，明年开春，她就不来了。这是一场赌博，对念过高中、见了点世面的灰来说，他品尝过一番感情的甜蜜后，却也无法用语言表达这样的心情。

十

看来，谜底都会因为雪的融化而揭开。日子漫长，这样的等待对灰来说，像走过撒哈拉一样，爱情如海市蜃楼，他怀疑它的真实性，然而此刻又像虚无和滚烫同时在心中翻滚。

这种感觉是真实的。好的是，村里的爆竹响起来，新年的灯笼挂了起来，欢乐属于那些旁人，他羡慕那些相伴走过的一对对，甚至羡慕身边相拥而立的歪瓜裂枣。

立春过后天气渐暖，阳光像一大张加热过的锡纸，明亮而又温热。于是，庄户屋檐的雪开始融化，像断线的珠子，一排一排落到地上后，就荡漾着一股热气，朝四处扩散开去。

小学学校的旗帜还在飞舞，而花园那个硕大的雪人却已面目全非，被阳光和热流侵蚀后，残存成一具没有脸颊的骷髅。此刻，灰在想，开学的那一天，他会站在村口，看到白茫茫的雪原上走来那个让他等待许久的雯。

正月十五一过，正月十六那天晚上，村主任通知大家开会，说学校换老师了，此前的老师雯自己捎话来了。大家问，雯为啥不来？村主任说，不清楚，反正是不来了。

故事还在继续，只记得开学那天，新来的是一个上了年纪的老师，男的，瘸腿，从校门口走到办公室，摇摆了好一阵子。当晚，灰喝醉了酒，面如土色，目光呆滞，被几个年轻人抬着回了家。进门的时候，门框被狠狠地撞击了一下，大家同时一阵趔趄……

旱 井

旱井被视作建筑，让人觉得很难堪。在人们的印象中，建筑应该是和拔地而起、鳞次栉比等词连在一起的，而把“井”视为建筑，是不是显得夸张了点？建筑须是让人仰视的啊。

一眼垂直地表而向下延伸的地穴，一口随时可以吞污纳垢的窖洞，无论如何也难以和亭台楼阁为伍。视旱井为建筑，的确唐突了些。不过，旱井与水井一样，它倾注了智慧，消耗了人力，占用了空间，后来又穿越了时间，被当作建筑看待，尚且说得过去。只是旱井摒弃了曲致，褪去了文饰，拒绝了釉彩，呈现出秦风汉韵粗犷质野的形神。我要说的这口旱井，静静地扎根于黄土高原的院落间，波澜全无，像眼睛一样，直视着亘古的蓝天白云。

没有考证井是不是人类建筑的鼻祖，但完全可以推测，它与人类最初遮风挡雨的屋舍应该形成了不远的关系，从而共同构筑了人类生存的基本条件。旱井是了不起的，在少雨多风、沟壑纵横的高原大地，它帮助一方人民留住了天雨，留住了高原斑驳的绿，也留住了因为饥馑而迁徙他乡的脚步。旱井的水啊，把高原枯黄的生命描绘得葱绿而茁壮。

雨水在北方的盛夏，是真真儿的奢侈品。农人们歇坐于田埂，眼看着打了卷的纹丝不动的玉米秧，不由得抬头，并不悠闲地望那偶尔飘过的白云，又目送着它无情地飘过另一个村落，直到山的那一边。

早霞的光还是投过来，层层乌云也铺过来。午时，雨点击打下的地面开始冒烟，人们迫不及待地打开久封的井盖，雨滴便欢悦着汇在一起，成为一股并不清澈的水流，汩汩地淌进旱井里去，浸润着已经发涩的井眼，抚摸着枯肠一样的井壁，一直到井底。

旱井真可谓有一种未雨绸缪的智慧，在旱情频仍的年月，它是农人为已倒伏的庄稼筑起的最后防线，使已发黄的高粱不再变枯。有效存储的雨水，原是以备不时之需的。

这窟窿一样简陋的旱井，藏有高原人生存的密码呀。

恶劣的环境，培育了高原人忧患不屈的品格，这品格已然汇入天雨的浊流，融进人们的血液里，浇铸在人们的骨子里。很久以前的事吧，高原连年大旱，一时赤地千里，饿殍遍途。而此时，独有一户人家逃过此劫，等到了第一滴天雨的降落。这当归功于成天围着锅台的小媳妇，她在每次小米下锅前，都从备好的米中匀出一小撮儿，存放在一口米缸里，年月一久，竟存放了整整一大缸。而正是这米，成了这户人家免灾渡难的方舟。

在今天，旱井渐已湮没在悠悠历史中，只留下一种符号。它背靠大地，面朝蓝天，用并不伟岸的身躯，以一个决斗者的姿态与天空对峙，向冷漠的上苍和皴裂的大地，为苦难的生命索取一片绿叶，索要一个并不富有的季节。

不得不说，在长长的岁月里，有很多很多的高原人，为旱井轻轻地吟唱、赞美呢。尽管旱井背影已远，可它的浊流在高原人的心中，依然可以映出日月，映出白云，依然可以激荡生命的蓬勃和欢悦。

腊月雪

新闻说这两天南方大面积降雪了。江浙一带的鸡蛋冻裂，价格从五块降到三块；自来水管道和下水管道也未能幸免，以致先前配置的工人不够用。

而在北方，这两年雪竟然奇缺，时至年关腊月，还未下过像样的雪，这倒让我想起旧时那故乡的雪来。记得那时天气严寒，像个冬天的样，雪下起来铺天盖地，酣畅淋漓，有时又像古诗中那样，有韵味，有闲情。

那时候并没什么天气预报的概念，天阴了，从清晨到午后，愈发地重，愈发地低暗，空气中湿气也愈发重起来，天底下行走，呼吸变得困难了，鸡鸣狗吠也休止了，村落在黄昏和低云压迫下的静寂中死气沉沉。雪就这样下了，似乎是为了打破岑寂，尿素大小的颗粒自高空均匀地洒下来，敲打在地面上、枯枝上、磨盘上、草棚上，敲打在墙壁悬挂的锄耙上、父亲堆砌的柴火上、母亲栽下的篱笆上。雪一来，村落便有了气场，四邻的院落便发出孩子们的欢呼声和大人们的呵责声。黄昏降临，农户的煤油灯亮起来，那雪便顿时飞起来，如玉屑狂舞；风来得无声，却很有力，裹挟着湿气，把雪片层积在墙根下、窗棂上。

看来雪要下一个晚上了。农人的夜话渐息，雪还在漫长的夜里，并不单调地密密地落下。听，雪像寒夜梦中的呓语，善解人意地，把农人们丰收的梦轻轻地覆盖在希望的原野，给万木枯索的大地披上富有而空灵的色彩。张扬而含蓄，肆意而温柔，这是改变世界的难得的脾性呀。她是诗人，浪漫主义的，飘逸洒脱，把悠远的思绪引向明清的院落、宋元的古道、汉唐的原野。农业社会淡黄的卷帙在雪的主宰下，冗长而苍茫，甚至轮台的瀚海阑干，燕山的马蹄声碎，终南的林表霁色，还有江南的寒江垂钓，都在这里被层层展开，透出缕缕清新的墨香。

晨曦，我从微亮的窗棂上看到了雪的厚度，父亲已经起来扫雪。天晴了，红日照在山峰上，光芒耀目。麻雀群体的吵闹把树杈间的积雪纷纷抖落。往原野上望去，岁月因雪的降临进入一个季节的深处，封闭的山村更加宁静。

农家的炊烟是那样闲逸，米酒是那样醇厚，鸡犬的鸣叫又是那样清朗。一年里再没有比腊月更清闲的时候了，雪下了，农人扫几条瘦瘦的小路，三五个聚在一起，谈人家婚嫁，谈猪肥羊瘦、鸡零狗碎，无边无际。要说烦忧，真没几件挂上心的。于是，日头过午了，羊群还没赶上山坡。

腊月里的雪，是回馈不会写诗的农人的诗，无限的光芒糅进的是放逐的真味啊。

黄河上的鹰

盘旋，盘旋，黄河上空的那只鹰一直在我的心头盘旋。不管那古老的天堑峡谷愿不愿意留住，那只和蒙古大草原的天空一样气度不凡的雄鹰，总是在盘曲婉转的河流上盘旋。

我确信，那里一定是有鹰击长空的，就像黄河的漫漫浊流中，也一定有鱼的潜跃。

站在河西的高岸看黄河，每次都有惊异感。即使看惯群山巍峨，看惯高峰入云，看惯草原辽阔，但每次我站在这里的时候，内心深处都被涤荡、被湮没，完全被这里的宁静、古老，包括这蓝天、当风的秋草、渐露的苍色的巉岩、黄色的河面所占据，不用多想其中的原因。山，巍峨矗立；水，日夜奔流，容纳无数溪流，无数沿途的泥沙，无限的日月星光，四季的颜色。

再大声的船夫号子，在滔滔流水里，都轻如微语。壮硕的汉子，行走在沙岸，望去，也是渺小的存在。

黄河是大的，大在辽阔，在容纳；黄河是大的，大在我们的赞歌嘹亮，她却浑然不觉；黄河是大的，大在历经沧桑，历经九曲连环，依然不改其志，奔涌向前；黄河是大的，大在她的古老，厚重的历史，承载了民族的记忆和使命。

于是，站在河西的高岸，我忘却了许多的同时，内心也在翻腾。

就是这河流，让你心中点燃无数盏灯，映照着无比生动的面孔，从洪荒时代走来；纵深处传来集体的歌谣，和着澎湃的涛声，和着搏击中流的船的吱呀声，在轰鸣，在蒸腾。

还有一种发自历史的声音，那是隐隐的战马的嘶鸣和如雷的马蹄声，深沉的战鼓划破高原的宁静，直冲云霄。

黄河两岸，落日大旗在风中飘荡了几千年；坚壁之下，流血漂杵漫漫历史。

而山，依旧壁立千仞；而河，犹自百折不回。这是无法形容的气象和气度！

于是想，这样的天空里，必定不能无影无声，一定会有雄健的灵魂在驰骋，在这种大气象里翱翔。

这个灵魂就是黄河上的鹰。

冬事

农村冬天的日子过起来真慢，要熬过一个节气异常艰难，树叶一茬一茬地落下来，总也没个完，就知道，冬天还没有到最深处。庄稼人也一样，等到地里最后一茬棉桃摘完，已经到冬至的时候，又有勤劳的人开始在热烘烘的羊圈里打粪，一层一层的，高到有土炕一般的样子。不同的发酵期，让粪层呈现出不同的成色，被一圈羊儿踩成硬板，像月份铸成的轮层，坚韧如胶皮般。镢头抡圆了挖下去，如果使不稳，收不住劲，会被它弹得老高。

下来就是整粪，就是把从圈里刨出来的粪片敲打至粒状、末状。这个活计不能急，是个反反复复的活，层层筛选，少说也得半月二十天。早上起来，粪堆上下了霜，成了白的，二爷把羊放出来，交给停学还没有成家的老二，羊儿们哀声不断，顺着沟进山去了，二爷才拾起冷冷的镢头。

过几天，整好的粪堆便有了圆锥的样，早晨起来还是白色，中午一过，圆锥的阳坡恢复原色，而它的阴影还是霜的白。噢，这几天二爷有事出门，这事索性得放一阵子。他的出门，对没事的大人娃娃来说可是一件大事。

高原的冬天，风是不停的，像老婆婆纺线，从早到晚无休无止。太阳呆呆的，应该是风的缘故，在韬光养晦。不过当下，风主宰着这世界，天空没有了鸟，只有枯叶上下飞动。寒冷已经到了无以复加的地步，不要说鸟，平日里最待不住的人，也乖乖地闭了门，守在家里。风本无声，可掠过大地就不同凡响，强劲有力。尤其夜晚，前院谁家的过年猪长嚎了一整夜，邻居家松动的大门反复拍打，恐怖如二爷故事里讲的夜鬼推门。

村子不大，就四五十户人家，却也有不少出门人，年关时候回家探亲的最是多。孩子们早早得了消息，顾不得天冷，搭伴去看小汽车，去闻那永远闻不够的汽油香味，完了又远远地看着公家人上了车，等到车子将出村口，便不约而同地追出去，跑得慢的跑得快的都在喊叫，只嫌娘老子少生了两条腿。这时候，村子里才有了难见的生气和活力。

年关，一定是一年当中最冷的时候，这样的年才有味道。冷冷的天地间，穿了红棉袄，挂了红灯笼，贴了红对子，以此对抗苦寒，实在叫人心里踏实了不少，有希望了许多。人们忙着磨豆腐，每天轮流着用村子中央的公用油磨。大清早，就有人家把磨杆放在油磨旁，那是个标志，后面来的自然是排到第二家。不能再在乎这龟儿子天了，即使下雪了，也不能把这茬子事放到来年。于是，毛驴子眼睛蒙一块黑布，上了磨，小油磨吱吱呀呀能转一整天。人们戴了围脖，跺着冻裂的脚，骂着天，也骂着毛驴。白惨惨的豆浆从磨扇四周均匀地流出来，结成冰挂……

四爷是个杀猪好手，尽管上了年纪，手脚还是麻利，平时的他把自己收拾得干净利落，干起杀猪的活更是没得说。他的火车头帽子可能有点大，加之劳作不休，就永远是斜着的。他曾经在年关帮人家杀猪时下过帽子，被老伴一顿收拾以后，再也没有耍过这样的二杆子。不过，这似乎并没有影响他手里的活。选择一个好天气，一个向阳的墙根下，一场短暂的战争在众人的撺掇下很快结束。人们一溜儿坐在放了多年的粗大枣木头上，双手笼在袖筒里晒太阳，说故事，看杀猪。猪剖开了，热气腾腾的，一股生腥味弥漫开，人们也慢慢没了兴趣，便各自走散。过午，四爷洗了油手，吃了主人家的猪肉臊子面，然后回了家。晚上的时候，他还在油灯下说话，门外传来脚步声，主人提着两条子猪肉闪进门来。

做豆腐的人家将化冻的豆浆倒入透水透气的粗纱布中，再倒水，成为一个水包，放在锅沿的案板上用力挤压，生的豆浆欢快地淌进大铁锅里。然后女人烧火，拉着沉重的风箱，风口的木叶颇有节奏，不断升起的火焰随着节奏蹿向锅底，明明暗暗地闪烁在女人的脸上。不大工夫，高粱秸锅盖上隐隐升起水汽，水汽越来越大，在窑顶上聚满了一层，然后向下运行，一直簇拥到坐人的热炕上，不大的窑洞，人们的形象都被这腾起来的雾气淹没，变得模糊了。到了点豆腐的火候，很快地，卤水下去，豆腐团儿就一块一块结成了，从锅底涌上来，争先恐后的。

人们做的食品形状不一，但豆腐是方块，用刀分、用细绳勒，成形的刚出锅的豆腐颜色气味和那弹性十足的嫩，很惹人。

小孩子还是无聊，尤其冬夜。文化不多的人们肚子里就那么几个故事，反反复复地讲了不知多少遍，终究不能让这半炕的孩子解馋。村里谁的故事多？前院的二爷呗，大家都知道的，他讲个十天半月，也没有个重样。真羡慕，谁也不知道他是从哪儿学来的。大家最喜欢听的是二爷讲鬼："过去啊，一个教书先生拿了地主的工钱，吃了主人一年里最后一顿饭，喝了点酒，就要回家，主人死活拦不住他。他背了包袱，出了门，这时候，夜眼子（月亮）下来了，路上还有雪，他顺手接了地主给他的一根木棍，沿河往回走。过了一个桥，忽然听见左手的山上有人打火镰，吧嗒吧嗒地响。都什么时候了？教书先生心里想，却又不敢回头，加快步子，只顾埋头往前加快步子走，突然，天色全暗下来，月牙子都不见了，眼前一片漆黑……"

每次讲到这儿，大伙儿都将伸着的脚缩回来，靠在一起。二爷讲故事的语气神神秘秘，大家爱听又怕听。

他出门半个月了，听说去了山西，替别人到内蒙古送羊皮去了。二爷在黄河畔的村子看了个媳妇，媒人就是在刮大风那天来催了一次。之后，二爷再没有心思打粪了，他要准备彩礼，他的羊快卖完了，只留下几只产羊，可这还不够，于是，他停工出了门找营生。

腊月二十四那天，出门20天的二爷回来了，人们都去看他，人瘦了一圈，胡子拉碴，可是钱还是没有挣到。听说是送羊皮的牲口捣了蛋，走不动路，途中还有一头驴子生病死了，最后工钱抵了盘缠和驴子的损失。大家都宽慰他，能回来就好，媳妇的事，过了年剪了羊毛再说。

当晚二爷没有讲鬼的故事，他讲了半夜自己的事，大家听了也新鲜，也过瘾，有几个睡熟了，直赖到第二天早上。

信

我从不相信，“信”作为几千年来人们最重要的信息传播方式会戛然而止，但这还是发生了。像列车一样经过千里跋涉，在绕过一个弯之后，突然抵达了终点。

从展开信纸，小心翼翼地写上称呼，真诚地表达，再到署上名字，并邮寄到该去的地方，这是一个很有仪式感的过程。是的，可能它的内容有嬉笑怒骂，但这个完备的操作程序必然是严肃的。

信，是一种十分美好的交流方式。

原先，信像是机械的导弹，人瞄准了（邮编）所在的这一固定目标，然后发射；而手机之类的媒介更像电子化的导弹发射器，它瞄准的是一个移动或固定的靶位，然后人轻松地摁下发射键。信从出发地到目的地，中间有跋涉，有飞翔，有滞留甚至藏匿，潜藏着未知的种种风险，其经历曲折、漫长，更有发出者的焦虑。相形之下，手机短信传输则快捷得多，免去了以上太多步骤，也减少了风险。

必然，人们选择了电子化。有谁愿意放弃肥马轻裘而趋求衣衫褴褛呢？信被人们毫不犹豫地摒弃，黯然退出了历史的舞台。

不管怎样，我依旧眷恋于信，眷恋于信曾经穿梭着的那些岁月。

去年，当经过曾经熟悉而后被合并的小镇后，我打量着满眼荒凉的街巷，就像吴用孤身重回梁山，此时的小镇繁华不再，酒旗被西风撕扯成一缕一缕，在夕阳里让人撕心裂肺。就在街巷的尽头，赫然挂着印有“中国邮政”字样的深绿的牌子。我下车驻足，小院的门半开，门可罗雀，但邮递的业务还在。进了门，站立片刻，昏暗渐渐消失，十多年前的邮递员还坐在当年的地方，只是明显变老了。有些尴尬地出了门，仄狭的小院宁静异常，让人感觉好像回到了古代的驿站，这里投递过亲人的问候、思念，情人的纪念和遥思，友人的谪居之情，征人的苦寒思归。汗流如雨的驿马踏出嗒嗒的声响，在并不宽阔的驿站墙上投出长长的影子……

下来要回到文题——信，信有家书，有情书，两种书信的署名者都如病人，且病入膏肓，寂寞和许多复杂的情感如响尾蛇的咬噬，让人无眠，只能举烛伏案，吞吐喜乐悲愁，怏怏入睡。那些年如此强烈的感情是今天的人无法体会的，况且感情是聚散离合的产物，在如今的通信环境下，离别相聚的定义比起历史时期显然苍白了许多，又有谁愿意用信的态度面对已经不复存在的牵肠挂肚与刻骨铭心呢？

信较一般的文学更加隐秘，哪怕是家书，只要装在信封里，说明它有亲启的意义在其中。曾有一次，我的同事私下读了我一封家书，我欲与之翻脸，最后他请我下了馆子，才算平息。即使如此，多年以后相聚，还会对此挂怀。情书更是如此，如果被人偷窥，就像被人扒光衣服走在闪光灯下的感受。当然，其中的意义可能在于自己的内心对异性的追求多多少少反映了一点人的丑陋性。每个人都有隐私，只是每个人的内心都被皮囊这个“信封”包裹着。说到底，书如其人嘛，聚光灯下的人总是被舞台下的人挑剔，而不是相反。还有一个室友，在听说恶搞他的几个室友看了他女友的来信以后，竟然把头蒙在被子里，还感觉不够，竟然用笑声掩盖内心的呻吟和痛苦。不过，内心深处对异性的渴望的面纱一旦被撕去，人也就学会了自我平和，于是变成了男人。那个年月，很多人的成熟似乎和感情上的经历有关，那样的经历无异于遭遇了一场冰炭交加的淬砺，后来就什么都可以尝试面对了。

投信，是一种隆重的仪式，对投信人而言，似乎比选举的一投更庄严、更矛盾。面对一个刷了绿漆的铁桶，难免如临深渊，因为一旦投了，传递出去的结果便不可逆。尤其是情书，这要求书写时措辞慎之又慎，害怕累赘又担心遗漏，完了还得过滤式地誊抄。现在是要把自己的作品发给唯一可以阅读的人，并且还要发酵，犹豫纠结是自然的事。最后，我还不能把罪过全部推给投递的方式，而是归于文字。文字，尤其我们中国的文字，使用的水平常常决定未来关系的定向、事情的结局。情书，是戴着脚镣舞蹈的舞台，是演绎平凡乃至伟大的艺术，需要张弛有度、不卑不亢。

情书能达到的艺术高度常常是一般散文所达不到的，它是现实的浪漫主义，包含着人类生存的秘密。一个不会写散文或语言技巧不甚高明的人，他的情书却不乏动人的段落。

书信最接近真实的人生，这样的版面值得收藏，它没有发表的预期，没有粉饰，可能有含蓄，可能有隐喻，却不影响准确和动人。朋友之信，建立了一个自由的王国，一个近乎纯粹的家园，这里空气清新、呼吸轻松，有如行走旷野般无拘无束。

人们从此放弃了书信，似乎是个悲剧，但我们并不觉得有多么失落，书信加固过情感的墙，树起过人与人关系的真善美的旗帜，已经足够了。只要是美酒，装在新瓶里亦不失醇美，何需古色与古香陪衬？

陕北洋槐花

对于名花，我知之甚少，观之更是寥寥，最多是在诗文里了解一些。这些花要么稀有，要么富贵，要么有君子格调，要么有隐逸情怀。

这样，很少有人写看着俗气的花了。

在陕北，要赏一回名花真的很难。去过几次延安城西的万花山，那里的牡丹花期是农历四月初，确实让人眼前一亮。不过，此花一开，其他的花便都羞于开放，于是就这样一花独开，总显得缺了点什么。其余的名花或开在有钱人家的院子里，或在室内成为盆景，要去赏花，的确是一件难为的事。

况且，对于盆景，我在内心一向是拒绝的。

陕北，这些年花明显多起来。她们开得很是规律，先是桃杏红，后来才是梨花白，清明开始，一直开到春天收尾，才恋恋不舍地谢幕，算是洋洋大观。

洋槐花是陕北大地上的夏花，开在夏初。她像什么？像满坡的羊群，万里的白雪，都可以。她一开，这块土地就真是夏天了。阴阴夏木上，浮上一层热气腾腾的白的雾，刺眼得厉害。每座山都是洋槐花，甚至山坳人家的门外、院子里，都有她亮堂堂的身影，她统治了这个季节。

从花树下走过，除了阴凉可人，还有浓浓的带着甜味的气息扑鼻而来，像满身廉价香水的不知羞怯的姑娘擦肩而过，但又不完全像。有时可能觉得槐花是最世俗的花，对，就这个意思，她距离我们太近了，开得太繁了。

她开得太盛，太热情又太奔放，是要引来所有的阳光、所有人的目光，还是所有的蜜蜂？不得而知。如此广阔的花阵花海，寂寞地开放是不正常的，需要有摩肩接踵的赏花人，有一边舞动一边嗡嗡的采蜜者，浓荫下还得有布谷、夏蝉和不知名的鸟的协奏。

这不，南方的养蜂人已经如期而至，像候鸟一样，找一处合适的地皮，暂且安顿下来，让繁忙驱走远走他乡的寂寞，过着在路人看来很自在的生活。

本地的人，一半是采花，一半是寻找有别于平常的生活。日子再丰富多彩，但日复一日下来，也感觉单调，感觉重复久了就是麻木。于是采花就不是一般意义上的劳动，更多的是享受了吧。

洋槐花的花期长，足有半月之久，对生活在这里的人来说，这些日子像是在过节。真的，因为人们的脸上笑容灿烂。女人们天生爱花，趁着气候宜人、阳光明媚，认认真真收拾好行装，约几个好友，采洋槐花去喽！男人也支持，可以想得来，不就是拍照发到朋友圈露个脸，放松一下心情嘛，她们可能还有不能宣示的秘密——减肥嘛。

陕北的洋槐花，是平凡世界里的花。

麦　子

一

在我的印象里有一种叫作“四月黄”的麦子。它是老品种，个头高挑，秸秆细瘦，成熟后不能见风，见风就变成匍匐状，极难收割。这种麦子产量低，等到后来杂交小麦一出现，便很快被取代。但较之新品种，它皮坚，和出的面筋道，做出的面条和馒头弹性足、有韧性。相形之下，新品种则怕雨，芒种到来，下上两三天的雨，皮儿薄的新麦穗上就生出了绿苔，出了新芽子。用这种麦做的面就带了黏性，有点像奶糖，任你怎么狠劲撒碱面，它就是虚不了，像一块硬团子，难下口也难消化。

四月黄退出的原因很简单，民以食为天嘛，解决温饱比什么都重要。它退出得很干净，不留痕迹，以致后来家乡人不怎么提到它，大概是快要忘了吧。但是仅凭它养育了我们的先辈和童年的我们这一点，四月黄，也足以载入史册。

二

从小到现在我都认为，麦子是天下最好的粮食。因为有了它，庄稼人的心就踏实了。即使老百姓说过“瓜菜半年粮”的话，那也是在闲月。如果到了大忙和年节时分，还是得指望着麦子呢，所以珍惜它是传统。地上掉了一颗麦子，也躲不过老年人深陷了的眼窝，他们絮絮叨叨着，很困难地弯下腰，把它费劲地拈起来。

一茬儿麦子在陕北东南部，由种到收足足需要大半年时间，应该说它是所有作物中，最耐饱也最叫人操心的作物。从第一年白露的播种到第二年芒种的收割，其中的苦累煎熬，没下过田的人是想不来的。

贫瘠的高原若要丰收，一半靠勤劳，一半要看老天的脸色，若是遇到年成不好，所有的苦水都付之东流，接下来一年的日子又得紧巴巴地过了。

即使如此，河东河南的人还是逃过来，于是陕北这块地方倒成了一艘方舟，接济四面而来逃荒的人，并把他们安顿下来，而且用陕北的粮食把他们个个都滋养得壮壮实实。时间再往前移，20世纪30年代中期，一支从南方出发的队伍，辗转二万五千里，突破重重封锁来到这里，竟然在十多年之后成立了新的中国。

陕北是块神奇的土地呀！

而陕北的麦子是上天赐给人类除了爱情之外的最好的礼物——不对，它比爱情还要好。

三

我们都相信了进化论。

我相信人类曾经是海里的鱼，后来偶然来到陆地后变成猴子，在森林里撒欢儿，之后，一部分猴子觉得森林并非久恋之家，于是又蹦蹦跳跳地或者狼狈不堪地来到草原，最后在郁郁葱葱的众草之中发现了稗草样的麦子的植株，它的顶端只挂着一粒种子。轻轻地采下来，放在嘴里，味道很美。到后来，麦子进化成熟了；人们呢，也因为勤劳和万物的滋养，成了万物之灵。

人类和小麦的进化是最成功的进化。

或许可以断言，凭借人类的智慧，有一天可以摆脱麦子等粮食。但我们的基因里应有着麦子的淀粉，人类是踏着麦子搭成的梯子走出泥淖，击水北溟，而后才仰望苍穹的。

很多年前的夜里，我梦见自己背着粮食站在珠穆朗玛峰上，高峰陡滑得似乎可以滑雪，听说从那里奋力一滑可以抵达皎洁的月亮，梦里的我从那个高坡向月亮飞去。

四

我没有飞起来，而是让尚还年轻的我在梦醒之后，一粒粒地拾捡麦子，拾捡人生应该具有的脚踏实地的品质。

就像父辈那样，当然又不完全一样。

父辈们的创造是缓慢的，这一点最能折射出几千年农业文明的落后性，可以毫不夸张地说，20世纪七八十年代，他们所用的农具和劳动的方式有很多留有一千年前农具的印记，足以证明农耕文明在很长的历史河流中，经历了考验的同时也早已锈迹斑斑。

战争的缘起大都和粮食有关，尤其是在陕北的土地上，相对落后的生产方式，在天灾面前极其缺乏韧性，几乎呈一触即溃之势。这一片未能被儒家文化充分浸润的土地，贫约之弦一旦绷断，接下来就是人祸。于是，衣衫褴褛、光着脚的乡民们，簇拥着一面旗帜，踏过干裂的土地，突破死亡包围。

安详的土地，少雨的土地，长着茂密的小麦的土地，培育了劳动，也培育过背叛。道义是圆的，如辕，掌握着方向；生命是锐利的，也是脆弱的，如铧。一旦失控，损坏的首先是铧，接着是犊。扶犁的人于是罢了耕，成群结队簇拥着离开土地。

这里，人们更相信土地，更崇拜生命，道义和理性在它们面前轻如鸿毛。

五

破旧落后甚至消失，都不是忘却麦子的理由，在黄土高原上，麦子仅仅存在于上辈人的梦里，已经渐行渐远，被时间一层一层断后，或被喧嚣遮蔽。但生活在一座城市，我有时不自觉地把鳞次栉比的楼宇，看作家乡场院上的麦垛，这些麦垛而后又不断地塌陷下去，城市的形象又渐渐地恢复了原样。

用铁錾子凿刻而成的石碌碡，还有木锨、木杈子和父辈们的草帽，甚至还有被日头蒸晒出来又风干的热汗，麦草当着正午的日头直射散发出的气息，都在那个时光、那个麦场里呈现，徐徐发散开来。

夏日午后甚至月亮出来的时候，父辈们牵着牛回归，疲惫、饥渴催促着他们的脚步。他们回家后，总是先急匆匆地在水缸里舀满一瓢水，然后仰起脖子，一口气将它喝下去。那种快感与舒坦，在一旁的人完全可以感觉得到。

月影和树荫的斑驳中，有蛩音作响，要么是木质铁质的农具在碰撞，要么是夜话隐隐，之后不久都归于无声，只有夜虫与杜鹃的长啼，在暑气下沉的村落和原野回响。

这就是只有在梦里才有的与麦子有关的印象，而现实像一面墙，隔离了我们和梦。即使如此，我也愿向梦的方向摸索。

六

故乡的原野，曾经是麦子的天下。

从村落走过，你会被诱人的麦香包围。放眼望去，天底下除了绿就是浅黄。未收割的，听得到此刻烈日下麦穗干裂的低沉的声响，如窃窃私语；而收割过了的，土地的焦黄便裸露出来，像产后的母牛的静默。麦茬是一行行的回忆录，也是黄土一年的里程碑，书写着也深埋着稼穑者的脚印、汗水。

那个年代，父辈们不重经济，为了生存，只能广为播种。麦子是擎起生命的脊柱，于是平展的原野，较为平缓的坡面，甚至背阴的山梁，都能被开辟成麦田。我曾站在家乡小河之南，北望家乡，正是麦黄季节，那层层叠叠的麦子的山原，像一幅挂在眼前的黄色的油画。

家户里的牲畜，多是为了麦子而蓄养，每每看着并不健壮的牛儿，拉着小山一样的麦垛，顶着火辣辣的日头，浑身湿透，在山间艰难地移动，我便心生怜悯。

牛的一辈子真苦，老了，即使与主人的感情再深，也要被卖掉、被宰割。它乖顺，不会言语不会反抗，有时默默流泪。它的一生总是被人牵着，慢悠悠地又默默地走完卑微的一生。麦子丰收了堆成了山，也没有牛的一份。

逐渐被土地松绑的农民，正像这牛儿。这些年，他们在城里搞了建设，完了又回到家乡，回归土地。他们用一块块砖砌成的房子是别人的，城市里的房子其实是他们幻觉的麦垛，那里藏着乡亲们的梦。

七

走在麦收后的田野中，感到麦地是厚厚的一本书，农人反复地翻阅，却依然翻不完，其实也读不透。土地，书写着农人的苦难史、情感史，祖祖辈辈生生不息的编年史。

而我们在城市瞭望，只把那里当成了桃花源，觉得那样美。同样是那本书，我们把它读肤浅了，读成了风月文章，实际上我们又都是嫁接到城市里的麦子，以为实现了几代人的梦想，便将早年的沉痛的记忆在被喧嚣和时间掩埋之后，出于一种本能的选择与过滤变质，留下了所谓的诗和牧歌的田园。

麦子，在我们的心里，更像一株营养不良的稗草。

八

人总是这样，不管他是唱歌还是作文，失去了什么总爱歌唱什么、呼唤什么。

麦子，对我们而言已成为一种记忆，我已经有十多年没有见到家乡的麦地。如今踏上家乡的土地，一眼望去，全是梨树、苹果树。百姓的生活都在改善，然而每当谈及往事，大家也和我一样，两眼炯炯有神。看来记忆也未尝不是一笔财富，未尝不是一种能量。

记忆是一种文化，即使那种农事活动是落后的，一旦断层，却一样能给人留下深深的伤痛，就像燕子回归找不到去年的巢，只能在建有新房子的院落里盘旋。

革新重建应该是一件很严肃的事情，家园的意义绝不会因为是重建的就是好的，家园不是住宅，它的重建应该折射良知的光芒，粉饰和抛光美化固然是重要的，但它的真容无法再回来。

年　画

旧历翻到腊八，不知怎么又想起了过去的年，想起了和年画有关的事情来。

母亲那时说，宁穷一年不穷一天。于是遇上小镇子年集，到镇子上分批买回油盐酱醋、糖果灯笼对子，母亲总不忘买几张大大的水印年画回来，然后贴在墙上，给即将到来的新年增添不少喜庆。

办年货是一件很叫人高兴的事情，大清早，天气还是很冷，经过母亲同意，约上几家大人小孩，翻过村边的很深的河沟，继续沿着两边堆着积雪的大路，向小镇进发。快到集市了，赶年集的人多起来，像小河汇入大河，人声则如同潮水。大人小孩都似乎兴奋了起来，老人带着孩子，相识的人们打着招呼，牛叫马嘶，叫我们既陌生又新奇，前面走路的疲劳早已忘得一干二净。

小镇近了，渐渐地听到街市的喧闹，嗅到旷野上嗅不到的诱人的气息。由于钱少，母亲每买一样东西，都要经过细致的打算。她懂得朴素的生活哲理，先考虑买衣食货种，最后一项才是年画。但对我来说，总希望母亲先买些年画，于是不停地提醒着母亲。

母亲买的年画各种各样：有女排捧着金杯的，有四大伟人在机场，有穆桂英挂帅，有歌颂亚非拉友谊的，还有屠夫状元。父亲最爱的是屠夫状元，因为他看过戏文，几乎每天给我们讲一遍。里面有一个叫党金龙的，比那个陈世美还要坏，在赶考途中被一个屠夫胡山救活，二人之后结为金兰。考中状元的党金龙竟然不认亲母了，并且认贼作父，改名为朱文进。后来胡山又因为救了党母和妹子凤英，获赠了一枚夜明珠后也捐了官，最终杀掉了朱文进，与凤英结为连理。这幅颇似话本小说的四联画，含着十分朴素的孝义思想，胡山杀掉朱文进的那一段，父亲讲得眉飞色舞、痛快淋漓。

当然也不是年年都能如愿买到年画，有时年成不好了，年画这一项开支就省了。不是母亲不喜欢，而是家里能揭开锅已经很不错了。

怎么办？母亲小心翼翼地把墙上的旧年画剥下来，先把粘在画背面的泥坯剔掉，再翻过来把正面用棉布揩得干干净净，年画面貌焕然一新，贴在墙上依然光彩照人。于是父亲讲的故事还是去年的故事，我们虽然不是很情愿，但还是专注地听着。那个年头，我知道的故事大多是听过百遍的。

贫困的岁月，很多人都经历过。物资的匮乏似乎扎了深根，于是父亲和母亲还有我们的乡亲们，就开始想些办法：衣服破了，加块补丁；粮食不够吃，就吃南瓜；煤油不够，就用蓖麻油。母亲说，看看主席看看总理，世上还是穷人多，受苦人多。我们也会想一些办法，作业本用完了就用背面，背面用完了，就用废电池里的碳棒在宽阔的院子里画。

年画是物质精神双重匮乏的岁月里的一道风景，给人们枯燥的生活增添了色彩和生气，我们也多多少少从中懂得一些做人的道理。不幸的是，我亲爱的母亲在几个月前因病去世了。步入中年的我，总喜欢怀旧。而现在，每想起故乡儿时的那些事，都似乎与我的母亲有关联，我只希望母亲在另一个世界里一切顺意！

槐米儿

我家院外有棵槐树，正值青春鼎盛。初夏时分，树冠绿莹莹的，甚是精神。到了盛夏，槐米儿长圆了，我就跟着母亲钩槐米儿。那时候母亲还很年轻，高高的树，她不用费多大力就能上去。母亲在槐树上用长长的镰刀钩，我就站在树下捡，那落在地上的槐米儿，清淡的苦味里透出点香甜。出于好奇吧，我就把高粱穗大小的槐米儿凑近鼻子狠劲地嗅，时间长了，那特别的味道，便渐渐地不见了。母亲笑着说："傻孩子，那是不能吃的，等到晒干卖了钱，给你们这几个馋嘴换蜂蜜吃。"我也捡累了，坐在叶子堆上朝树上望，甚至睁大眼睛直对着从叶子的缝隙间漏下来的刺目的阳光，直到有些眩晕。

村子里槐树多，家户的院墙外、大路旁、池塘边，还有田埂上，到处都是。有的参天如盖，矗立在老宅或庙宇旁；有的树干还没有脱去青绿，焕发出青春的光彩。槐米儿长成的时候，叶子也最是好看，绿色匀称却不显得凝重，薄如蝶翅，形状呈椭圆形，风来的时候，很容易翻动过来又呈灰色。槐米儿就在这密密的叶子间翘出来，轻盈舞动。

农历五月麦收之后，槐米儿就可以收了。于是老老少少一起动手，在绿油油的树盖下，热闹起来了。槐米儿收回来，摊放在热腾腾的院子里晾晒，正午，站在院子里，四周弥漫着带着焦苦味和香甜味的气息，很是诱人。之后不多日子，槐米儿出手了，村里人用晒成淡黄的槐米儿换来了并不多的钱，有人购置农具，有人买回白糖，还有的买回几棵白菜，顺便摆放在窗台上晒太阳，以补家用。

村子里的槐米儿采收得差不多了，就等着药材贩子前来收购。有一天，父亲赶集回来，带了一个人，把村里的槐米儿收购了个底朝天，完了之后商贩为了表达感谢，出钱让父亲将收购来的槐米儿送过延河。父亲高高兴兴地领了这个肥差，一大早就出发，马不停蹄地蹚过河，下午就返回家，赚到20块的报酬。一家人好高兴，尤其是我，因为至少不必为去城里考试没有盘缠而发愁了。不幸的是，第二天母亲下河给我洗进城穿的衣服的时候，不小心把装在兜里的钱揉成了一个团儿。

母亲的心碎了，她很心疼，觉得对不住父亲的劳动，同时也为下来的伸手借钱而发愁，因为多年来的贫困，我们在村里已经不可能借到钱了。那晚我没有睡着，父亲母亲也因为商量借钱的事，煎熬了大半宿。

多年以后，母亲每每跟我提起那件事，隐约间还能感受到她的愧疚——岁月还是没有湮没那段不堪回首的往事。

去年夏天回家，旧院子外，父亲亲手栽的土槐已经长得很高大了，开了满树的花，像一座小山，白色的蝶形花在风中摇动，一种莫名的苦味像梦一样飘过来，飘过来，让自己无法呼吸或言语。

这几段有关槐米儿的故事如在昨天，而母亲已经离开我们三年了。

四爷的驴叫

四爷的老驴连绵不绝的并不难听的嘶叫声，能传到邻村的塬上，因此不多会儿，邻村的驴叫声就像应声似的传了过来。村里人说，四爷喂牲口下料足，驴便有精气神。全村里要说嗓门大，除了队长电线杆上的喇叭，就数四爷家的驴了。这话后来传到队长的耳朵里，队长给传话的人捎话说："小心我给老四的驴嘴里上个小嚼子（给爱偷吃的牲畜嘴里安置的铁链子）！"

四爷养起驴来就是与众不同。众人都在一起说家长里短的时候，四爷背起手回头打个招呼，就去喂驴了，他不看日头，每次都把时间掐得准准的。他的老驴就像一头黑骡子，高高大大的，耳朵总是支棱着，小孩见了总躲着走，唉，人总是打心底里惧怕那些强悍之辈。于是别人家的驴叫是饥饿了发出的，而他家驴叫完全是精力过剩。不是吗？有一年的一天，那家伙居然趁四爷不在家，咬断缰绳跳出槽头，昂着头跑了，害得四爷撵了一整天。

秋收后，村里有小伙子就要结婚娶媳妇了，四爷家的驴是要参加迎亲的。这时候，新郎要打扮，迎娶新娘的哥嫂都穿了新衣。四爷自然不敢怠慢，除了爽朗地答应差事外，还得半夜起来添夜草，清早起来拿扫帚把驴儿身上的杂草清除得干干净净，然后交代牵驴的新郎的家弟："小心不要把缰绳抓得太紧，可不敢把新媳妇引到你家门里去。"人家慌忙着，四爷竟不忘回头补上这一句。

四爷从不打牲畜，他的驴也狠劲地为他出力。别人家耕地是二驴抬杠式，他不用，一头足够了，而且一点不比别人耕得慢。四爷勤劳，耕完地，他卸了犁具，由着驴在一旁的打滚窝里养精神，而他自己则要打理地沿，赶着敲打一些让人看着不顺眼的土坷垃。末了，四爷望一眼如沙漠一样的地，满意了，然后吆喝一声，那枕着在假寐的驴便竖起头，像举重运动员发力一样，铿的一声便把几百斤的身躯扛了起来。

村里人都说四爷的庄稼长得好，夸四爷的时候也夸他的驴，夸他的驴叫声震耳欲聋，力气大，有靠劲，怪不得人家的光景好。这是实话，四爷也这样认为。不过，他觉得他的驴更有驴脾气，虽然不像马那样聪明、像狗那样乖顺，但这驴有性子，没性子的那叫毛驴。众人都觉得他的驴成了精。他为自己有这样的驴子而荣，他很满足。

四爷的驴子是联产承包责任制时分的，牵回家时被老伴美美地骂了一通："人家的驴都是成熟的驴，你偏偏拉回一头嫩条子！"四爷不作声，只是抽着烟袋。四爷心里有数，低声嘟囔了一声："你刚进门时不也是嫩条子吗?我嫌弃过你吗？"四爷还是笑到了最后。

多年以后，我还想知道四爷和他家那头驴的事，乡亲们说，四爷干不动了，被女儿接走了，走的时候是四爷牵着驴。四爷没有儿子，在村里没有个立户的。村里的乡亲都说四爷是好人，那头驴是好驴，叫声比村主任家的喇叭还响呢！

古　槐

站在故乡的古槐下，天空才真正豁亮起来。不错，这棵山一样高峻巍峨的槐树在我儿时第一次站在它脚下的时候，就成了我心中没有文字的箴言。生命本身就是一本书，沧桑本身也充满力量。面前这个占地四五十平方米的槐树就是一本厚书，这密密匝匝的树叶中蕴藏着什么？秋风骤起，片片旋转而下，在午后的阳光下翻动，如美丽的蝉翼。

猎猎的风，把我引向童年那最深的记忆中。和眼前的树一样，我童年的树已显老态，旁无他树，突兀而立，孤傲又孤独。树身庞大，树杈间雀巢累累。主干粗壮，其上缀了十多个不大的疙瘩，如老年斑，其下根部隆起，霸气十足。而树冠早已谢顶，枯枝直指苍穹。就在它的近旁，一座古庙颓然坐落，原本高翘的飞檐也已下垂，瓦片瑟瑟。鸟雀忽起忽落，而难呼其名称。庙门不知什么时候被人们拆走，泥塑的佛像灰尘满面，足见香火已绝久矣，那时还摆弄着龇牙咧嘴的姿态，显示自己的勇敢与威风。由于见惯了佛像，我们也不惊恐。那时庙前有一麦场，就有那些不更事的驴子大摇大摆地进庙去，乘凉、打滚、放屁、撒尿。下地的农人早已鼾声如雷，任凭它们折腾。

这就是故乡20年前的槐树和它近旁的庙宇。沧桑的老树和破庙互为依托，谁也不知道过了多少年月，然而沧桑和古老总是令人心生敬畏。今年清明节回家，儿时的伙伴告诉我，这棵树之所以长寿，恐怕和它经历的灾难有关。他的话也许是无稽之谈，但仍值得推敲，既然没有佐证，我在百思不得其解之余，宁可相信这话的正确性。伙伴像推测黄河古象化石的形成那样发挥想象：几百年前，这里遭遇旱灾，黄土像是要着了火，不少人抄起打狗棍背井离乡，而留下来的人们只有重新拾起求雨这棵稻草，选择最好的树做了大梁和木椽，修建庙宇，消灾驱祸。按照他的话，这棵树只是当时一棵不起眼的丑小鸭样的树，并以古庙为依托，才得以独活，直至参天。这样的想象也未尝不可以，总之还是为古槐找到了一段较为合理的履历，而且在我的心中渐渐清晰起来。古树、古庙犹如执手而老的伴侣，见证多少个世纪的风起云归、月落日出，像是一部史书，从古记载到今。朋友告诉我，经历了风雨，才算得上参天。它们的年轮里也已铭刻了先人的生存密码和生存状态。当然，我们更是从中找到了“古之立大事者，不唯有超世之才，亦必有坚忍不拔之志”的注解。可以想见，曾几何时，此树几遭白眼、几遭风雨，它能如此根植一隅，凛然面对风起云涌，而兀自岿然不动，不能不说是一种奇迹。

大多数生命是卑微的，也就因此随波逐流，舞于东风。它们是绝然不会有如此之生命之绝唱的。

这几年，村里人几乎倾巢而出，到百里之外去淘金。于是园田荒芜，庙前蒿草荆棘离离。在这里，到了麦黄时节，也是蜂飞蝶舞，虫鸟鸣啁。

风起时，古槐飒飒长鸣。

而我们脚步不停，渐行渐远。

冬 村

从红尘滚滚的城市一头来到陕北的某一个村落，倘若是冬天，你会觉得荒凉并不可怕。路过一个村口，一片只剩秸秆和枯藤的田间，没有什么可以遮住阳光，在繁华落尽后，大地的原貌在阳光下坦坦荡荡。这时的天地，是没有欲求的世界，是灵魂回归到肉体的出发地。这是本能的回归，不是一个地主的家道中落，而是雄心勃勃回归淡泊名利的退隐。一个季节在年老色衰之后，这个状态就是必然的归宿。

冬村，阳光和北风不停地汲取欲求的颜色，不停地琢磨叶子的锐角。这样，冬村的轮廓在两个节气过后，逐渐成形了。

我的内心并不荒凉，我是来寻找荒凉的，寻找多年前和故乡有关的一个梦想。“30年以后，我要回故乡，式微，式微，胡不归”，我曾这样写过，而这冬村最像我的故乡。冬村的叶子落尽以后，亲人们把农具拾掇干净以后，人们暂且放下庄稼的话题，在墙根下，在漏着充足阳光的老树旁，闲话逗乐。这就是我羞于说出口的梦想的情景，它不荒凉，它年年岁岁长在心的土地上，在漂泊的阴郁日子里，不时在我心头摇荡。于是它繁花似锦，葳蕤生色。

冬村，是一个深处的梦，它和伟大的理想无关。理想是有色彩的，是开疆拓土；冬村的土地上盛产思想，收获故事。

冬村是铅笔勾勒的连环画，村落是人的家园，也是老树的家园。这些老树挺立在院落外，俯视着村子，树下有孩子把树上落下的槐籽捡起来，用石头捣碎了，揉成球玩。几乎每棵老槐都有鹊巢，像一个箩筐，不会唱歌的鹊，翘着大尾巴对着蓝天唠叨不休。

相形之下，落叶后的枣树显得单薄许多，且奇形怪状丑陋不堪，只是初冬时节，树顶上遗落下几个风干了的红枣子，阳光下很是惹眼。儿时，我们常常把土块攒一堆，为了那焦渴已久的希望，不惜一个午后的时光，向着天空中那几个顽固的红点发起一次又一次进攻。很多时候，我们借助时间和寒风，才获取微小的果实，从中明白了执着不一定能够换取成功，也懂得了坦然的朴素意义。

冬村里的每一棵树都很坚强，它们赤裸着身子，望日头“照临下土”而歌，也对着北风而舞。我相信长久的生命都有灵魂，它见证着一茬茬人们在窑洞里诞生，然后又一茬茬回到土地里去。它看惯了日升月落，云起云散，守候着这片春温秋肃，安若高山。

村里的人不再因为农事而奔忙，几个女人围坐在热乎乎的炕头，拉着家常也顺带做一件手边的活计，没有主题，只要不招惹是非，只要手里的针线活不停下来，拉到日头西斜，拉到男人肚子饿了，把双手笼在袖筒里从外面回来，拉到墙外传来孩子叫妈妈的声音，这样，像线一样长的话头才被迫咬断。

男人们多是聚在向阳的墙根下，平辈之间爷孙之间互相逗逗乐，吓唬吓唬几个不听话的娃娃，都是寻常事，但男人们关心的事情更大一些，除了自家的村里的事，他们也拉国家，拉中央，拉奥巴马，拉普京，有的甚至知道朴槿惠、默克尔，当然，最后又把主题拉回到牛羊这些牲畜上面去。

这不是冬村的全部，对人们来说，农闲只是一个概念、一段插曲，到头来，生活的主旋律依然是生活。人们要照顾眼前的吃喝拉撒，要挑水，要喂养嘶叫的牲口，要准备别人家婚事的礼金，再过些日子就是年关，样样数数都得置办。于是也发愁，也要动心思。面对明天，人们心里都有一个算盘一本账，今天放松了，明天可能就要出岔子。

但是，别人家的婚事近了，自家再忙，也得撂下，这个时候，再厉害的媳妇也不去干涉，变得善解人意了，毕竟是喜事嘛，再说了，谁家的门前不过日头。忙碌一阵子以后，再也不用掐指头算日子了，那天终于来了。这一天是个黄道吉日，男人们穿上新衣服、新鞋子，刮干净胡楂出了门。女人少不了在镜子前面多折腾一会儿，反反复复，意念里可能还要过一遍自己进门的情景，嘴里不说，心里抱怨肯定是有的：跟了穷小子，就没有享几天福。唉，算了，还是认命吧。

大家一起动手，把一个平日死气沉沉的村子折腾得热热闹闹，客人都是十里八乡来的，互相问候，互相敬酒，一定要招呼好远近来的人，谁也不能让他们瞧不起，让人走后说道咱们的村风不好人气不好。

村口炮声响起，新人来了。

婚事办完，村子又回到平静的日子，经这一闹腾，人们反而好一阵子回不过神，对这平淡的生活反而不适应起来。可是不要紧，接下来就是过年，那是一个漫长的节日，虽然年总是重复，但是新年一定会发生一些不同的动静。

生活就在这枯燥与偶尔喧闹的交替中延伸。

村子的冬天，是生命诞生的旺季，爱情不会因为天气的寒冷而降温，春夏时作物的疯狂，就是为这爱情与生命哺乳奠基的；饱满的麦子里，孕育着一年里的欢乐，孕育着洞房花烛的幸福和产房里的春风满面。

冬村，出发的地方，人们在这里喝饱了奶攒足了劲，去了山外，然后你累了，再想起它的时候，你回来歇脚。

承露集

一

露珠明知道比不过琥珀的长久，却不安地在荷叶上辗转，等待阳光。

二

生命的高树上，有多少温暖的鸟巢，可是，它们宁愿奔波在远方。

三

还有这些笨嘴的鸟、沙哑的鸟，它们丝毫没有觉察夜莺的不屑和嫌弃，在黎明的枝头独唱。另外，它们还预约了夜晚的舞台。相信那是安全的舞台。

四

婉转的歌声只有那么几句，美丽的歌词只有那么几行。

大雁在抱怨深秋的天空，总是组织它们进行合唱，更可恶的是，留给它们的仅是一个过场。

五

大地花费了一整夜，酿制了玉露琼浆，暂且把它存放在花叶之上，然后沉沉睡去。

六

大地的孩子用歌声和笑脸迎向春的太阳，而把秋的衣裳，交给母亲存放。

七

醉酒的人们，歌唱丰收的时候却流泪了，他们拖着疲倦的身体说："这不是我想要的生活。"

八

凤箫声动笑语盈盈之外，昏暗角落的《汉宫秋月》，方才还停留在人们的心弦，片刻就被灯红酒绿湮没了去。

九

孩子喝净了酒，举起釉色黯淡的坛子。爷爷说，那是个传家之宝。

十

公无渡河，公竟渡河！男孩在河流之上徘徊！

十一

刺猬望着阳光下有着漂亮花纹的西瓜愤愤不平：“为什么你总是被人抱着回家！”

十二

湖水甘心处在山的脚下，让调皮的柳枝在水中舞动，让燕子的脚点出圆晕和涟漪。

这时，云朵不再阻拦月亮，给她让出一条圆形的通道。

十三

柳条羡慕燕子流浪的热情，燕子羡慕柳条有钟摆的冷静。

十四

池塘因为云彩的美丽而把她拥入怀中，云彩撒娇道：“你不清澈，就不能俘虏我。”

十五

井水因为孤独而长久苦恼，当它听说天空辽阔而蔚蓝的时候，它在难过之后，奋力地扶着井壁爬出来，却收到了来自大地的赞美诗。

十六

悬崖上的小鸟替草尖上的露珠担忧，露珠替翅膀沾着水珠的小鸟流泪。

十七

孩子宁肯相信诗歌，而不相信格言，尽管格言更短，一身正气。

母亲说的是谎言，为何孩子竟然如沐春风了呢？父亲的话冷若冰霜，如千年的铭文，孩子竟然熟视无睹。

十八

一枚蒲公英种子落在沙漠上，从此，沙漠心事重重。

十九

露珠为花朵的命运担忧，花朵为露珠的长久裹住花苞。

二十

蟪蛄因为“伟大”一词迷茫了一个春秋。

二十一

草尖的露珠面对着朝霞，攀登着阳光的天梯羽化登仙，而大地的风呼吸不休。

二十二

我的心房早已打开，迎接灵感在深夜前来。我要在睡前握笔，以记录这个不速之客的冲撞。

二十三

无梦的夜，我可能才是真正的蝴蝶。

二十四

人们对于那些口无遮拦的人，总是心存戒备。

二十五

漂亮的苹果，为什么要在高枝摇曳？

二十六

当我站在雪地，感叹春天即将到来时，大伙儿都说，诗人都不能脚踏实地。

二十七

雄鹰在不停地盘旋，尽管那冷寂的天空不会留下雄鹰的翅影。

二十八

科学家和望远镜发现了黑洞，发现了宇宙的深邃，并且计算出太阳有一个悲壮的落幕。尽管一切还很遥远，我却为人类没能做好充分准备而杞人忧天。

二十九

人们找到了所有哲学题目的答案的时候，哲学家还在灯下编他的新书。

三十

能够使树木腐朽的方式有许多种，啄木鸟的长喙不明此理，还在埋头玩弄它的架子鼓。

根　问

一

大约在20世纪30年代末，我的爷爷西渡黄河，在距离黄河西岸三五十里的一个山村落脚。就在这里，浮萍一样的爷爷遇到了失去伴侣的奶奶，后来就成了家。20多年后的1957年，爷爷殁了，后来父亲告诉我，那时他才3岁。所以关于爷爷的身世故事，多是从奶奶那里知道的。

给我讲故事的时候，奶奶已经60多岁，茕茕孑立。爷爷当年喜栽树，家的对面，种了满坡的桃树，每到春天，桃花开了，烂漫得就像要统治一个世界，爷爷一边打理园子，一边哼着歌。奶奶讲的关于爷爷的故事就这些，只是反反复复，足见那时的她是幸福的。我们可以想象，她是深情的，完全是走进了那无法回去的美好当中。我现在知道那是诗一样的回忆，诗一样的梦境。

后来得知我的祖籍在河北保定，爷爷姓赵，是真正的燕赵人。爷爷弟兄九人，在日本“扫荡”的冀中，不难想象，日军在当地应该是大肆抓丁充日伪军，那么，九人中逃丁的怕不止爷爷一人。

父亲16岁离开那个山沟的村子，跟着王家的伯父（奶奶与第一个男人生的儿子）来到现在的村庄，原因是这里土地肥沃，能少吃苦。父亲改姓了王，到这里三年后结的婚，第一个孩子就是我，随了父亲的王姓。20年后，我离开这片土地，不再是一个农民，我的孩子更没有土地可以回去，相信以后，他们也不会回到父亲的村庄，更不可能回到爷爷的出发地。

二

从某种意义上讲，人也有候鸟的特点，而且比候鸟的迁徙更复杂、更不确定。人更像蒲公英，春天到了，花开得蔚然有生气，风一过，从四面八方聚居一处，却飘过一样的气息，不错，那就是来自五湖四海，是不同的风让带着种子的飞絮轻扬而上，风歇时它们坠落生根，形成一个部落。它们开放了，笑容灿烂而生动，可爱又欢欣。

它们共同绘制了一幅黄色的版图。

三

有时候想，我们似乎都有一个思乡的病症，古人有狐死首丘的典故，而人类在这方面显得更严重。再往大方面讲，人往往会在心里有“我从哪里来又要到哪里去”的追问，这是哲学的反诘，历史很难解答，于是这悬而未决的问题像远古走来的化石，不论如何解读，总是让人投去怀疑的目光。

这的确是一个永恒的谜题，却从来没有阻挡有思想的人类的探问与探寻。人类与生俱来的好奇与日渐增强的自信，让我们关注这个关乎人类群体与宇宙关系的问题，也让人类的生存更具有意义。事实上，我们早已知道人类只是一种渺小的存在，所谓“天地不仁，以万物为刍狗”，只是尘埃，或者一种无所谓的可以忽略的存在，这到底是骄傲，还是悲哀?

难道这个问题本身就是悖论?

四

但这可贵的人文意识似乎包含了秘而不宣的指令，从这个层面上说，这又是有意义的。

“帝高阳之苗裔兮，朕皇考曰伯庸。”两千多年前行吟沅湘的屈原，在人生穷极之秋，有如此回望：我是古帝高阳氏的子孙，我已去世的父亲字伯庸。他首先要搞清楚的是自己的籍贯身世姓甚名谁，似乎和当下的自己有着某种意义上的联系。这倒是真的，就像一条河流的名字一定不是以入海口的名称确定的一样，一座现代文明城市的图书馆，一定存放着这座城市的昨天。这样，我们在通往未来的路上，也一定不忘回首身后的历程。

五

上而问天地，中而追先祖，下而呼父母，似乎人病天可以知道和治疗，问题出在哪儿啦？人和现实是永远的矛盾，就像一个人的体内永远有正反的斗争。所以问自己不得，就要追溯历史，询问来途，正本清源，求得一个宇宙大道。树生蛀虫，先求诸其根本，根本不知道，再问自然，问天空大地。“人有病，天知否？”这是最难处。

《史记·屈原列传》云：“夫天者，人之始也；父母者，人之本也。人穷则反本，故劳苦倦极，未尝不呼天也；疾痛惨怛，未尝不呼父母也。”这些寻根同“述往事，知来者”的历史恐怕有根本上的一致。

六

宇宙运行漠视自然万类的静躁痛痒。生老病死是自然规律，无可悖逆，长久意味着无情，崇高联结着恐惧。所谓人类的伟大者，介于人神之间，人类的平庸者，仰视着辽阔的星汉。

人类因为有着掇月的欲求而痛苦不已，因为要长久，要不病不老不死，并且无法承受不能获得的结果。

从这个意义上讲，人的一半的精神或智慧应该来自哲学，这样可以摆脱悖妄。

人有病，天不知。

七

哲学是一门高智慧课程。宇宙自然是一本教科书，可以不教而诛，不教而生。

我们真的认识自然吗？

宇宙动而非动。只要我们的眼睛和良知没有被遮蔽。

我们且见江潭平如无波，而事实上必有天地开源，要么天雨，要么深泉。

我们且见花开动如舞蹈，而事实上必有天地神力，要么东风，要么深根。

我们且见镜中今天的自己，而事实上那所有的风尘都来自昨天，镜中的你和花都是昨天赐予。你是昨天的你。明天的你在哪里？在今天。明天的你是安静甚至虚无，今天的你必然饶有生机。

八

惚兮恍兮，其中有象；恍兮惚兮，其中有物。

朴素是一切的本源，今人在繁茂的花树下想象花落，可见哲学源于“目光短浅”“心胸狭小”。多年以后，我们才记得寻找象外之象。觅而不得是其次，觅的萌芽诚为可贵。

登山的真谛是山腰，是曲折幽深，是树色鸟鸣，携带着这些移步至山巅，那是一个真你。没有经历苦痛的攀登，山巅展现给你的或是空幻。

人生也是如此，创造从来都是从脚下的第一步开始，一个脚步就是一段美好的行程。卧榻之上，空流过多少美好和繁华？回头再望，生命的田野一片荒芜。老子说，想要收获，先埋种子。暂且这样肤浅地理解，真理不会眷顾平坦，神明永远伴随在苦难身旁。

九

想要收获，先埋种子。

埋，意味着种因，也意味着屈辱，意味着放手。这里不是下种，下种是有求于土地，埋种则无视于秋果满园。当人们争先恐后的时候，我自岿然不动。老子李耳真有神气，启迪了庄子的《养生主》啊。

也许，他看惯被埋，看惯了让人绝望的世界里狰狞的面孔。别人唯恐避之而不及，他却对此如红尘落面。

他能拂去尘垢，然后自然而然。自然而然，自己是怎样就是怎样。找到自我的感觉有多好，而且如此长久，像一座山，谁也不知道它有多幸福。幸福根植于沧桑了的心，这颗心囊括了一个纷乱的世界。

这座山之所以长久，是因为根基牢固；这棵树之所以高歌，是因为明晓根的黑暗与散曲。

十

我们一直把艺术视为花朵一样美好，它可以折射出哲学的思考甚至连通宇宙。不错，真正的艺术就是哲学的枝叶和花。

愚以为，艺术的第二名称是节奏。音乐之美在抑扬顿挫；书法之美在跌宕呼应；文章之美如苏东坡不喜平之言，韩愈又有物不得其平则鸣的论述。这里又回到动与静上来了，艺术的探究如果深谙动静行藏之道，则大道通明，其法其术，其势则为蘖枝而已。

动与静，蕴含自然之气。

十一

西方有一个人说，哲学原就是怀着一种乡愁的冲动到处去寻找家园。

相对而言，诗人多的是乡愁，但在寻找归途的时候，这种郁积已久的愁多消散于江中落月的缥缈中了。中国人有太多求之不得的事情，而对于诗人来说，多是被兴观群怨里的“怨”误了去，这里自然分散了注意力，被更凄惨的历史典故等而下之了。

哲学比较执拗，比较穷理尽性，它也是行至水穷之地，终究要望眼欲穿而回头。哲学要的是通达和彼岸，诗歌是借白露为霜消解心中的白雾茫茫。

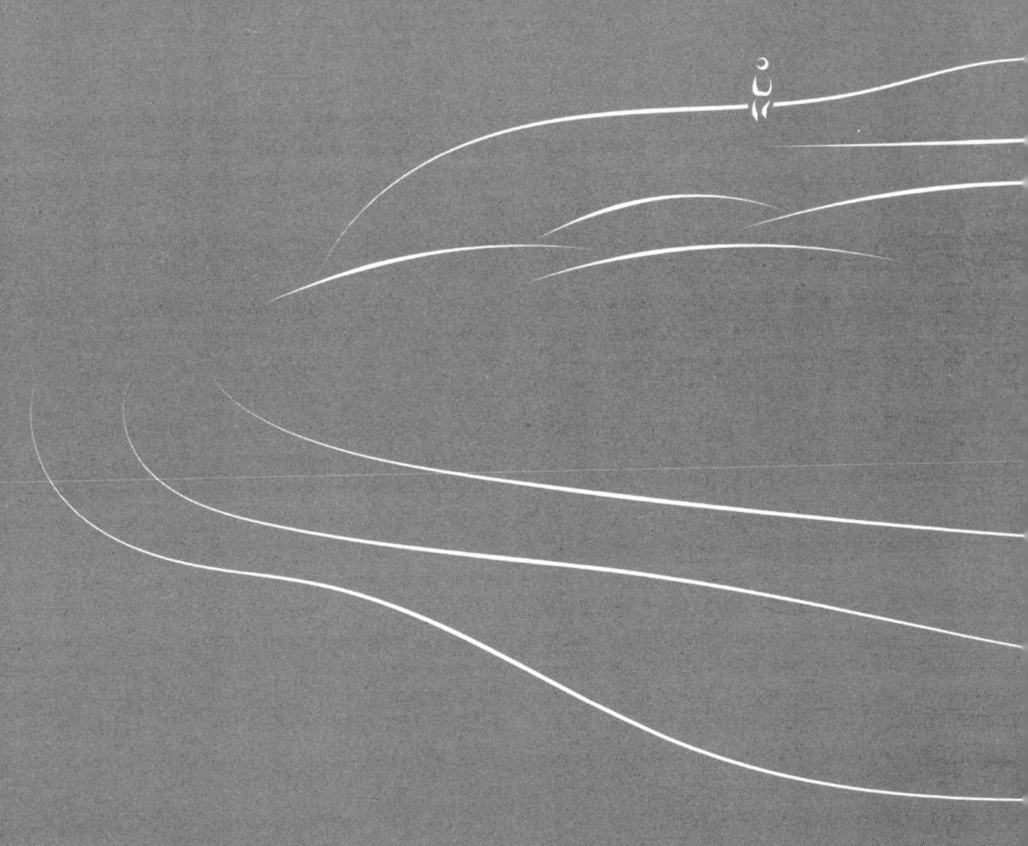

杂感

何处驻东风

东风何止万里？夜听时，如淙淙流水，连绵不绝，挟着大海咸涩的空气，把西北高原冬树上残留的枯枝揽回大地。东风何尝不强劲？听那冰挂如羊群蹚河般的争渡，看那高空五彩的风筝，如斑斓的鹏鸟扶摇云端。而东风何尝不温柔？如果不是，为什么我们风雪载途如迷路的羔羊，却忽然间记挂起了你？我在心里说，如果没有了方向，我们不妨做你的俘虏。

是啊，东风来了，我们像是被再次宠爱的孩子。我们在被丢弃给一个冬天，受过虐待之后，又被你反复地抚爱。此刻，我们正沉浸在无边的幸福中。

我们会珍惜这个春天，珍惜由东风撞开的这个明亮的世界，珍惜妩媚的天空和大地，珍惜诗意而又情味十足的无边美好。

东风肩负着一个伟大的使命，一路跋山涉水，播撒着五彩和温情。在她过处，江南烟村，草长莺飞；长江碧波，帆影正悬；中原千里，田畴麦青；黄河冰解，巨浪漫卷。然后，入潼关过华岳，将那灞桥柳色变得妖娆如翠袖翩跹。

我是陕北高原上的歌者，翻阅了无数遍的唐诗宋词，才找到了“可怜无定河边骨，犹是春闺梦里人”“塞下秋来风景异，衡阳雁去无留意”两句书写本土的诗句。可是陕北真正的春天一到，自有一半江南春韵的妙处。高山河流温婉而诗意，澄澈如洗的天空，较江南水乡更加明亮，更加碧蓝。多山少水的世界里，山色秀丽，雾霭也薄了许多。被东风抚摸并雕琢后的山原，迎春花和桃李花，更是艳丽无比。黄土高原，这是一片多情的土地，也是一片容易被唤醒的多姿多彩的土地。于是，这土地上盛产米酒，盛产歌谣和传奇。

陕北这地方的四季，荣枯变化异常鲜明。尤其春天带给人们的喜悦，自然不是生活在四季如春的江南之人所能理解的。那种由东风唤起的一抹鹅黄新绿，那种东风过处、细雨过处山间土地上的“昨夜一枝开”，俨然是拂去了尘灰的翠幕！窗外那一声玄鸟的呢喃，那猛然抬头河岸柳色的微绿，那三五只鸭子结伴在浅潭戏水，会让一个久居屋舍的人怦然心动。你惊叹这东风如画师手中的笔，把曾经的苍茫的高原一层一层涂染，雕琢，装扮；把一个昨夜梦中的灰色的底片，渐变得五彩斑斓；把一个个冬眠已久的小东西从睡梦中唤醒了，看着它们在明亮的大地上享受阳光与和风，愉悦而自由。

我知道，春天迟早要来，来报答你我曾经的记挂。那不再是长风万里，而是一双柔软的手，小心翼翼地打开了春天的窗子，并在窗外悬挂一扇无比明亮、无比明媚的画屏，让她在一个季节里渐次成长。画屏里的生命万象，也谦卑羞涩，也张扬奔放，让人想到，这样的丰富里，是不是隐藏着东风的什么秘密？

你这个智慧的人，曾借东风之力在广阔的大地驰骋，在蓝色的天空翱翔。而这东风，在成就了大地的峥嵘，留下了绚烂而伟大的作品之后，转身而去。

这是一个别开生面又精彩绝伦的开头。我们掀起襁褓的一角，里面分明躺着一个面色粉润、身体健壮的孩子，在阳光下春风里均匀呼吸。

“春秋多佳日，登高赋新诗。”春的面纱还没有被东风揭开，人们早已知道她的面容。但世间一个“新”字，似乎更为要紧，它是一种转变，一种生机和力量。春牵动世间的心灵，并具备被追寻者吟唱的气象。古今的诗册中，油墨含量最高的应该是春秋代序的章句。可以理解，这样的全新和生机，让人在遥临和遐想中，就能够自自然然吟咏出春愁秋恨的诗章来。

在古人心中，一整幅春天的富丽的画卷，都只是东风的面容；一整组春天的万物的雕像，又都来自东风的妙手。所以，“东风面”就成了春天的代称。这样的思维有诗意，有理趣，给人愉悦，也给人启发。这种美，精致而牢靠。

突然想到了朱熹的那首《春日》：

胜日寻芳泗水滨，无边光景一时新。
等闲识得东风面，万紫千红总是春。

胜日好游春，到孔子曾经弦歌讲学的泗水边流连光景，那里一定是诗人如坐春风的地方。朱子看似惊叹那明媚大地，实则追慕寻求孔门的圣人之道，即所谓寻芳。一般的人都能够知道春天来了，却不知春在诗人胸臆：圣人之道如催发生机、滋生万物的春风。

好一个“东风面”！世间有多少种人，他们的眼里心里就有多少种春的面目，多少别样的万紫千红。可惜的是，他们耽溺于春之乐，而不知同游者乐之异同。

面对这由东风催发点燃的万紫千红，有人知道自己探寻的，已不仅仅是让人赏心悦目的春色，而是心境的明澈；有人在满面春风中，心灵深处还有隐隐疼痛。美在这里，可能已经不是自然的存在，而是一种诗心映照，这样，春山春水就别有味道。自然的色彩里，折射着人生之轻、人生之重；年年岁岁里，花相似而人不同。踏青观花的人成长了，眼中的春色也就不同。你的心中有了锦绣，画屏一般的春天就会和你的内心契合。春天，你思慕理想而不得，心中自会有“皇皇者华……每怀靡及”的感叹；春天，你懂得岁月无情了，面对落花流水，便会发出“逝者如斯夫，不舍昼夜”的叹息；春天，你春风得意，你的异常轻快的马蹄可能踏遍青山而不知疲倦。噢，春天之美，原本就是东风大地和惊诧于她的人们携手创造的啊！

东风万里，人们拾级而上，寻找山外的无限风光。然而，何处驻东风？固在胸臆丘壑间。

秋天的寓言

一

庭前，梧桐叶子盘旋而下，我知道秋风的彩笔早就万毫齐力了。到底是用了多么奇妙的手法，让天地之间顿生这无边的清气和多彩的光芒，让我登时心旌摇曳。

二

诗心如卤水。

点化了季节的骨骼与神色。没有卤水的加入，豆汁不改那混沌鸿蒙；没有诗性的想象和渲染梳理，日月山水缺乏了灵光和意境。诗人的心思一旦与眼前光色交会，这个世界就会同声共响，万般美好就要载歌载舞盛装出场。

三

我曾经在一篇文章里写过，失去民歌的陕北，仅留下地域意义上的陕北。从文化角度上讲，失去民歌的陕北，将黯然失色。

四

我们同在看“快手”，可是，你读你的故事，我听我的秋声。

五

诗心降落秋天，如晚舟升起渔火，女子叩响柴扉。

六

中秋月啊，为何皎皎富有？

因为这个佳期，不知累叠了几世几年的奢侈盼望。

江畔何人初见月……江月年年望相似。只有这偌大的聚台，方容得了百代思慕。只有如此繁富盈盈，才写得下万卷辞章。

七

层代的仰望，才有这月到中秋分外明。

八

秋如老友，离别已久。

于是有酒盈樽，登高作赋。

九

我的万千言语道不尽别后思念。记得早年的欢聚，总是海阔天空纵论天下，酒酣不能停杯。

如今契阔谈宴，便不以俗事为俗，悲哉？乐哉？

少年时酒以慰志，多年后酒以慰时。

十

我的万千言语道不尽秋的风月无边，只有分章列表，含英咀华。

秋的富赡，秋的深刻，秋气、秋水、秋山、秋空、秋原、秋声、秋思、秋韵在前人笔下如车载斗量，古人的辞章对秋的爱恨已是叠床架屋，而我却意犹未尽。

十一

秋风凶猛！

陆机《文赋》云："悲落叶于劲秋，喜柔条于芳春。"由"劲秋"一语可知秋风之凶猛。欧阳修《秋声赋》关于秋气的透视更是深入："夫秋，刑官也，于时为阴；又兵象也，于行用金。是谓天地之义气，常以肃杀而为心。天之于物，春生秋实。故其在乐也，商声主西方之音，夷则为七月之律。商，伤也，物既老而悲伤；夷，戮也，物过盛而当杀。"此等析理，一语中的，如巨匠用斤，举重若轻。

秋风之猛，可触心灵。

十二

秋雨是一位不速之客，也是一位长住之客。而我的瓮中油面告罄，它却视而不见。

秋风秋雨两个意象，在诗人笔下多是不被待见的难兄难弟。中国古诗写离愁别绪往往哀而不伤，而这两个则例外，因为它们更是无情。但最残酷者应该是秋霜了，有词语“冰刀霜剑”可见一斑！

霜剑，更拟人，来自人间锋颖。

十三

秋风秋雨脚下一使劲，又一个别开生面的“变脸”。

秋风有千钧神力，扫却一切腐朽，为来春新生铺就道路；秋雨落地，盈盈一池，或许是别情悠悠！

十四

由此想起秋水，澹澹荡荡间载着日头的光芒和无根的落叶，依川而东。古之幽情由此生焉。

又有白雾迷津，只听见伊人歌吹袅袅如缕，于是灵台无所寄，若不系之舟。

十五

秋天是衣冠镜后面拿出的名片，古典深沉。亚洲铜在黄澄澄的高原驾着牛车流走，时间被忘记在身后。

半个季节的雨水之后，天空和土地一样无所欲求，这样，你的天空湛蓝深邃，你的土地辽阔幽香。

十六

松菊追慕清气，云鹤轩翥高风。

十七

夏日，那些藤类生命，因为无法站到高处，便趁着她们年华正好，青春鼎盛，摆动着妖精般柔软的腰肢，毫不费力地缠绕在高树上，并开出几朵碎的花儿来，挤眉弄眼地炫耀所谓的成功哩！

可是，秋风的尾巴轻轻一扫，一代芳华便香消玉殒，不知所终。

十八

不要小看羞涩的男孩，有一天他会扬鞭催马，追求远方并且义无反顾。而秋天则不同，意气中庸，审美平和。看过了时间与世间花开花落，之后，便凝结成了思想的霜花。

十九

时间的光芒已经打通了所有的喜怒哀乐，可是芸芸众生呢，还在泥土之上弹奏悲曲。

二十

月辉满庭，花自弄影。

游子羁旅天涯，秋风掠过倦容华发。波心荡、冷月无声，凭栏处，碣石潇湘无限路。

最知明月心思者，莫过秋风夜行客。

头顶云和月，脚下水如天。这云，这月，这水，最能托付一声问候到那故园楼台。因为云有脚，月能共四海，水能通天下。

被寄予能量的事物，便可与你共情。

二十一

“玉户帘中卷不去，捣衣砧上拂还来。”“转朱阁，低绮户，照无眠。”前句写月辉，这月辉已经与相思水乳交融，羚羊挂角，略无痕迹，与那“剪不断理还乱”，与那“抽刀断水水更流”有异曲同工之妙。将闺中望夫女子无形的思念化作挥之不去的月光，真是神来之笔！

后句写月的善解人意，抚慰远方人的无限相思。今人有歌词：“月亮代表我的心。”就那三个动词，转、低、照，已经有款款深情了。

二十二

节气歌是农民的诗歌。

诗歌比历史更真实，史诗是历史修饰诗歌。但凡发出声音，或者奉献文字，都是我们缺乏，或者不得，或者迷茫。诗歌的秘密就是诗歌的伟大。

秋天还告诉了我们什么？

富有可能获得今日一醉，匮乏可能获得来日的春风。春风就是诗歌。富丽般的圆满不是月亮，跌宕曲折才能解释生命，不，是世间的美好、丰富的鸣声。

我没有，我便富有。我是宁静的湖，于是我呼唤波澜和春风。

二十三

秋天，我从一个村庄路过，
遇到一位歇脚的农人。
他的挂着汗珠的脸热气腾腾，
而握着的手却冰冷如铁，
那无法被血脉打通的厚茧的手掌，
像村旁经过时光碾轧的磨盘。

二十四

那些倚在墙角的和挂着的农具，
生锈和风干。
那些牛羊成群呢？
那些木栅栏和有豁口的骑墙呢？
还有易怒的邻人和佝偻如筐提的老人呢？

我只看到，
贫穷和富有，
富有和贫穷，
心灵辗转于得失两端的人，
在红油漆大门前徘徊。

二十五

那没有了袅袅炊烟的村庄，

那荒园一般，

歌声早已飘走的学堂，

秋天的荒草还在试图把那岁月，

埋得更深。

再茂盛的草木，

也无法掩埋，

这个失血的事实。

二十六

九月，为什么人们在思恋故乡？

或许，远方的游子还在漂泊；或许，鸟儿还没有找到栖息的树枝。追求的脚步还不能停歇……

求而不得，梦而未遂，情而未了。

于是，我歌不绝。

司马迁有言：“夫天者，人之始也；父母者，人之本也。人穷则反本，故劳苦倦极，未尝不呼天也；疾痛惨怛，未尝不呼父母也。”

对本原的呼唤，来自原始的能量。就像于长夜之中，渴望太阳。我们是远离太阳而在外游荡的孩子！

二十七

可是，回头再望，我的故乡却在老去。

我只是在异乡别枝上跳舞。

二十八

诗言志也。自古上乘之诗章多为述言志者，小而言个人遭际，大而述家国之思。然得意者寡而失意者众。

所谓失意者，无非慕而不得，优而不遇，劳而无获，良才难求，壮志未酬，或于国于家无望者也。

古有湘妃泣竹。

魏武有“明明如月何时可掇”，其视贤才如皎皎之月，望而不得，遂“但为君故，沉吟至今”。其子陈思王曹植有《洛神赋》，言人神际会之瑰奇华丽，虽短暂却足慰失意之人生。

唐宋诗词，上追“风”“骚”乐府，有春江花月，有岳阳垂钓、渭北春树、鄜州羁旅、愁心明月、九江琵琶、巴山夜雨、城南桃花……盛大而连绵不绝。宋有南渡之稼轩放翁，北固怅望，书愤示儿，一言以蔽之，于人于国于家，心契而身分，幽愁暗恨遂发于笔端，系于春花秋月，俾使美但锦绣而不俗，惊艳而心生叹惋。读来心灵烛照，如月在怀！

自以为，中国人最悲悯最广泛的审美莫过于此。

有一句话的表达十分凝练：“浮世三千，吾爱有三，日月与卿。日为朝，月为暮，卿为朝朝暮暮。”

现实的情况是，朝朝暮暮日月在，卿是他乡梦里人。

二十九

春愁秋恨。

东风强劲，把鹏鸟般的风筝扶上云端，把牵着的丝线拉直了；高崖的冰挂一夜之间如昆山玉碎，碎了，也就高扬了理想和远方。

完全可以想到，那是一场新旧力量的激烈搏斗，最终，胜利者将把翠绿嫣红的旗子插上高高低低的水村山郭。

所有的生命都在出发。男人们已经走在求取功名或者走西口的路上；女子便推开门扉，深情地伫望。人间的爱情如青春痘的萌动、春日冰河的泛滥，却因为羞于表达而凝结成梦。

一切都是前途未卜。

西风凶猛，秋分前后的天空鸿雁长飞，往南浦而去。群山层林落木萧萧，红叶零落，把远方高楼的思念映作红泪。

那些春天出发的人们该回来了吧！可是走西口的人们行囊空空，游子心中的长安依旧远在云间。月夜酒酣的题诗可以豪迈，而翌日的人间清晨，愁思新添，对镜难排。

春天埋下的种子余温尚存，怎禁得住西风凶猛！

恨，遗憾也！

三十

听说有“秋士”一语典，我翻了一下，知道出自《淮南子》：“春女思，秋士悲，而知物化矣。”春女为繁花落尽芳华已逝而幽怨；秋士呢，则因怀才不遇知音难觅而忧愤万端。

于秋士而言，耳闻目览秋之景象，都能触及心灵。而最煞人者，是秋雨。

白氏《长恨歌》：“行宫见月伤心色，夜雨闻铃肠断声。”一代帝王晚年面对国破、宠妃死，而不得已去国，此情此景只有夜雨打芭蕉可与之心境相契合。巴山遥远，蜀道难行，万方多难于此一身，可谓凄惨之至!

李义山有“巴山夜雨涨秋池”句，虽没有其《无题》诗隐晦朦胧，却也考验人的解读能力。仅一“涨”字已经映照了思归者心境之无奈凄苦，可知称此雨为“苦雨”未尝不妥。

巴山蜀水凄凉之地，川蜀东渐，沿江而下不远就是黄州，苏东坡1080年被贬至这里，1082年寒食，本来是南方江春好光景，正好可以游历山水之间，却迎来了漫长的雨季，黄州一地顿时如同秋天。东坡写道：

自我来黄州，已过三寒食。
年年欲惜春，春去不容惜。
今年又苦雨，两月秋萧瑟。
……

连绵两个月的雨，让他感受到了秋的萧瑟。“苦雨”，唯秋雨方能传达出来其意味。

《寒食帖》共二首，在东坡诗里也算上乘，但因书法角度的名声斐然，仿佛成了逸品。当代学者蒋勋曾有书作的讲座，窃以为蒋先生心能入诗、入书、入境，或者说“心契东坡”。

三十一

陕北这地方的秋景，不在水，在山。细细的河水从某个深谷冒冒失失游荡出来，一路蛇行，泛着粼粼的波光，你会因为这枯焦而棱角不太分明的山根下竟然有水的存在而惊叹。惊叹之后，才发现谷地平阔处，突然出现一座人工大坝，有似《水浒传》那一片水泊的描写："漫漫烟水，隐隐云山。不观日月光明，只见水天一色。"在当地人看来，这也算是一方"大水"。

高原人与河流的关系和江南是不同的，南方人的脚下就是一条河，甚至房屋的基石就埋在水中，像挽了裤管的男子在那里挺立。再看他们的耕作，同样像极了这样的姿势。女人把盛米的竹匾端到腰际，光着小腿腾腾地去屋前的水中淘米，或者洗菜。南方人疏通河流，整饬堤坝，北方人也只是把水拦截。

北方，不期望河水长流，而期望风调雨顺。

三十二

陕北的雨季在农历七八月，一下就是半月二十日，雨季一过就是深秋。有了淋漓丰沛的冷雨，高原的山色才有了秋天的模样。

而后的两个节气里，秋的气质充满了高原的每个毛孔，最是深入人心。

三十三

这里有繁华的美和繁华落幕时的动人。

大自然将彩色的翅膀张开又收拢，像并不漫长的孔雀开屏的剧目。太仔细的描述显然会破坏其整体的景象，过分纠缠于细节的凋零渐变一定会以耽误整体的宏大为代价。在审美的山间亭台上，古人有引领，有视角，有强调重气韵风神的。

清、静和人与自然的适当融合，应该是这幅秋山画卷的构思。

我必须盘山而上，寻找一处不必太高的高地盘膝而坐。于是河流变瘦变长，像绿色的绸带；山多了，像一簇簇红色的棉帽；山村小了远了，像危峰上坐落的城堡。人间的喧闹隐去了，连同那世俗的气息，被大地的轻雾掩盖了真切。

偶尔的鸟鸣，像尖利的锋芒。

三十四

田园离我们那么近，却又那么远。年少时的路漫漫以修远，竟比回归的路还要悠长。

三十五

我始终没有勇气说，我已经步入了人生的秋天。我只能珍惜秋的五谷丰登，秋的古老哲学，秋的幽深典雅。

走过原野，用心摩挲每一粒饱满的或干瘪的谷粒儿，倾听每一声牛的脚步和呼吸，望着阳光从高高的天空照下来，闻着路两旁的野菊花散发出的清香。于是和小黄花一起忘却了时间的刻度，一起默默欢喜。

人生啊，在某个里程上，往往是与自己竞芳。

三十六

秋天的气质具有多重性，但由于处在由盛而衰的动态区间，因此多了忧郁，多了兴尽悲来的惆怅。

关于人生短暂、宇宙无穷的感慨，自古有之。人们穷其智慧寻求安妥的办法，就是珍惜当下、及时行乐、纵情世间，甚至还有人来了个“秉烛夜游”，把一天当作两天过了；或者建立乐天安命式的人生观，从而减轻人生苦短带来的压力。

人如过客，生命的时光又如兔走乌飞。在对生命现实和虚无的认知羁绊中，悲与欣两种情愫交锋而平分秋色。这样的情感冲突，激发了多少文人尤其落魄者对短暂生命意义的终极拷问。

和其他生命一样，这是个体必然的悲剧。欣慰的是，在生命的河流中，浪花前仆后继，峥嵘永恒。

三十七

在近40个章节的写作中，本没有把秋天写得如此沉重的预想，而是想把秋天写得诗意些、平淡无奇些。可是人的思想感情似乎不太接受流滑和粗鄙，文学常常青睐深刻奇崛，青睐来自心灵的真实。我知道秋的文章很大，它与生命联系紧密，与美、与心灵的喜悦悲伤、与生命终极问讯处在最敏感的琴弦上。

因此又不可造次！在我看来，写作者的头顶，应该端坐着一尊肃穆之神灵，手握冷飕飕的判官笔。

三十八

在北温带，我们感谢上苍给了我们这个四季分明的纬度，给了高原的海拔，让我们的生命感受自然的春温秋肃，感受风的力量、土地的厚度，以及世间大大小小多姿多彩的生灵同伴。

三十九

一年四季24个节气，节气是中华民族对年度气象轮回的色彩感受。这是中华民族独特的符号，独特的文化，独特的美学。七月上秋，七夕至，“银烛秋光冷画屏，轻罗小扇扑流萤”。八月清秋，桂花香，“夜雨做成秋，恰上心头”。九月桑落，棠梨落，菊花煮酒，落叶研磨，“却道天凉好个秋”。

一经诗词的装帧，秋的气象便典雅清丽，温润如玉。

四十

秋，与我们血脉相连了。落落大方又卓尔不群，这是民族的品格与风骨。崇尚人格的独立清峻，如菊，如水，如松；又接受变易的流走，如落叶，如霜华，如雁飞。

有我自岿然不动的风度，也有随遇而安的从容。

四十一

秋是写满离歌的歌词本，前半部感情被节制，到末尾的篇章，几乎未语先泪流，泣不成声！

以雀为邻

渐渐地，我们对麻雀已经不再心存戒惕，以至相安无事，离开故土时间长了，也逐渐淡忘了它曾经有过的种种劣迹。

成百上千只褐色的麻雀，在农人们的吆喝声中此起彼落。它们无视稻草人手臂的挥舞，无感于农人嗓子快破和内心的焦灼，在就要收获的田地上辗转腾跃，精灵一样诡异，无赖一样顽劣，像一群猴子挑逗步履蹒跚的行人。人们好不容易把黄澄澄的谷子晾晒在场院，院子里散发着谷子成熟后的香，惹人的金色还是把它们招了来。它们显然化整为零，这次来的是小分队，一队三五只，组织很严密，先是落在院墙外的高树上伺机而动，但见得院里没人，或站岗的小孩稍有疏忽失职，就有一只探头探脑地上前探路。它先是环望四周，鬼头鬼脑的，当它跳到谷子旁的时候，便埋头不顾，贪婪而忘乎所以，其他的麻雀便放心大胆地蜂拥而上。这是一次无声的偷袭，在光天化日之下进行，而且这样的偷袭，总是屡屡得手。这凭借什么？除了会飞的翅膀和专为人们嘲笑的贼溜溜的眼睛外，还有那蛋黄大小的脑袋。

我们说，人类是地上会移动的花朵，而鸟儿呢，也算是空中会飞的叶子。和我们走得近的动物，狗啊猪啊牛啊马的，后来都成了人的奴隶，都成了人类理所当然的私有财产。鸡鸭的翅膀，后来怕也只有平衡的功用，飞行的功用近于没有。燕子和麻雀距离我们近，却若即若离。燕子是候鸟，就像远嫁南方的小姑娘，老家却还在北方，这种距离和漂泊的特点，让人对燕子有了同情，燕子自然与人产生了密切关系。它们把房子垒在农户的屋檐下，几乎成了一个近亲的赁房户。它们大声说话，交配并育雏，竟与人类亲和如同一家。最重要的是，燕子这种玄色的精灵，对土地和院落的粮食，不会产生任何占有的想法，倒是以它迅捷的飞行，在天空中捕食更小的飞虫，当然包括害虫。

麻雀，则是与人类关系密切的逆子贰臣，住在一个家户的树洞或墙洞里，却与主人分割同一张面饼。

我一直以为，作为邻居一样的麻雀，和一个村庄、一个家园一定有一种难以言说的关系。这种关系的确立，可能是麻雀的一厢情愿，而它作为背叛者的身份更为鲜明。麻雀永远是站在一个村庄、院落和田间地头，以张望的姿态与人类对峙或者是乞求。老百姓把麻雀同其他各类的生物都笼而统之地唤作生灵，既如此，这小东西，又不免让人生出悲悯的感情。

麻雀很小，是弱者；当然弱小同时也是优势，作为一个偷食者，如果命运没有掌握在自己手中，最好不要过于庞大。像马牛之类，因为可用，自然逃不出人类的手掌，统统被套了枷锁，用来耕作、负重、驰骋甚至被宰杀。人类作为地球的领导者，在破坏原有的生态之后，也构筑了一套较为和谐的生态。相对而言，人类的进化成长，对麻雀这样的家伙，反而是好事，相当于增加了它们的福利，人类没有有意去庇护它，它却以人类为屋檐、为粮仓。

麻雀小，长得也玲珑，但凡小的东西都有可爱处。因为数量惊人，于是给人植入一种印象：鸟就应该有个鸟的样子，像什么呢？像麻雀。它小，又不具备燕子吉卜赛人般的性格。燕子有故乡，有远方。而麻雀，只有家，没有远方。它只能与人类为邻，始终与人类保持着若即若离的关系。它小，也就能随遇而安，一块石头，一个直立的锄头，天空高高的电线，甚至摇晃的树梢，都见得到麻雀的影子。这姿态有时还真叫人眼羡，唉，这个可怜又自由的小东西。

麻雀太会玩了，会玩的动物有很多，那是造化的眷顾。鸟类会唱歌的不少，在我们看来，麻雀唱歌总是叽叽喳喳，像是争论，又像是吵闹。这个可能是偏见，也可能是瞧不起，才有这样的结论。但客观讲，麻雀的歌喉实在摆不到台面上，它的舞台是大地，可是听众寥寥，人们只想着怎么把它撵下台去。麻雀活在自己的娱乐世界里，站在无人的旷野上，和站在一身黑的母猪身上，它的自信度可能相同。人类在培养了它的安全感和恐惧感的同时，却没有激发它对艺术的孜孜以求，这一定让麻雀感到失望。“鸟雀呼晴，侵晓窥檐语。”这分明写的是燕子。“莺语花底”更会让麻雀羞于开口。它唯一的傲人的资本，就是对人类有着一厢情愿的依附，别的真是一无是处。不过它叛逆的个性倒是优势，可能吧，它可能永远也不会羡慕那铁笼和竹笼里面的八哥与鹦鹉。

即使这样，它也毫不放弃对艺术的追求。麻雀善于在钢丝上舞蹈，在让人眩晕的高空的电线上，它蹦跳如履平地，从不失手；如果落在杨柳的柔枝上，像荡秋千的样子，也不用担心滑落。在池塘的边上、雨后的泥塘边，它们双脚跳着，恐惧感会被水中的云影蓝天消散了去。它们在这里望到了不是梦想的天空，却惊诧异常，隔着这美丽的湖泊赞叹不休。

这东西能承受嘲弄，却不因卑微而失去欢乐。它的欢乐有些奢侈，又不懂得生命短暂给自己带来的岁月更替的忧伤。造物主创造它的时候，应该没有给它准备悲伤的面膜，而只有欢乐的喉咙。而人类的恐吓，也只是间歇而已，它很快会用轻灵的翅膀，让身体与恐惧瞬间同时逃逸。

麻雀的生命力之强，不是我们能够说清楚的。人们用了几千年的时间来驱逐麻雀，却败绩连连。最后，聪明的中国人却从驱赶这精灵的活动中获得了灵感，创造了一种牌——麻将，麻将也叫麻雀，终于把辽阔的天空移植到一个狭小的空间中。牌里面有四张“一条”，这个“一条”上画的就是一只麻雀，打麻将就是打麻雀，“万”就是护粮官得到的奖励。既如此，麻将不灭，这个寓意也就真实。

麻雀终于上升到一种寓意，这个寓意远不比凤凰般的图腾，却在世俗世界里大行其道。虽然其中有被侮辱的成分在，但是也足以让麻雀们欢呼雀跃一回了。

花泥录

一

我初识海棠花没有几年，第一眼看到的时候就很惊讶，世间竟有如此殷红、如此明丽的美！这种红如火红如胭脂的惊艳，是桃红的单薄难以比拟的。再看她的形制，小巧如梅，柔和自然，太小则卑微，太大如牡丹般则显得不够空灵、精雅。

海棠开在仲春，她生在园子里，或者道旁，与路人呼吸着一样的空气！

二

我遗憾识之晚矣！

之前学东坡《寒食帖》，只顾着揣摩笔意，关照布局，竟忽略了其意境之幽深，更是忽略了两个很重要的意象：花与泥。

自我来黄州，已过三寒食。
年年欲惜春，春去不容惜。

今年又苦雨，两月秋萧瑟。

卧闻海棠花，泥污燕脂雪。

暗中偷负去，夜半真有力。

何殊病少年，病起须已白。

……

这是苏轼1080年自京师被贬湖北黄州的第三年，即1082年写的古体诗，此为其一。诗中“泥污燕脂雪”，意为胭脂红的海棠花瓣在苦雨摧残下，雪片般飘落下来，令人不忍直视。

东坡来到黄州，最初居住在叫作定惠院的寺院，他曾在《寓居定惠院之东，杂花满山有海棠一株，土人不知贵也》一诗中说：“陋邦何处得此花，无乃好事移西蜀？”这样的诘问，分明就是惊讶于此花美好无匹，有其于万花丛中尤为浓艳，而偏偏生在这鄙远之地之意。他借海棠来喻自己被贬的身世，有“仙子落凡尘”之感叹。

不过，海棠之美由此可见一斑！

三

今天才知道，我在揣摩书法的时候，忽略了海棠花。这种浅薄的临摹造成的纰漏，需要一个非正式的道歉！

东坡写的是自己在寒食节的情绪，阴雨连绵两个月，把美好的春天时光给湮没了，甚至连惜春的机会都没有留下。在这样的情形下，好端端的人也会生出病来，更何况是个迁客。于是只能：“卧闻海棠花，泥污燕脂雪。暗中偷负去，夜半真有力。”卧听海棠的花瓣掉落，像雪片落于泥污里。美好的春天时光和这美丽的花儿，就这样被一种看不见的东西弄没了。《庄子·大宗师》云：“藏舟于壑，藏山于泽，谓之固矣。然而夜半有力者负之而走，昧者不知也。”面对时间，藏者也无可逃逸，何况摇曳枝头的花儿呢？

没有什么能被时间遗忘，时间不会打瞌睡。我们只能感知到美好的东西消逝了，却不知时间会让世间的所有变了容颜，而且，是那样有力，谁也难以阻止！

光阴，美好而无情，不由得令人顿生嗟叹！

四

《寒食帖》的“花”“泥”两个字是由牵丝连带缠绕着的。

这样的创造显然超出了楷书所能表达的范围，或者说，这样的外在流露、表情达意是必然有的。是庄子所谓的昧者不能感知到的凋落的花瓣的不忍，还是无形的时光行走时不慎留下的足迹？

美，有的时候是说不出来的，也不一定能说清楚。你张嘴出声，对美而言可能是一种灾难。世界上懂文学者众，懂书法尤其是有了禅意的书法者却是寥若晨星。

美就是美，美在有无之间，在哭笑之间，在断而未决之间。美，在不舍与放下之间摇摆，已经不必多言！

五

可以断言，如此的藕断丝连，此刻，正是东坡当下的人生——不，不仅是东坡，而是所有人必须解开的人生命题：理想与现实的选择。海棠是理想是高贵，泥污是现实是卑微。你了解了东坡此时的生命状态，就能读懂他的诗，还有《寒食帖》中的“泥污”二字。

“乌台诗案”后，黄州是苏轼被贬的第一站，此后便每况愈下。能够拯救自己的还是自己，而对他来说，能否放下昨天，直面当下，应该是一个必须解决的人生课题。“花”“泥”二字正是自我纠缠不休的“心相”，而在这里似乎难以透视到其豁达超迈的人生态度。

但这是通往豁然的阶梯和豁口。他知道，是梦，一定会醒；是花瓣，哪怕在空中盘旋，也必须落到地面。泥土，是人生必须抵达的地点。

六

有一种病需要自疗。对于黄州时的东坡来说，自疗的方法就是放下执念，放下俗念，这样，才有可能安全着陆，不至于由高而下不能自保。

1082年，苏轼在黄州的文学创作，达到了人生巅峰。不妨以他的三个作品来说明问题：《定风波》《寒食帖》《赤壁赋》这三个作品时间很清楚，分别是三月七日、寒食节、七月十六日。《寒食帖》在《定风波》之后，风格却萧瑟凄楚，有人会说，《寒》诗远不比《定》词旷达落拓，似乎很矛盾，既然超越自我，超越了世间风雨，为何之后又坠入慨叹身世遭际了呢？

留着这个问题，不影响一个结论：东坡的蜕变发生在1082年。也就是这一年，东坡的人生走向了成熟。关于对成熟的理解，余秋雨先生在他的《苏东坡突围》结尾处有过精彩的总结，可以说，这个总结“很东坡”！

七

《苏东坡突围》中说道：“成熟是一种明亮而不刺眼的光辉，一种圆润而不腻耳的音响，一种不再需要对别人察言观色的从容，一种终于停止向周围申诉求告的大气，一种不理会哄闹的微笑，一种洗刷了偏激的淡漠，一种无须声张的厚实，一种并不陡峭的高度。勃郁的豪情发过了酵，尖利的山风收住了劲，湍急的细流汇成了湖……”

我要说的是，花落入泥，有何不好？

成熟，是现实主义的胜利！

花儿的成熟是空中的盘旋，人的成熟是模糊理想。

季节赋予了花儿成熟，而人的成熟，多半缘于磨砺与遭际，很少有屈服于时间的！

八

最好的审美有如沉郁生香。魏阙之外，江湖之远，也许只有诗酒可以释放一个高贵灵魂的苦闷，一定程度上，诗更胜于酒，两者的共同点在于消释又接纳卑微。

花坠入泥，花也不再高贵，泥也不再卑微，两者相对，会心而笑。花瓣肥沃了泥土，泥土接纳了飘荡的灵魂，可谓和光同尘，彼此安好，这就映照出此时东坡的某种不为庸人所知的心境。有时，名花供于殿堂莫如植根荒原，荒原开放的花气息生动、光风霁月，自我才能投下真实的影子。当我们遭遇了忧愁，你可以奋力挣脱，也可以混沌迷茫，由此解放自我。东坡属于后者。

黄州的一方山水，是东坡人生的道场。他在这一年卸下了枷锁，更增加了我行我素的豪迈。在黄州，东坡喜欢一个人在山间林中独自行走、吟啸，享受这个世界赐予他的清欢；也喜欢在给朋友的书信里使用“呵呵”两字，在《与陈季常》一信中写道：“一枕无碍睡，辄亦得之耳。公无多奈我何，呵呵！”在他与朋友的书信交流中，多次出现这样带有自嘲的字眼，与山间吟啸一样，沉郁胸中的块垒，就如这般被徐徐吐出。

就像清风徐来，拂去水面上的尘埃，吹去东山的烟霭，于是，黄州的水月无比澄明。

九

我崇尚直面梦魇的美。此时的宁静似乎更能清晰地听取生命深处那真实的呼唤。那些名利，那些世间繁华，那些包装过度的叫卖，那些让人悲悯的炫耀，那些永远抖不掉的媚笑，渐已成为虚幻的碎片。

花瓣落入尘泥，才有窥见生命真面目的可能性。

繁花落尽，秋林萧疏，你可坐拥明月一轮。

十

我们都是春天的蝴蝶，春树上的花朵。美好常常与脆弱相伴，身在庙堂，必遭到群芳之妒。何不像张潮所言：“愿在木而为樗，愿在草而为蓍，愿在鸟而为鸥，愿在兽而为廌，愿在虫而为蝶，愿在鱼而为鲲。”美丽着，也自在着！

1101年七月，常州城，东坡在弥留之际对来探望他的维琳方丈说：“我这辈子没有做亏心的事，所以我不怕下地狱。”又有朋友在旁大声说：“固先生平时履践，至此更须着力！（你平时信佛，现在更要用力！）”苏轼用微弱的声音说：“着力即差。”

世间无奈事太多，那花瓣落得是轻？是重？

村　口

那年秋天，生产队的那头老骟驴得了不治之症，公社兽医站的老赵背着药箱，翻山过河不知跑了多少趟，用长勺子不知灌了多少药水，都无济于事，最后决定放弃治疗。饲养员三叔难过啊，这头老骟驴春蚕到死丝方尽，把一辈子的力量全用在这片土地上了，耕了多少田，翻了多少山，娶回多少媳妇，谁也算不来。驴看起来太痛苦了，治又治不好，怎么办？最后召开全体村民大会，会上大伙儿达成一致意见：把它送走吧。

送驴的队伍浩浩荡荡，还来了不少妇女儿童，年轻力壮的后生抬着老骟驴，径直向村口走去。编了一辈子顺口溜的志德爷，在走出村口的时候情不自禁地吆喝道："维公元1979年，老骟驴死得真可怜！"有了这两句悼词做证，这头老骟驴应该是全村所有牲口里死得最体面的一头了。也从此，村口这个地方，就让我感受到了它非同寻常的意义。

有一棵槐树立在村口，农田基本建设时被土埋了半截，大家和树上的花儿鸟儿更近了，和树冠距离更近了，那里有鹊巢，还有树洞也成了鸟窝。我在小时候，曾经在那里掏过几只槐鸠鸠，这是一种比麻雀大点的鸟，叫声并不好听。后来人们说树洞里能掏出蛇来，于是我就对树产生了敬畏。敬畏产生于无知无力。不久就打听到，蛇和我们一样是各取所需而去的。小时候读

《三国演义》，知道刘备家院子里有一棵桑树，如皇帝车舆上的华盖一般，刘备和小伙伴在树下玩，他告诉同伴："吾必当乘此羽葆盖车。"我记得那时我们没有说过那样的话，只知道我们村口的槐树应该比书上说的桑树华盖更大，村里人应该都得到了更多的运气。

村口不是一个村子的中心，却是演绎悲欢离合的地方，每次到这里，耳边就回响起唢呐那绵延的欢乐与哀怨交织的乐曲。一个闲月，新媳妇被迎娶回来，唢呐就从这里打破了一个村子的宁静。一队走累的迎送亲队伍，花花绿绿的，唢呐一起，便个个精神了许多。新媳妇乘着枣红高头大马，头顶红色的长伞，只露出修长的腿，还有叫女人们评价不休的新鞋子。孩子们新奇，紧紧地跟着新媳妇，尽管脚步趔趄。

这里有聚集的活力，也有作别的伤痛。一个日子，人们抬着逝去老人的灵柩，穿着素白的孝服，举着高高的幡帜，伴随着乐声哭号出了村口。脚步急促，呼吸急促，送葬的队伍迤逦前进，炮声穿破长空，也就有回声传回来。再大的声响，也不能掩埋人们无限的悲戚。人们不会唱挽歌，这些声响和家户升起的无奈的青烟，权且当作悲伤的挽歌。

这里更有一种告别。不少人从村口走出去，寻找新的生活，因此村口就是一条通道，可能是连接着一个梦，或者一个说不准的未来。这里，生活的圆心是活着，圆周是劳作，反复枯燥而繁重。诗人或者失意的政客眼里的田园牧歌，在这里被汗水与焦渴冲刷或者烘瘪了。诗意和灵感常常是距离的宠儿。于是村口，是一只眼睛，向遥远的藏着繁华藏着律动的城市张望。那里有无数种生活方式，从而交织在一起，霓虹灯一般点亮无趣的心房。

我们的村子不大，却走出不少人，不说成功与失败。我的一个老师在村里一辈子，后来当上了第十五届全国人大代表。走出去的人，也有翻身的典范，也有继续在生活旋涡里挣扎着的。人生也许是从一个村子走进另一个村子的过程，把一种现实感消除，建设起来一种诗意的城墙，可能才是梦想的句号。篱笆可以插在村子的家园，也可以插在城市的水泥地上——这样的生存状态，可能是一种理想的人生。

这样说，我们都是出发者，都有过一颗漂泊的心，都有一个远方。但回头一看，那个起初的村口又变成了站在城市张望的村口，但与曾经的那个村口意义不同，因为回去的路总是比走出来的漫长。

我们，原来是在追求一种生活的波澜不惊，而不是生活本身。“垢尘不污玉，灵凤不啄膻”，这是白居易的两句写陶令的诗，其实在所有人的心里，都有清洁精神的卧榻，不过这种精神只有在渡尽劫波后，才能被层层荡涤出来。所谓美好，必须是靡芜的衬托与流变，像走过漫漫长途后斜阳照射下的驿站，骤雨初歇时花瓣上的粒粒露珠，惊涛骇浪后平息的平湖。

我们也许是走得太久的缘故，在一个旋涡里徘徊不停，找不到那个最初的彼岸，最初的村口。于是我们需要吟唱爱情，吟唱生活和理想，需要奋力划破圆晕。

在一段无法抵达那个村口的路上，我记录了上面的话。

高原之秋

秋的扉页

四季是一部书，秋是书的后半部的开头，深藏在春秋的里层。于是立秋成了春天夹在书中的书签，一个泛黄了的书签，从鹅黄到翠绿，然后变得枯黄。终于到了一年的分水岭，万物的表征从这里开始了倒计时。

四季是一首律诗，立秋又是这首律诗的颈联，藏着诗人的诗心和灵感。“牧人驱犊返，猎马带禽归。”没有春夏积累的繁盛和翱翔天空的禽鸟，怎会有狩猎者回归时的意气？立秋的当日，第一阵西风就让你感到了秋意，那份秋意里自然还有古诗的气质。“愁因薄暮起，兴是清秋发。”看来秋天本身就有着很浓的诗人气质，由此看来，秋天的扉页部分已经很精彩。难怪以四季为题材的诗文中，写秋的篇目最多，也最精彩了。

几阵秋风吹来，几场秋雨过后，山中的绿屏渐渐变得苍灰、暗红，证明秋的脚步走向了深处。蝉鸣也降了调，分明带上了如泣如诉的味儿，林木上空周边的鸣虫不再乱飞，天空变得清净。云片东山一块、西山一缕，像作别的情侣。从山中漫步摇晃下来几个没事的人，望着桥下明晃晃的水面发愣。秋来了，城里的闲人由瓦肆楼台下，向阳光充足的地方转移。桥头上，入山的栏杆边，河滨的草坪上，家户的门窗下，老年人也换上了深色的夹衣，背了手，寻找一个阳坡坡或背风之处蹲着，把老皱的脸晒得泛了红气。秋一来，年轻人倒像晨起的辣子苗儿，腰杆子直了许多，添了精气神，从人身边过去如一阵风，脚步声震得地面腾腾地响。秋风虽起，年轻的女子对此毫无顾忌，长裙短袖、花花绿绿的，如果没有她们的装扮，这个秋天该是多么令人丧气。

田园物事

在这个季节，闷在家中书房里的确不是一回事，如果有几个贴心的朋友，最好是相约着到山塬去一遭。若是遇到假日，不妨到郊外的乡野里，去感受一下田园物事之美。我以为，真正的田园之美，要数秋天了。

看那高原上万物盛装的辽阔与壮美，望那清秋里物候的迥然异态，高空中盘旋的鹰，阳光下如云的羊群，还有无边无际的果香。在禽鸟渐稀的林木背后，听柔脆的鸟啼和蝉声，隐没在浓稠的果园深处、农人劳作中的歌声和问答里，真是人生最好不过的事情。中秋之前，我回了一次老家，得知因为今夏的气候异常，接连三五次的冰雹袭击了这片高原上的土地和作物，今年的苹果价格几乎降到往年的三四成。这种打击的结果是令人难以想象的，但我见几个农民被问起这件事的时候，并没有表现出想象中的沮丧，而是面带笑容，摘下带有伤疤的苹果给我看，让我品尝。这一尝才发现，果面细微的斑点，丝毫不影响它的品质。就想，商品之所以为商品，首先是外在的形貌漂亮，光色鲜亮，至于口感，倒真是放在其次了。如同女子，如同玉石，脸面上有隐约的斑点，当是白璧微瑕，却被鉴定到一文不值，实在是吹毛求疵。然而商品是市场的产物，自然有其规律，况且这种意识已深入人心，无法扭转。在想这些的同时，我也不由得被我们高原百姓面对灾难时的不屈和乐观打动，相信他们能够渡过难关，正视眼前的不利，而事实上他们也做到了。

高原的天空辽阔，明丽的阳光照耀着大地最真实的丰美：谷类黄得较早，谷穗埋下了头，散发着成熟的枯燥的香味儿，还有辣椒，一天一个样，青的、红的、半红带紫的……这样的层次，最是显示着生命的律动，让你看到了土地和季节给勤劳者的回报，在这里一茬一茬地交付。

村落庄户的院子里外，可以看到馋人的、光溜溜的又肉肉的红枣子。枣树是一种不需要有意栽植的带刺的果树，基本上可以代表高原人的性格。只要有人家的地方就有枣树的身影，它不会选择土地的肥沃与贫瘠，不会选择地势的平坦与陡险，只有一点，人家越稠，枣树上也越繁盛，我很怀疑这是上苍留给高原人最忠实的馈赠。还有一种叫杜梨的树，与枣树似乎相反，这种树喜阴。今年的杜梨丰收了，就有人揭了庄稼歉收的谜底，“杜梨儿繁，庄户闲”，意思是杜梨长得好的时候，庄稼就要歉收了。既然是在百姓中间流传的，自然有一定的道理。杜梨果子很小，如同玛瑙大小，内外通身呈焦褐色。农历九月成熟之后，颜色愈深，接近黑色，味道酸涩带甜，别有滋味。果子们一束一束长在高高的树上，引得小娃娃像猴子一般蹿上去，又像猴子一样蹲在树杈间，摘取晃在眼前的秋的黑果果。

田间，藤类植物枯落得早一些，湿水的茎干和圆润的叶子在第一次薄霜过后，就先变黄发黑，叶子更是变得枯黑，最后打了卷儿。像瓜藤，盛夏时犹如荷叶的擎举葱茏，随着雁排长空，就像碧峰塌陷。之后，各种光溜溜的青皮、红皮、白皮、紫皮瓜，就像被季节遗弃在大地上的坚强的孩子，等待母亲抱回家。

人间秋思

秋的天空很高，相信那是留给大雁的；秋山是远的，那是留给最后一排健翮的。但不管秋水多长，秋山多高，都阻不断人间的相思。

黄河和它的支流奔腾不息，切割着时间，切割着土地，也切割着相思。那个临着延河的村庄里，有个叫三女的姑娘，和河对岸的小伙儿有了秦晋之约，在今春的一天，小伙儿坐船过了黄河，过了很长时间了，却消息全无。眼看着秋雁飞过，眼看着霜降来临，眼看着秋草变得暗淡，感觉到冬的脚步已到了鄂尔多斯。可是，时间的流走并没有带去愁思，反而让愁思与日俱增。

姑娘的脚步还是那样执着，可那笑声不再。站在临水的石寨上，听着震动山川的水流，似乎相思可以满山满川。初次相见的梦幻和狂热，历经了夏秋的磨砺，更增了几分幽愁暗恨。

心中的那个人也许就在这河水下游的某个地方，某个支流上溯的地方。在阴雨连绵的时候，或夜深的灯下，他是否也在承受不眠的煎熬，如果可能，姑娘可以顺流而下去那个遥远的地方，去追寻他，共话每日每夜无尽的心中的诉说。

脚底下生了凉气，两鬓秋风正劲。回去吧，在转身的一刻，还心存幻想，也许一回头，那萧瑟的古渡口，就有一个矫健的儿郎闪出来。

毫无疑问，这个秋天对于三女来说格外漫长，时间像一片旋转的黄叶，犹豫又缓慢，像日头钻出黄河晨雾那样难挨。那叶子如远方的信笺，在高原盘曲的山路上回旋，就是难以触到地面，难以落到三女的手心，让她阅读。

就像一场时间太长舞台太大的戏曲表演，等待是驻足于剧本的开头和结尾的基本部分。两个主人公一旦相逢，秋霜就会洒满辽阔大地。

高原秋天是一个剧情的落幕，真的，这是一个水到渠成的故事。两天之后的那个清晨，那个隔水而望的邻村的小伙儿，驾着载满彩礼的牛车嗒嗒地停在三女家的篱笆墙外。梳妆完的三女已经站在打着响鼻的小牛旁。在红红的上衣的映照下，她的脸颊如绯红的早云。

秋天的寓言

春的梦太多，涨起的春水也承载不起。

秋的思虑又剪不断，让人家的诗文去倾吐。秋天的诗歌是无数则寓言。古道西风，秋水长天，松菊秋霜，多少代诗人层层累积的文字和思绪，让人如负笈的歌者，行走在真实的大地和空灵的意境中。

秋天是快乐的，或许是因为你丢弃了秋的诗意；秋天是快乐的，或许也是源于这些意境。

面对秋天，我的笔不再沉稳，总会把一个完整的故事形而上，把一个圆满的故事搞得支离破碎，将一株菊花看成驿外的寒士。粼粼秋水那一头，永远有一个意念中的洛神。

面对秋天就如同面对一个能指点人生的哲人，你得意失意，它都会告诉你。沉甸甸的和干瘪的，它都让你收获——你懂得了快乐和坦然。

人的成长也许就是一棵树的春秋，一束花的绽放与凋零。像泰戈尔所说，“生如夏花之灿烂，死如秋叶之静美。”高原的秋天，在这生命蓬勃衰萎共存的世界里，或许正在进行着不可知的起承转合。

博爱春秋

学校和村庄

博爱，是一所学校的名字。我是经朋友介绍才去的那所学校，那是一所在当地办得较早的私立中学。应聘那一天，我象征性地讲了一节20分钟的课，当天就被聘用了。本以为接下来就可以像公立学校那样安静地等待开学的日子，谁知道学校早已分配了任务，安排任务的是个50岁上下的人，个子不高，脸皮红红的，像是个陕北北部人。他说："你就做学生的接待工作吧，具体负责安排到校学生的报名咨询，顺便搞一搞新生的住宿。"他说完，慢悠悠地走了。说实话，这些工作并不轻松，一整天陀螺一样地转，特别累人。这还没完，因为后来他又叫我睡在毕业班宿舍里，说是防止学生发生什么意外，我很不情愿地接受了。宿舍很潮湿，后生们有几个是爱好篮球的，鞋子一脱，满屋子碳酸铵一样呛人的气味便弥漫开来，打开窗子也很难散去。时令正是秋天，长腿的蚊子肆无忌惮，当你刚刚听到它们的马达声，其实已经被狠狠地叮咬了一大口，恼火是不顶用的，用了蚊香，似乎缓解了一点。后来听朋友说了，蚊子叮你的时候，千万不要拍死它，拍死后会有一群蚊子赶来，它们也有所谓的领地，嗅觉灵敏的小东西能觉察到领地主人的死亡，于是都争先恐后地围上来。我半信半疑，却最终也没能验证它的真实性。总之，后来还是在不远处小河颇有节奏的流淌声中渐渐地产生了睡意。

学校镶嵌在一个叫作锁崖的村庄里。我到时，刚下过一场雨，初秋的阳光照下来，空气中夹杂着对岸玉米地散发出的厚厚的气息，心情倒也无比轻松畅快。村落就扎在面南的半山坡，并不大，三五十户人家各抱地势，散落在村子里，和学校一起居高临下俯视着脚下的柏油路、公路边的小河，还有对岸的农田。没有什么正儿八经的村口，只有三五条连接公路的窄窄的小巷子走出来几个居民。大概属于城乡接合部之故，他们的说话走路既不沾着土气，也没有城里人的洋气。学校其实就是村子的一部分，充分体现了接合部这一特点，它的前身是一个早已解散了的酒厂，经改装而成现在的模样。说是改装，其实只是用了大量的涂料，像模像样地涂了几遍，看上去倒还舒服，加之卫生搞得不错，给人感觉还算正规。

学校下面那条窄窄的小河，水流被严重污染，有点像原油，走走停停。只有大雨过后，上游的洪水摧枯拉朽般冲刷了河道，河面才会出现短暂的清澈。河面没有桥，踩几块不规则的石头过去，就是村里的农田，相对显得辽阔些。田里多是玉米，绿油油望不到头。在这里回头一望，你可以看见村庄的全貌。

反身回学校，倘若是下午，走在柏油马路上，菜农们空空的三轮车五六辆连成一溜儿，像一列小火车呼啸而过，身后扬起阵阵灰尘和一串农人的笑声。

房东家的狗

房东家的小黑狗像人。

当年人生落魄的时候，我携妻子来到这里，作为异乡人简单地在这里安了家。那天，当我来到学校后山的房东家租房住的时候，那只看起来很凶的小兽并没有为难我，只是象征性地支起身子，想要用鼻子嗅嗅这个陌生的造访者的衣襟，两只眼睛竟也温和。从小黑脖子上牵拉着的链子上，我读出了它的态度，知道它有放行的意思。

在居住的两年内，小黑竟然一直被拴着。房东说："其实这狗性子烈，放出去就伤人，奇怪的是，与你们一家人竟一见如故。"我说："我们搬走的时候就把它带走吧。"房东说："你一家人都好，书也教得好，就好好地在这儿吧。"

我们住的院子里有三四户人家，院子没有修大门。每次喝酒回家很晚，小黑狗就很不安分，拼命地在树桩下打转，我走过去，它舔着我的手，很高兴的样子。

房东的儿子结婚了，在第二年的夏天。全村人都来祝贺，喜事热闹了一整天。酒宴聚了又散，散了又聚，醉倒了好几个村里人，有的竟倒地不起不省人事。房东依旧笑盈盈地招呼客人，直到月落西山。小黑因为主人高兴，享受了一整天的肉骨头，莫名其妙地安静了一天。

它可能从来没有见过这样的场面。

校长姓张

校长姓张，50多岁，个不高，红脸皮，走路脚后跟拖着地。

此人有两个特点：勤快，信息灵。你上课、办公、查宿舍，他常常会突然驾到，大小事情了解得甚是仔细，让我们年轻人感到有点烦。午休时间，我们会趁机赶到前面不远处叫作"四五六"的小酒店里去。老张呢，常常会做个不速之客。

诧异！

我们新生年级共有四个班，刚开学时，他总是敲打我，说我们班成绩太差，卫生和纪律也要狠抓，还不时表扬其他三个班级，这给了我很大的压力。的确，我所带的四班，成绩真的不尽如人意，完全不能和其他三个班比较。这些从五湖四海来的学生，不明就里地被接收下来，自然不会好。教室最后一排八张课桌，总是不停地变换面孔，都是所谓的问题学生。有的新来的学生甚至只能坚持一两天，就被家长带回，不过凳子还没有凉下来，又有一个新的面孔在那里了。

期中考试我们班成绩排最后。

校长找我谈话，打个电话，我就过去接受教训和吓唬。他那无情的样子，不忍受是不行的，但是心里暗暗鼓了一把劲。那段时光如一台收割机，把年轻的光芒和冲动收割后，连同朝气的土地无情地碾轧，成为真正成熟的生命。不管怎样，一个人是需要有包羞忍耻的格局，才能沉下心来，走出人生的泥淖，不管结果如何，必须脚踏实地。接下来，我先以早操和卫生为突破口，统一思想，摆开阵势，调动全身的能量，争取让这个不被人看好的集体成为全校早操和卫生最好的班级。努力了，效果还很明显，那段日子，我最喜欢听到的声音就是孩子们早操时整齐的脚步声。

不觉间学风突然好起来，学生一个个都主动了，每天早读晚自习，我先是到教室检查，结果发现我是多余的，他们早就起来开始诵读了，声音很齐很动听。数学老师根旺和英语老师刘芳很是吃惊，脸上洋溢着愉悦，开始在我面前夸赞不休。

校长老张后来不再打电话了，他换了一种方式——递字条说问题。有一次激动了，递过来的不再是字条，而是三大张纸，这一次全是肯定和褒扬的话。我很兴奋，让班长把校长的话当着全班同学的面读了一遍，这群孩子成了一窝蜂，美美地雀跃了一阵子。以前每次集会，我们都是被批评的对象，这还不算，完了之后还要表扬最前面的班级呢。

期末考试我们班总评分高出了第二名30分，终于可以过个像样的年了。

那天下午我们几个年轻人又去了“四五六”，老张来了，他提了自家的酒，这个不速之客。

诧异！

后来才得知，和我们一起喝酒的年级主任，原来是个卧底，我们的行踪全在老张的掌握之中。

这个老张！

酒与《聊斋》

几个年轻教师都好酒。再简单的菜都不嫌寒酸，当然也不在乎酒的优劣，毕竟都是漂泊者，在外都不容易。其中一个洛川的小伙子，从师范学院毕业后误入传销组织，火借风势，口才练到火候了，但酒量却不敢恭维，逢饮必醉。有一回散场了，大家同去参加周例会，他竟然把一肚子的秽物全倾倒在屁股下面的一沓试卷上，然后靠着墙打起了呼噜，主席台的领导竟没一人知道。

我们的年轻主任爱喝酒，有时老师带着学生还在野外读书，他就来电话了，也不说理由，简短的只是一个字：速。

体育老师更年轻，酒量却不大，有一次带他去见我的一个老师，吃饭进程还不到一半他就坐地上起不来了。唉，一介武夫啊！

酒是好东西，几瓶子下肚，那些过去的郁闷委屈，包括人生的曲折失意，全都松了绑，换了解释。

酒醉后，每个人就都是哲学家了。

最爱看《聊斋》，看旧版的电视剧《聊斋》，里面没有几个喜剧。休息日，我从街面上的破旧铁皮屋子买几张碟回来，反反复复地看，当中最爱看的是《贾奉雉》。人生的起落与世态炎凉，被剧情演绎得淋漓尽致。真的，现在我都觉得那是蒲松龄写得最好的一篇了。

冬天来临，每每放学听到刀郎的歌，望着被雪覆盖的大地，内心常常生发一种人生如梦的感觉。一个人的一生就这样走下去了吗？有时又想，只能如此，只能如此。只是爱酒，把这些思想泡在酒里面，那才是真正的人生如梦。有时呢，在《聊斋》里同样可以找到不平之鸣，以此寻找一种逃离的快感。

那年月，生命在酒里获得了张力，人生获得了真趣。

别　离

别离不是一种仪式，而是一套烦琐的生硬的程序。

早上9点钟我还在开会，那边单位就来了电话："回来上课吧，答应你提出的条件。"会后我先告诉老张，表示了我脚踩两只船的歉意。老张愕然，脸上写着复杂。

接着告别满头苍发依然红光满面的根旺老师，告别新婚宴尔满脸喜庆的刘芳老师。他们不相信自己的耳朵，后来我收拾好书案，把教科书交回校方时，他们才将信将疑起来，两人一直送我到校门外。我说，先别对孩子们说起这件事，怕他们伤心，有时间我会回来看他们。

房东很是不舍，说了没几句话，我就听到村口公路上的汽车里的不耐烦声，于是急匆匆作别，坐到毫无感觉的车座上。

汽车开动了，模糊的玻璃窗外，一只黑色的小兽，箭一般朝我们飞奔而来。

昨天的意义

一

写下这个标题以后，方才觉得像一个哲学题目。我从哪里来？昨天，最少是来路的一部分，是“哪里”的一个分支，因此有必要进行回答。它在现实上的意义则更为突出，因为今天我们的碰壁和春风得意、未来的迷茫都和昨天有关。这是通俗又比较有生活气息的认识。

二

历史和昨天，如果丧失矫正教训和风向标的作用，或者说，失去哲学意味，只剩下典故和趣味性，像被时间风化的形骸，便实在没有可以值得琢磨处。

这样，我们只剩下今天和未来。

然而，这实在是一个悖论。乘风而上的风筝后来消失在苍茫天空，最好的办法，莫过于沿着线去寻找那个牵线的孩子。

然而毕竟，昨天已是历史，不像眼下这样容易把握。因为蹉跎了过往而耿耿于怀的人，他的忧伤那样苍白，被路过的人们嘲笑。失去了的时间，像身后疾驰而过的列车，像远逝的春水。除了叹息，别无他用。

昨天毕竟不是今天。当漂亮的风筝迎接了七色光，在天空竞风流的时候，牵线的孩子便已黯然。

三

生命因为永远不会完善而需要不停地雕琢，而且，越是高贵，雕琢的期限越是修远。动物因追求单调和低级，除本能之外，在求生能力方面，很容易修成正果。它们不会因为失败，因为蹉跎了昨天的岁月而悔恨。

而人不同。于群体而言，人类在经过多少万年的进化后，依然走在探索的路上；于个体而言，探索，是个终生命题。个体生命的有限，使得生存在历史生态和社会生态链条上的人，觉悟到了自身的使命与担当。而它的成就，需要成年累月的磨砺与修炼。聪明的人知道，错过了的，永远无法追回，明天的塔峰，不是缘于明天的构造，而恰恰是今天和昨天。

四

昨天，曾经充实了我们的记忆。历史，在我们的选择中变成寓言。有的动物通过留下尿液来为自己的明天做标记，这是它们寻找昨天的路标。足够的时间让人类和动物学会延续，积累经验。古人说：“后之视今，亦犹今之视昔。”所有的今天与明天，最终都会沦为昔日。理性的人类，无时无刻不在创造历史，正是因为我们相信了昨天的意义，相信了昨天的积累对生生不息的人类的惯性力量。

历史当然有其选择性，也有批判性。刻骨铭心和不朽都具有伦理的色彩。附着于人物和典故上的历史，被时间的尘埃侵蚀，文学被剥蚀，历史的骨气屹立不倒。

五

生命是一个长度，我们在这个长度里追求高度。生命在某个区间，基本上可以谋划未来的坐标。人生就是从这个坐标推进到另一个坐标的过程。

所以不要割裂它。

一日之计在于晨，一年之计在于春。昨天是季节的春天，秋果的花儿，歌手的童谣。

六

对不同的人来说，或许昨天是尴尬，或许昨天是美好。今天，总会包容昨天的自己，因为今天永远可以作为起跑线，永远可以创造洒满阳光的新纪录。

历史从来不会眷顾后悔，却可以容纳残缺。没有收获的秋天，依然金色无边；未经深耕的荒原，尚存希望的火苗。

昨天，一个可以拯救的词语，它给明天沉重叹息的同时，又给黎明以寄语和欢呼。

不错，明天不能洗刷旧日的纸牌，却能获取昨天递过的指南。

七

我寄情于昨天。

昨天累积成层层诗稿，浸透了甘醇，浸透了富有与不再被惊扰的、不再被拨弄的驼铃。

前行的征途上，有了如酒的诗稿，霞光满天。

人间雨声

好久没有听过山野村落的雨声了。

今年夏天，我回到村里，看看父亲栽种的那片果树林。下午，山村异常闷热，一个人走在树的浓荫下，还是闷得厉害。忽然间，有风从远方奔腾而来，如秦卒行军，阵马走滩。顷刻间，天地一片昏暗，树身在强烈的摇撼中反复起伏，人的呼吸变得极其困难。接着，乌云半天，并不稠密的雨点伴随着雷电有力地坠落下来，把尘土击打出一个一个土窝。这是一场恐怖的风雨。我没有奔逃，用衣服护了头，紧靠着一棵树，等待雨休风歇。好一阵，风雨终于停了，太阳依旧热烈，山野村落恢复了原样。

深夜，我躺在父母修建却没有住过多少年的房子里，还是以前的气息。深夜，雨落如注，击打着屋外的泥土、农具和树叶，发出嘈杂急促的回响，沉闷，铮然，幽深，像累了的行者夜深时的呼吸，短暂又畅快，单调而丰富。被打湿的泥土的气息，侵入窗子，泥腥而阴凉，似乎在诉说这个院落混沌的历史。

一个农家的历史，多是夜阑油灯下揭开的扉页，或者是在田间枯燥的劳作中翻动的发黄的相片。父亲那时候扶着犁，挽起裤管光着脚，顺着犁沟走，我就跟在后面，深一脚浅一脚地走。现在想起来，他那时，对于一辈子与土地打交道，仿佛很欣然、顺从地接受了。祖父是河北人，20世纪30年代末西渡黄河，在黄河西岸四五十里的山村落了脚，与祖母结合，而当时祖母已经有过一段婚姻，和祖父的结合是第二段婚姻。祖母生了大伯和一个姑姑后，前面的祖父就去世了。父亲三岁的时候，祖父也去世了，几乎没有给父亲留下什么真切的记忆。祖母那时经常坐在屋檐下，对我说起那个时候的事：祖父习惯种树，院子对面的山坡上，满山都是他种下的桃树，春天来了的时候，山坡上全是桃花。能够感觉得到，祖母那时是多么幸福，因为这些事，她对我不知讲过多少次。可能，在父亲的意识里，做农民是上辈人传承给自己的，为生存，做农民，也快乐。

父亲和母亲结婚一年后，我降生了。不知什么原因，他们就又从那里辗转搬到二三十里外的村子，也就是现在的定居地。可以想象，离开的时候，应该没有几样勉强搬动的家当。也不知道，我是被他们抱着，还是像电影里那样被放在箩筐里担着来到这里的。我们先是寄住在一家没人居住的院子，也就是在那里，我有了人生最初的记忆。在那个院子里，母亲生下了我的大妹子。记得那时候，母亲经常抱怨父亲懒惰，因为搬迁，并未改变此前生活的窘境。在我的记忆里，每到下雨天气，父亲总是待不住，悄悄出了门，我是在他出门很久以后，才发现他已经不在家的。我问母亲父亲去哪里了，母亲说，去游玩了，我就把眼睛凑近事先用指头弄破的窗纸洞，可是父亲的背影已经很远了，随后就消失在别人的房子后面。空空的院子，墙外的千沟万壑，只剩下无边的雨声。

关于那个租住的院子，因为年代久远，我只记得大雨将门口的坡度不大的路面冲出一道深沟，以致人路过的时候，需要十分小心地绕道走。还有母亲不太愿意让我们出门，就吓唬说院子外面靠近柴垛的地方，曾有狼的踪迹。除了窗户外雨雾中模糊的父亲，以及后来他终于愿意背着我去村里时那种幸福感，还有在他身后唤了无数遍还是没有回头后的失落感外，就剩下伴随着失落感的屋外均匀的雨声。

后来终于来到新的院落，那是父亲用了一个冬天修成的。说是新家，其实就是三孔土窑洞。即使这样，在快要修成的时候，我也分明感受得到母亲急切离开租住屋的心情。在这样的盼望中，父亲便夜以继日地赶工。很清楚地记得，有月的晚上，父亲还在奋力修筑。农业社会里，没有人愿意漂泊，而且，一座房屋、一块土地，当变成自己的财产的时候，昏暗的灯光都是亮堂堂的，灯芯跳动的火苗也是令人愉悦的。更何况，这新落成的家，有着对我而言不想提到的背景。母亲祖籍河南，九岁时，被外祖父带过黄河，寄居在一个相对富裕的家，之后外祖父就离开了。四年以后，外祖父回来要母亲随他回河南老家，母亲选择留下来。再之后，就再也没有外祖父的音讯。今天我知道，这应该是母亲的痛。当年外祖父从河南出发的时候，一起走的还有母亲的两个姐姐，然而先后都倒毙于来秦途中。这是在我懂事的时候，母亲告诉我的，就在这油灯下。母亲述说时很平静，没有表现出悲痛欲绝。有了这个难以回首的背景，属于自己的家，更是要敝帚自珍。

搬进新居是在那个冬天快要过年的时候，一家人都很高兴、新奇。母亲爱年画，特意买回了崭新的年画，贴在墙上。夜幕降临，当灯火第一次照亮窑洞四壁，我觉得身体的每个部分都不知如何安放了。

其实，人的本性里都有漂泊的火苗，或者说，漂泊者喜欢安顿，安顿者又渴望出征。家是个现实的房屋，又是个抽象的概念。那久远的40年前的灯火还在闪烁，此刻我笔下的房屋已经不再是彼时的了，如海德格尔所说，是一种存在者的存在，一种深深嵌在那个村落、那个年代、那块土地的存在了。那窑洞与土地已经血脉相通了，崭新的样子被雨水冲刷后，和邻居的院子一种颜色。像凡·高笔下那双农人的鞋子，记载着的不是鞋子本身，更多的，是和它上面沾满的泥土有关。多年前新的安居地，已经不是单纯的住所那样的概念，它所记录的，是一个家庭对不堪过去的刷新，对新生活的大门的开启。

新居院子很大，分别种了几棵桃树，最后留下一棵，还有父亲手植的三棵土槐和几棵枣树。旁边还有两棵高大的梧桐，生在邻居家的院外。此外，还有一棵叶子深绿硕大的泡桐树。春天到了，桃花开得很鲜艳，好像整个春天的美好，都能够从繁盛的花堆中获取一样。接着是梧桐，叶子苍灰，羞怯地从深红圆锥的花苞中钻出来，几天后，才慢慢舒展开来，整个树就明丽起来。尤其那挺拔光滑、皮色灰白的树干，让人觉得美好的同时，又能让人感觉到几分自然的神奇。枣花最后才开，开的时候，细小而呈明艳的黄色，虽然不是什么灼灼其华，但还是有一番别样的意蕴。暖风吹过，甜甜的香就溢满了整个院子。

院外的树长得很茂盛，没几年，墙边的土槐长到影响电路，不得已，父亲只好用木工锯锯掉几枝。新村改造搬迁以后，电路废弃，那棵土槐因而疯长。几年前母亲去世，回家路过，见那树如同山丘，白色的槐花开了满满一树，素如雪蝶，气息淡雅。

接下来几年，父亲和母亲修了院墙，给剩下的两孔窑洞安装了门窗，为防止天雨冲刷，又加了窑檐。一个院落时修时新，生活，在他们的共同修筑中缓慢改变。20世纪80年代初，随着国家经济的复苏和社会改革，气候也是顺应人意，接连多年五风十雨，农村经济呈现蒸蒸日上的大好局面。可因为人口基数大，加上家庭基础薄弱，我们也仅仅解决了基本的温饱问题。

有一个春天的黄昏，下着雨，我们正在吃晚饭，门口突然出现一个衣衫褴褛的人，说是要借住一宿。母亲放下饭碗，对父亲说，把新窑烧开了，多可怜的人。父亲抱了柴去烧炕，母亲给来人盛了饭，让进屋里坐着吃。其时，我已经理解了母亲的做法，尽管自家日子不宽裕，甚至很难挺过这青黄不接的春天。我当时想，也许，母亲所说的就是我成天在课本上读的道理，自然是正确的。不过后来就不太好办了，因为母亲的乐善好施，家中接济的人更多了。我们也由好奇变得不耐烦，母亲却是一如既往。村里也有人说母亲不会过日子等这样那样的话。我是理解母亲的，因为母亲这样做了，她获得的快乐，别人是无法知道的。

母亲在那个岁月里，做了自己力所能及的事，为那些踽踽于风雨和黑暗中的人，撑了一把伞、点了一盏灯，拥有比别的人对善良更深刻的理解。她同时有着面对现实的坚强，虽然这不是她应该的选择。

父亲其实有自己的抱负，意图通过自己的智慧改变家庭的生活状况，但最终都停留在嘴上。我在一篇文章里写过关于种地膜甜瓜的事，其实就是写我父亲。真实情况是，有一年，父亲不知从哪里得来消息，听说把甜瓜子装进纸筒里，春天的时候埋土里，甜瓜就会长得早、长得好。于是，冬天的时候，父亲早早就向村里老师要了一叠报纸。之后，没事的时候，他看报，我也跟着看，倒是长了不少见识，了解了不少时事。到了来年春天，人家的甜瓜的花都开了，父亲的宏伟计划还没有动静，我们也彻底忘记了这事。

生活，对于看不到希望的人来说，很少能产生力量，尤其在那个年代，年成如何绝大多数要看老天“脸色”。父亲有过很多想法，有些甚至让我跟着兴奋、着迷，同时替他操心和煎熬。最终，他没有走上农业创新的路，只能老老实实跟着政策的轨道，亦步亦趋往下走。

市场搞活以后，农产品进入市场。有一年，家庭经济有了飞跃。父亲种西瓜、种豆类，收入很不错。母亲说：“今年你爸是有功之臣。”父亲也快乐。吃饭时，有人在垴畔上嗵嗵地经过，母亲说：“听听你爸走路的精神劲儿！”不但如此，父亲一边走，一边哼着歌颂毛主席的歌，老远都能听见。那年秋天雨水多，父亲和过去一样，喜欢雨天出门，区别在于：以前是穿着布鞋在雨水里找路，少不得被母亲骂几遍；现在，他终于可以穿上自己买的雨鞋，乌黑发亮的软筒雨鞋。那一次，父亲冒雨回家，走得急，加上个头高大，进门的时候，头碰在门楣上，登时躺到地上，我的心顿时一紧，好在，父亲马上就站了起来。

父亲爱种西瓜。记忆中，我们家种了好多年。后来读了鲁迅先生写闰土的文章，觉得种西瓜是很浪漫的事情。他种的瓜甜，自己尝着甜，更有别人尝过他的西瓜以后说甜，那种感觉应该更加深刻，那才是真的甜吧！父亲喜欢这种感觉，作为一个男人，他需要证明自己！

母亲发现了父亲这一爱好，就提前安排。因为母亲发现，让父亲干其他活，根本无法调动他的积极性，只有提到种瓜，平时沉默寡言的父亲才有了发言权，话多，眼睛发亮，干活也精神了几倍。

父亲的这份力量来源，我觉得，也许和以往的某一次经历有关。在我还不到上学年龄的时候，有一年夏天的一个下午，我缠着要吃西瓜，父亲就趁着生产队派他放牛的机会，冒着被批判的危险，从西瓜田里给我摘了一个圆滚滚的西瓜。因为不敢回家，父亲只好带着我，牵着牛，去了村外的沟里。父亲胆小，然而这次，他不知哪里来的勇气，以至于多年以后，我还能记得当时的情景。那天下午，我们就把牛放在不远处的草地上，不多时候，雨下起来了，我们就找了一个可以躲雨的房檐，在那里，我第一次尝到了造化赐给人类最美的东西。房檐外，雨下个不停，草地和树林里，奏响瀑布般的雨声，美好得超过世间所有的声音。

20世纪90年代末，国家支持西部搞果业经济，这次父亲终于赶上了，因为经济收入好，国家还有不错的补贴。父亲在中年以后，比他青年时期更有创造力，更有劳动的热情，村人都夸他。他的动力不是来自外界，我的感觉是，他是真的喜欢果树管理。尽管后来走路有困难，心脏不太好，但他的心力没有因为这些改变。可惜的是，去年立秋那天，他还是倒在了果园的田埂上，被村里几位大哥发现后抬回家中。据说那天下午，他坚持下地，村人说别去了，天热，他没有听。

父亲身归于土地——身边的那片热土。

后来我去了城里，依然希望上天多降甘霖。因为少雨，我会悲伤；因为有雨，我会愉悦。我相信，这雨幕的那头，就是我的村子，那里也有同我一样喜悦的父母，还有和我一样喜悦的乡民。有时候，觉得陕北这地方，虽则土地贫瘠，虽则穷山恶水，却很少拒绝投奔者。

很久没有倾听那雨打土地、雨打草木、雨打屋檐农具的声音了。尤其夜深，那天籁的纯净，在洗刷烦恼的同时，又敲打着通往昨天的树叶，像落入清澈池塘的水面，顷刻间，塘上泛起粼粼波光。

母亲去世五年了。父亲和母亲，经过一段无法回首的童年和少年时期，而在这个名叫下西渠的村子里，他们种过了所有的作物，叫过所有孩子的名字，脚踏过所有的路径和田土，最后回归到土地里去了。没有任何交代，因为他们的劳作实在不能算得上辉煌，生命的几十年，确如草木的荣枯，把最真实的故事留给他们的大儿子，让其将它作为真实或者已经虚无了的回忆，变成5000字的故事，让世间活着的人去听；或者当作祭奠，飞扬起来又落入尘埃，被雨水和岁月浸泡后，化作泥土吧。

不知怎么，在外面多年，每每南山起云，每每窗外雨落，传来霏霏雨声的时候，我的内心唤起的不是那些古诗的意蕴，不是江南烟雨的朦胧。这雨声在北方高原的人间，沉入一个普通的村落，然后在那里开了许多花，结了许多果。我年轻的父亲母亲，笑盈盈地，在这样繁盛的花果包围中，和乡亲们一起，在夏夜的高树下，说着古今，说着无边的话题……

春联那些事

一

皇历翻到腊八，旧历年的窗子就被轻声打开。当翻到小年二十三，窗子就开始增添了色彩。街头裸露的行道树和桥边人行道挂满红红的灯笼，长龙一样，火龙一样，给这水瘦山寒的世界带来无限的暖热，走过去，一份说不清的情愫便在心间荡漾开来。

我们中国人偏爱红色，尤其在北方。即使站在黄河西岸，遥想那北京城，红色总是主色，不论它有几个环、几条街道，不论新城墙还是旧巷道，我们都执拗地认为，它就是由红的色调主宰的。

我开始明白辛弃疾落日楼头下的红巾翠袖，明白毛泽东莽莽北国之后的红装素裹，在审美的角度体察，确如大雪载途的一树红梅，其色其香发散的是希望，更是乾坤之间的凛然正气。

一切如苦寒般的劫难在一抹红色旁，都瞬间失色。

二

大寒那天，我在书房备墨，开始写今年的新春联。妻说："还记得卖对联的事吧？跟着你种过地，卖过对子，快把世上的事情做遍了。"这一提，就让我记起20年前的事了。

那是我们结婚的第三个年头，日子过得很是紧巴，举债的生活让新婚的快乐打了五折，四处望过去，前途是看不到的，所谓的苟活就是当时的状态。快过年了，什么年货都不能置办，对我，完全可以把年节当寻常日子过，却苦了跟着我的妻儿。

我对妻说，今年卖春联吧，妻很支持。于是在县城中心地带占了一块儿，晚上写，白天卖，妻子跟着帮忙，我口拙，妻弥补了我的这一不足。对联卖得很快，常常是不到半日，写好的对联就已售罄。在那样的日子里，寒冷是被我们忽略了的，但是那写字用的金粉，需要汽油调和，每天晚上写联，那味道不停地刺激肠胃，还是难受至极。

除夕那天下雪了，街上人流涌动，人们都在为一年里最后一宗年货而忙乱，风一样狂，雪一样乱。对联还没有挂上去就被人们急匆匆地拽了去，价格也不计较，撂了钱就走。不到中午，所有的对联都卖完了。妻说，猜猜总共卖了多少钱？我说不知道，妻说是我四个月的工资。

三

下午两三点，街上已经没了人，过年嘛，他们都早早和家人团聚了。几乎所有的店面都关了门，留下红红的对联，在风雪中静默，又似乎在述说什么。

雪还在下，下得更猛烈。我与妻走在空荡荡的街头，寻找我写的春联，我给别人的祝福，也就是给自己的祝福，寻找它，就是寻找一种暖意。有人说，看别人的幸福就是给自己寻找幸福。我们在感受那除夕独特的味道，这是围坐在家里的人们不能知道的。我爱那种味道，它是多种味道搅拌起来的，新与旧，苦与甜，寒冷与温暖，宁静和躁动，在这飞雪的街头，最是体会得分明而真切。

四

初次接触墨香，是在农村二爷家。小时候，二爷几乎承包了村里的春联，每次求二爷写联，总是喜欢深深地闻那墨香，以至在后来的潜意识里，年味里一定就有墨的味道。有一次，我竟情不自禁地说："真香！"正在认真写联的二爷惊奇地抬头说："这娃娃能念好书。"

我至今也不明白能识墨香与能念好书有什么必然的联系，但有一点可以肯定，之后我喜欢上了读书，也喜欢上了写字。

二爷继续写联，写"人勤春早"，我就觉得这一句真的顶一万句，想到父辈们顶着风在田野间的背影，伴着微微春风，在薄凉的晨雾中荷锄而行。当我辈离开那片土地，在每年春节送春联的时候，我们很难再书写一副这样的春联，甚至觉得这具有格言味道的联太过土气，不能再写上去了。

有一年二爷去城里过年，村里的春联没有人敢接，都知道那得有真功夫，不可造次。没有办法，最后只得让三叔写，三叔在"文革"时胡乱写过几次大字报，句子还算通顺，字也勉强能够让人认得。他虽然应承下来了，却没有现成的联句。怎么办？编吧！几个人费了好大的劲，终于凑出两句来：

王小子过大年

一年好过一年

大家都说好着呢，就这样写。三叔不再推让，正经八百地写了几十副。于是，在二爷离开村子的这一年，村里人都贴了这副大家都能念懂念通的联。

五

春联，贴在中国人门楹上的韵文。

去年冬天，我们志愿者一行来到一个叫作程家沟的村子参加送春联活动。阳光甚好，朗朗地照着向阳的山坡上的村子。村子负责人听说我们要来，早已准备好了桌椅，大家一下车就忙碌起来。年长的段政委和毋老师写联，我负责写“福”字，写好之后就摆在院子的墙角下。徐风吹过，“福”字满院飞跑，后来让赶来的村民们捡了小石子压在上面，防止翻覆，书写方才顺利进行。

送春联活动结束了，村民们高高兴兴地把春联带走，有几个人早已经把春联贴在村委会的大门上。这样，白雪皑皑的大地上，一抹万年红，两行承载着祝福的联句，就在阳光下闪动。

我此刻想的是，我们这个拥有几千年历史的国度，此时，有多少人、多少个家户，都在以同样的方式装扮自家的门楹门楣，求得来年的美好。这平仄对仗的两行，真是雅俗共赏，韵味十足又美好十足。

年的元素很丰富，而春联，把雅的文化和世俗人情恰切地联结了起来，美不胜收。

新年快乐

春节将至，可是在中国北方，气象意义上的春天却依旧遥远。高原阳坡坡上很难觅寻楹联上所谓“春和景明”的信息；山间林木上还有残存的枯叶，坚守在一个北风依旧强劲的岁月末梢；蜿蜒的河流冰皮未解，反倒愈加坚固，耀眼的光芒让人觉得冬天还在向着季节更深处前行……

泥墙上的日历像叶子一样，被日出日落的冷冷的时光一页页撕去，年末的时候，又挂一本新的上去，这意味着新年还是要如期而至了。

农户的犁具还懒洋洋地挂在屋檐下，在这一年中最清闲也最寒冷的日子里，人们有工夫把与农事关涉不大的事情铺排一下，这个铺排就是过年——这是一个冗长的不忘故旧又能瞻望新生的节日。

处在一年中物候更替的关节，也是一年里气候最凶险的时候，严寒、月黑，阳气方始上升，却力量微弱。不单这些，人类的邪恶在这样的月黑风高之夜又极易抬头，许多难料的灾难暗流涌动……况且呢，还有一个神话里的“年兽”会随时出没。于是乎，天下苍生需要激发自身和群体的对抗力量，需要一束红色的光芒，一种震撼的声响，去强大，去驱散，去祈求，去迎接，以保障来自本能的生存。

新年将至，在外的游子个个心念乡关，家乡的父老日日扶杖遥望，春节就在这样的心境中发轫。腊月二十三，各种准备紧锣密鼓地展开了，每天都有重要的事，无疑都是敬天敬地敬人敬神，每做一件事都有禁忌，需要逢人问路，争取做到稳稳妥妥，不犯戒律、不破规矩。比如腊月二十三送灶神吧，人间这一天皇帝要向天帝汇报一年的工作，出于节俭，索性就连灶神也拜了吧，敬一点人间熬制的糖，粘住他的嘴，或者让他得到甜头上天言好事。除了敬神以安民，人们还有自己的活动，门窗上贴对联、贴门神、裱窗花。小娃娃买回几串爆竹，在大人们的忙碌中点燃，腰肢好的男女们穿上秧歌服，在锣鼓喧天声中花枝招展……如此，人们从中获得了对抗来自大自然和自身的还有各类怪力乱神的侵扰的能量。

节日是什么？是求和睦求亲善；警戒外界的恶者，怀念作古的善者；重塑蒙尘的良知，阻挠长出的贪婪；挽留正气与美德，弘扬孝悌与贤淑。春节是一个存在了几千年的成熟了的智者，是引力是聚合，是告别是新生，是面对一切可以卑可以亢的从容。相对的铺张隐喻着生命的顽强和张扬，轰轰烈烈的春节让一个步履蹒跚的民族最终没有集体性地误入歧途。

我们自小就质疑年兽的存在，长大了也是如此。我倒是固执地认为，365天的最末的一段时间里的年，更大程度上像是这个民族筑起的堤坝，使掺杂着落后甚至无知的进取得以继往开来地延续，而不是沉沦。它是一套强大的繁杂的免疫系统，防止邪恶的泛滥；又是一组强大的综合娱乐与教化的系统，使得我们的世界朝着美好迈进。过年啦，千门万户都以新桃换了旧符，红红的对联送出的缕缕苦味中洋溢着喜气，凶巴巴的门神也慈眉善目起来……

我们完全理解一个民族甘愿倾全年的辛劳而迎接这个时刻的做法，我们从中得到洗礼，从中汲取美善，从中获得一个家族给予的希望和力量，走向生命的另一个春华秋实。

在这个生命中为数不多的聚散中，必然伴随着相聚的欢乐和离别的悲伤，年年岁岁如此。不过经年之后，也便都能够面对这样的情感跌宕。而我们在这期间所得到的最多的祝福就是：新年快乐。真的，春节是不同寻常的日子，愿你新年快乐。

夏　至

一

夏的面孔先是那西山的云，分明是动态的，亮得刺眼的，高高的如要崩落的雪峰，向东边移动过来，变成灰色、黑色，然后如群魔乱舞。耕地的农人的草帽忽地被风吹得飞跑，叫人不由得打个激灵。地头的树叶子被吹翻，树也几乎成了匍匐状。雨来了，从稀落到倾盆中间好像不需要铺垫，高原的一切顷刻间消失在水珠水雾构成的混沌的雨幕中……大地在和风细雨后似乎甘愿接受这强暴式的热烈的雨点的笞击，并畅快地听取变幻的雷电的嘶鸣。雨珠是争先恐后的，带着迫不及待的情绪，又理直气壮地，藐视一切人间的包括恩怨、郁结在内的情绪，使土地上、灵魂上的尘垢，汇入浊流，浩浩荡荡地流向远方。没有一只鸟在发声，那些欢快的、不平的、挑逗的、冤屈的，都被午后的雨扼住喉咙，或涤荡得干干净净。

这雨来得够有男人味，收得也快。风停了，雨也停了，像是一场原野上的腰鼓表演，随着如雷的鼓点渐稀渐远，表演才停止。

雨后的玉米叶，雨珠未落，在阳光下闪着刺目的光。瓜熟是夏至的标志，西瓜在雨后变得好精神，勤劳有经验的农人最喜来到这田间地头，和别人欣赏自己的杰作，彼此互答着即将迎接的丰收。几只麻雀冒着被枣树叶滚落的雨珠打湿翅膀的危险，尝试着落到枝头，于是像荡秋千一样跃起又跌落，引得几个同伴一阵惊呼……旁边的池塘里，水涨满了一池，邻家几个漂亮姐妹，搬几块干青石放在水边，坐在青石上，各自卷起了裤管，把白嫩的脚丫伸进水中，理一理垂下的柔柳样的发束，池水中荡漾着的除了蓝天、白云，还有她们娇美的红脸颊。一位待嫁姐姐受到来自小妹们的戏谑，蒙羞后做出回击，这声音把池蛙和准备一试纺线调调的夏蝉给震得噤了声……

邻家妹子要嫁人的消息是村子的一个大新闻，人们在期待接下来的清秋佳日，那时他们都会穿着新衣，为这个全村里的“金花”送去祝福，再去尝尝今年新酿的玉米酒。少不了，在雨后清新的泥土气息的包围下，金花会成为村里人们晚饭后的话题，一直夜话到圆月从款款的云层里转出来。

翌日清晨，出了门，遍野传来农人吆牛的声音，麦地要翻头茬了，土地要歇息，也要阳光的暴晒。然而银龙一样的雾气带着黄河的轮廓在东边升起，白亮亮的，十分耀目。这注定是一个不安的季节，土地在孕育丰收，河流在蒸馏，人们在欢唱爱情。这不，晨雾刚起，金花的歌声就荡漾着穿过整个躁动中的季节和村庄。

二

这是离太阳最近的时候，在北半球，所有的植物都已摆脱起跑的环节，奋力朝一个方向奔突。北纬36度线的高原上，晌午，让我们走进夏天的心脏。

一个村庄，就是一个生命的旋涡。所有枝叶都在向着遥远的故乡——太阳，疯狂地伸展，包括高树叶底的夏蝉，似乎惊诧于这种疯狂，没命地嘶鸣。如同纺线的带速回旋，连绵不断，似乎在嘲笑这个毫无诗意的夏天。

田间，高秆的高粱、玉米，含苞待放的向日葵傲慢地昂首张望，而藤类的瓜秧丝毫不肯退让，既然占领不了高空，那就拥有脚下的土地吧。雨后的瓜蔓蹿动如蛇，几天光景，瓜田就成了一片藤蔓的海洋。豆类发挥天生的攀缘功夫，对人类观念里所鄙弃的趋附，它们毫不理会，妖精一样，转眼工夫就缠绕在亭亭的高粱株上，还回头挤眉弄眼地炫耀自己的所谓成功呢。

西瓜已经熟了，新品种的西瓜个头不大，但那惹人的文身告诉人们它们的口感是多么馋人。村里的金花爹是当地出名的瓜王，十多年的压瓜经验，在辨别生熟上他已经登堂入室，不再依赖把西瓜端在手上，拿中指弹响或手掌拍打来听（而实际这些方法也不是很灵），他只需一眼看过，便知生熟、瓤色、味道，且屡试不爽。

他有五个女儿，无子。有一年乡里引进一种无籽西瓜，按说他这样容易接受新观念的人，一定是比别的人更敢于第一个吃螃蟹，可全村唯独他没用这个新品种。他避讳无籽（无子）这种说法，那无异于往他一直未愈合的伤口上撒了一把盐。村里人都明白这一点，于是不再叫无籽，又重新取名，干脆就叫洋西瓜吧。

他的“五朵金花”却足以叫他骄傲，不但个个生得俊俏，而且十分能干，尤其名叫金花的三姑娘，除了模样出众、性格开朗外，爱笑，又如《聊斋》里的婴宁，在处理门里门外的事务上，完全可以独当一面，毫不含糊。

老百姓说，有病就有药，说得多熨帖、温暖啊！

金花爱穿红衣服，炎夏，她的红衣衫在村里年轻男人心里就是一个梦的风向标。然而盈盈一水间，男女又有别，谁也不敢主动上门，只能打个照面，偷望一眼。这一望不要紧，就像目视正午的太阳，眼睛被灼痛不算，人还要眩晕一阵，更别说上前拉句心里话啦。

唉，真不明白，花开时节小伙子们不去折花，只有花被折去，才徒然留下嗟怨。金花和邻村一后生订了婚后，小伙儿们如刚吐蕊便遭遇一场罕见的冰雹，刚蹿出的火苗被一阵冷雨浇了个透心凉。

这些，怪谁呢？你又能怪雨的无情吗？

夏至，蓬勃的生命，在热情和寂寞中延伸。和金花有了婚约的男子自从正月来看过一回后便过了黄河出了远门，从此再无音信。

不过夏天的故事讲出来都不是结局，老百姓都把希望寄托在下一个季节，悲伤会被打开门扉后迎面的热风和虫鸣鸟语裹挟得失去分量，季节会把离伤失意打包，交给那个最能承载悲伤的秋天。

北方的夏至，只管得了冒着酷暑前行。

三

四季当中，夏天最不懂沧桑，即使最易和时间、历史联系起来的河流，也那样热气腾腾。应该想得来，临水而兴叹时光流逝人生无常的哲人，都应该面对的是落花的春水和寒气逼人的秋水了。

夏至时节，陕北这块地方还不到雨季，于是，这里的河流时枯时涨，而我们这些年轻人最喜欢站在河边的崖岸或石桥上，望奔腾的混浊的河流。这是有着野马般脾性的河流，从逼狭的桥洞奔涌而出，如出栏的马群，在风中扬起鬃毛，嘶鸣着，马不停蹄地驰向远方，身后洋溢着诱人的泥污的气息。

这是陕北乃至中国都闻名的河流，它在下游几十公里叫作“天尽头”的村子脚下，平稳地汇入黄河。而在这石桥的两岸，岩崖相望，高岸为堤，两岸土地并不平整，不宜做耕地用，山杏就成了这一带的主要树种，很多女孩都取名为杏儿或山杏，听起来野味十足，又令人想入非非。或许是此地山势陡险，向东又有黄河天堑之故，这里地处华夏腹地却异常平静，历史上罕有战争故事，于是山民纯朴如尧之遗使，村落间古风犹存，除却丧嫁大事盛事，几乎没什么新闻。

和金花有婚约的男子就是沿着这条河走出去，然后坐船渡过黄河去了山西。近半年了，出去时河对岸的阴坡还是皑皑白雪，河川还是坚冰封锁，崖岩间尚有冰柱垂挂。等到雪融了，冰解了，柳绿了，直到山杏花在微冷的河风中瑟瑟地开放了，那个男人还是没有回来。如今时令已是夏至，黄河的水有时涨到漫过乱石铺排的滩涂，那个男人，恐怕难以赶在立秋前回来了吧。

金花的鞋几乎把村子至村南的石寨中间磨出一条路，她去时的希望和回时的失望不知叫村里的人都为她担心了多少回了，这个负心汉！然而杏儿黄了，落了，整个村庄还没有一点这个负心汉的消息，彼此的约定也苍白到如断了线的风筝，谁知道要飘到哪里去。于是就有了各种有关人心不古的猜测，这种猜测伴随金花慌乱的脚步进入那个夏天的深处。然而她最担心的恐怕是时令进入雨季，如峰的巨浪让老船夫再也不敢解开缆绳。

夏的脚步还在走向深绿，秋风可能才刚刚抵达内蒙古以外的异邦，天空的云气异常旺盛，村人不再担忧今秋的收成，歌声也变得分外欢快动听，就连毛驴和牛马的嘶鸣也格外高亢。

我有三株丁香

住到城里多年后，我才知道山地公园满坡的灌木就是丁香。她是野生的，花开得很盛，悄无声息地开在桃李之后，并不算鲜艳。而桃李在北方，就是报春的花，所谓春暖花开，应该指的就是她们了。桃李未待叶子出芽，便急匆匆把红的、白的笑脸迎到游人面前来，她们是不惧怕春寒的女子，在寒气逼人的季节，她们毫不犹豫地换上红装，有些招眼又有些泼辣。尤其是山桃，在山顶上，即使花期已过，还点缀在丁香的花团中间，格外耀眼，分明不想退出属于自己的舞台，也不甘示弱于这些后来者。

清明节前后的黄土高原，是桃李争妍斗艳的舞台。

清明以后是谷雨，是春季的最后一个节气，这意味着春天即将落幕，夏天开始苏醒。也许是丁香花的柔弱和她含蓄的秉性，决定了她的无意争春吧，于是在这个芳菲落尽，人们都在惋惜春逝的时候，丁香花开放了。

她开在树荫里，开在峭壁上，开在行人走过的道路旁。她的颜色是紫的或白的，有的落单，孤独寂寞的样子；有的丛萃如花丘，密密麻麻；有的瀑布一般，被日光穿过之后，向道旁倾泻下来。

她开得那样静，像梦的拓片；又那样清，清得让人嗅不出一点气息。即使有鸟飞落，似乎也不忍鸣叫惊扰。

人们对于那几株迟开的夹杂在丁香花之间的山桃，不时发出赞赏和惊叹，唯独没有眷顾发着幽香的丁香花。难道她只属于春愁秋恨？难道她只是孤独失意者撑起油纸伞才会怀恋的意象？

她并不明丽，却像一道瀑布、一面墙壁一样开着，她的清香淡到可以忽略。但这样寂寞的整齐，就像是和一列奔向远方的列车隆重地告别，和一个灿烂美好的春天热情地招手啊。

丁香开尽了，人们再也唤不起这树的名字，她的叶子是普通的椭圆，从最初到后来都是被忽视的存在。丁香花是寻常巷陌走出来的女子，含羞着，素抹淡妆着，款款地，头也不回，消逝于阡陌的尽头，一个被微雨打湿的小巷的转折处。

站在一个季节的岔道处，觉得那个远望的人，他或许有着百般情愫，他的心中已经深植了一株丁香，幽美而不宁。再后来我也就知道，我们的心里不是也有并蒂而开的两株丁香吗？

一株是生活，就像开在道旁的那一株，你看得到她真实的紫色的容颜，嗅得到清新的气息；一株是遥远的诗韵，她远离尘泥，开在深树中，荆棘丛生如同墙壁，已使人可望而不可即。她在明暗交织的斑驳的日影移动中，如梦般闪烁；更像长长的纵深的篱墙，美不胜收又无法逾越，只能折返徘徊。

于是不由得想到故乡那被父亲唤作“龙背子”的树了，她那样高大，有些像乔木。她在故乡极普通，长得更茂盛，喜阳又不避荫，蓬蓬勃勃，叶子几乎大过白杨。尴尬的是，被父亲唤作龙背子的树，其实就是我的文章里的远离泥土的丁香，她就长在故乡的原野，见证了父亲顶着烈日扶犁而过，给黄土一样肤色的父亲遮过阳、避过雨。

现在它也植根在我的心里了。

它叫龙背子。

想跟父亲下田去

在田埂上休息的父亲跟他脚下的土地一样沉静。

有时他把擦拭农具当作一种歇息，在用青草反复蹭擦之后，犁铧便如一面镜子，能照出人影来。更多的时候父亲在吸旱烟，他熟练地将喷香呛人的烟丝捏搓到螺丝帽大小的铜锅里，再伸手点燃，一股青白的烟雾便袅袅盘旋。他凝视着眼前平展了的几十垄黄熟了的麦子，脸上的皱纹舒展了。

脚下，是属于父亲的土地，父亲的希望、热情、价值，甚至灵魂都铸刻在这里，从秋播、春锄到夏收，父亲小心翼翼，生怕哪个环节做得不到位。冬天里，他渴望着一场雪，哪怕下得不厚不透，他对土地的殷切期望，从那时就已经影响到了我，让我知道了麦子的重要性。甚至是我对雨雪，对四时节令气象那种朴素的感情，也应该是从那时萌发的。

终于，麦子熟了，收麦子了。北方一带最集中最盛大的农事活动在这片土地上上演了。母亲刮掉仅存的白面，从瓦瓮中掏尽日复一日积攒的鸡蛋，拣净了快要生虫的绿豆。父亲从闲着的窑洞里取下早已生出锈斑的镰刀，满含一嘴凉水，并不咽下去，边磨边喷水，砂石上便滚滚地淌出红的铁锈水。末了，父亲粗硬的大拇指在镰刀的刀刃上轻轻一刮，发亮的刀刃发出令父亲满意的脆响。牲口圈中的毛驴子在父亲的悉心照料下，成色渐好，毛也光亮起来，肚子胀圆起来，精神自然也好起来，偶尔嘶鸣，真是震耳欲聋，感觉是大战将至，像要请战上沙场似的，一副雄赳赳气昂昂的神气。

麦收，也叫抢收，此时的父亲和天下农人一样，最担心的倒是降雨了。幸好，天气晴朗，日头正毒。麦地如绸，黄澄澄的，在不安分地涌动，那种杂乱无章的碰撞发出的声响最是能激发战斗的热情。

父亲像是哪位西方油画家笔下的农人一样，卷起袖筒裤筒，顾不上坚硬的芒刺刺破皮肤的疼痛，他要在天雨降临之前结束战斗。父亲又俨然是在收割自己书写的诗行，似乎不觉得枯燥和劳累。他直起了腰，享受着吹来的麦浪燥热的香气，在他的身后，不觉间筑起一座座砌得整齐威严的城堡，也像他的一篇篇诗作。

然而那些年，父亲很少拥有这样的作品。

我曾多次跟父亲一起下田，逐渐感受并沉淀了土地带给天下百姓的喜乐悲愁。20世纪80年代中期至90年代初，陕北连年歉收，热烘烘的风在天地间运行，就是不肯落雨。麦苗在清明前后还是绿油油一片，像得了墒的韭菜苗子，田畴间氤氲着丰收的气氛。尤其一场好雨之后，晨起，麦苗油亮亮的，在饱饮一夜的雨露之后，还能听到麦子拔节的美妙的声响。这个时候，父亲时常在这片即将丰收的大地上徜徉，心中充满着无边的喜悦。

然而几乎一夜之间，绿油油的田间多出几片黄色的叶子，麦田就像一幅世界地图，斑驳起来，这让父亲的心不禁一紧。今年又要歉收了，父亲说，这是年成。地图上的黄色不断向绿色侵入，无可阻遏。绿色一败涂地，说明上苍是决然不再眷恋天下农人的殷切期盼，任性地把灾难洒向大地，洒向百姓的心头。邻里真的有人就揭不开锅了，粮食仓子已经见底，空空如也。

我也是后来才明白，我们的喜乐悲愁就是源于那段无情岁月。那时父母亲都希望我走出这片土地，以有别于他们的生活方式去生活，最好去吃公家的“铁秆庄稼”，我懂得他们的无奈。后来我外出参加了工作，遂了父母夙愿，而他们还得困守在那片给予他们宿命的土地上，承受累代的煎熬。

几年后的一个春天，听说国家实行了退耕还林政策，也听说这一政策的实行曾遭到百姓的质疑甚至反对，因为他们害怕果子卖不掉会烂掉，最后连种麦子都不如。最终还是总理亲自做了解释：国家有的是粮，没有口粮政府会叫人拨过来。农民相信了政府，没有记错的话，那应该是在1998年。

这一举措是改革开放、市场经济的衍生，是几千年来改变陕北农民命运的最果断最正确的抉择，陕北农民的幸福生活从此开始。

十几年过去，陕北高原五风十雨，满眼葱绿，乡亲们由粮农变成了果农，收入稳定了许多。我的父亲就是在那个时候拥有了属于自己的第一笔存款。

父亲60多岁了，依然喜欢下田。在那个年头，父亲手中的犁铧翻动的不再是沉默的呼告，不再是受粮食的折磨而痛苦和煎熬。行走在田垄之上，岁月把几十个春天关于农事的悲苦刻在人们额头的同时，又把关于土地、粮食、生存的哲学刻在人们心头。沉默的土地与沉默的父亲就是一部时代的史诗，一部思想史，一部中国农民的进化史。

春天来了，家乡的梨花也快要开了吧，那开放在田野上的花应该像美丽的笑靥。到那个时候，我多想放下冗务，与父亲一起下田去，话一话他和天下百姓的稼穑事、桑麻情。

隐

晋代陶谢、唐代王孟的诗，除了给我们留下田园山水的澄明外，更留下一种绕不过的情结，就是归隐。不过说起其中的荦荦大者，当然要数陶渊明了，他是一只倦飞的鸟，一尾潜渊之鱼，最是自在，沉醉于山水之间忘我忘言。他独坐于远离人境的故园，看云起云归、月升月落，没理由不让我们这些恍惚于繁华喧嚣闹市的俗人心向往之。然而山水田园虽距城市并不遥远，但中间却又横亘着难以逾越的樊篱，叫人无力也无法去跨越这一雷池，这是永恒的困惑。

入世与出世应该是人类与生俱来的气质，就像幼芽会破土也要凋谢，就像晨起的精神抖擞到夜深也要张开大嘴来一声长长的哈欠。我知道人生通达与落魄在入世与出世方面的情结有云泥之别，但必然，这不同的态度只是五十步笑百步，在每个人的心灵深处，都有一颗萌发归隐的豆，时刻为一种来自超越世俗的自然力而萌动。

萌动归萌动，归隐是一件很难的事，想那陶令挂冠的事实，千余年来又有几人能够成行？不用多举例，人生的各种牵累几乎让所有人都欲罢不能。

归隐成了世俗人眼中的水中月镜中花，似乎可望而不可即。庆幸的是，每个人的眼中有一个自然，心中也有一个自然，春花秋月、和风初雪，像诗境的幻灯，把清新和诗意徐徐展开。

自然比不上诗美，或者诗是赋予灵魂的春花秋月。门前的潺潺水声听久了，便没有了水声；花底的莺啼听久了，便没有了莺啼；山林的月色隐去了，只剩下和孤灯下的影子对语；窗前的绿苔拉长了，心头自然平添了生命的枯黄。

诗停留在心房，像一个斗方的小屏悬挂于墙壁，窗外四季的风物盛衰，山水的崇高秀丽，诸多的情愫都从诗中酝酿发散开来。诗是生活的一座空中别业，是匆匆行走间一道怡情的风景，是禅意。诗是灵魂的聚集，像老太穿针、少妇描眉、剃头匠的游刃，虽是小动作，却不由得凝神静气，超然物外，身心寄于一端。

生活原来需要一种境界，这种境界超越了高墙，赋予了生命以进退自如的时间与空间，剥离了生硬的所谓圭臬，即使站在严冬的田野，心中依然瞻望丽日春风。原来生活可以是一种减法，需要打破空间的羁縻，能够身处红尘却感受到诗意的洒脱，看月是月，看花是花；望春水就是一碧灵动，而不会生发时光易逝之叹和逝水无情之感；叶落就是叶落，也不会生发生命的悲悯情怀。

我们的人生需要诗，最少需要诗的情怀，诗是另一种形式的归隐；我们也需要酒，酒是诗的蒸馏，是红尘的桃花源。城外的山水田园是大地上纯粹的诗，待到春和景明，待到层林尽染，去踏青赏秋，也是觅诗和超然。新雪初霁，等那蜡梅一枝开……

我们都是在世俗与归隐的岔路口上徘徊的人，一方人潮涌动，一方花落满径。我们负笈而行，走走停停又来去自如。

写完上面的文字才发现，归隐距喧闹和孤独并不遥远。

别

夜深听取河冰初解，声音凄然哗然；又听取悬崖冰柱断裂，如昆山玉碎，然后沉沉地坠入汹涌的河流，声响悲壮。我在被深夜的巨响惊醒之后，知道这是一次与漫长的寒冬的诀别，也是一次新征程的序曲。

离别，应该是伴随生命的永远的命题，不论自然万物还是多情的人们，随时有可能面对离别。不过对我们人类而言，离别，在生命历程中具有进化的特点。最初是感受与母亲离别的苦楚，接下来又要接受与友人离别的伤悲，后来呢，还得面对亲人离世的寂寥，觉得天地之间的生离死别，如负笈远行，越走越沉重。

面对离别，多情的人们可以选择多种方式，或者原始的哭泣，或者借助诗歌的悲韵，或者进行人生的沉思等。离别是悲伤的传感，需要释放，需要转移，也需要理性地面对。人们，也就是在这无数次悲喜交加的聚散中不断成长。

离别，的确是生命卸不掉的笈囊，可能因为这个，我们的先辈从未停止过离别时的吟唱，把一个贯通古今的主题一直唱到今天。有个叫江淹的诗人写道："黯然销魂者，唯别而已矣。"能发出此等言语者，可能多了去了。翻一翻发黄的诗文卷帙，关于离别的诗文可车载斗量。钱锺书先生说中国诗多是社交诗，这个概括颇有见地。很多悲剧意识的诗文，又多和聚散有关，或饯别，或戎马生郊残垣一见，甚而老翁逾墙，或送儿阳关，或楼台一别、汉女出宫、楚臣离境……林林总总，让它占去了一部中国诗文的半壁河山。

就说中国诗人吧，他们多借景物抒情，所借景物十分讲究，让一份沉重、一份眷顾和怅惘摇曳多姿。他们惯于使用“水”“月”“云”“雁”“鱼”等诸多意象，从而表达当下的离情别意。当然这些事物各自具有的特点，恰恰与离别有某种契合。水因其流动、长久，而且可以由此及彼，连接亲友于千万里，从而使情意穿越时空之大；其次，水在古人心中乃至善至美者，早就被赋予了灵性，那些关于离别的诗文因为有了水的浸润，寄情也就更加优雅、更加遥深。月乃天外美好事物，它的圆缺变化使人想到聚散离合，它那“九州同辉”的特点，给人的错觉是月亮走我也走；月又是纯洁友情的象征，用月寄离情，有一番超乎想象之外的意味。一个人心中有了天地，离情别意就更有深度和理趣，对生命的短暂和渺小更有感触，也就让人备感情意的珍贵。至于柳三变“杨柳岸，晓风残月”则为虚写，实为写月的奇葩。云是漂泊动荡的，与鱼雁一样可用以传情达意，更适宜表达别后相思，“浮云游子意，落日故人情”两句虽写目下，却超逸当前。“青山”这一意象在离别诗中，则多为捣乱者，人家于长亭送别，“青山同志”却硬是遮住妾的望眼，害得人家又上了一道坡，平添了一番苦恼。

这是中国人诗文化里的离别文化，古人写离别多离不开这些物象。“请君试问东流水，别意与之谁短长”，看看，可爱的李白还要问人家东流水，可见我们中国人心中对自然有多亲近，中国古人对于离别又是多么在意哦！这些离别诗，让我们感受到了如水人文的荡漾。

这些文化虽说由来已久，但它的产生自然有其现实的根基，其中的因素是有不少，但那道一声珍重，那望断南飞雁，那劝君一杯酒，应该和漫长的农业时代落后的交通关系甚大。“渭北春天树，江东日暮云”，杜甫当年在长安，听说李白在吴地游历，于是写了这样的诗句。“何时一樽酒，重与细论文”，纵然有这个美好的愿望，但两地相隔千里，倘要一聚，人困马乏，恐怕得数月之久。况且，行踪不定的李白怕也等不到杜甫的到来就又会“万里送行舟”了。早年，李杜二人在洛阳断断续续一年余的相聚，结下深厚的友谊，当时李白已名满天下，后来的杜甫也诗坛驰名，按理来说两人的相聚应不止一次。可惜的是，两个重量级的诗人再也没有聚首碰撞，可以说，交通信息的不便一定是很现实的障碍。今天看来，这是一个时代的遗憾，同时也是这一时代造成的残缺，给我们留下如此动人的离别的诗章。

除了尘世伤感的别离，还有更加崇高、洋溢着生命张力的别离。季节的更替，生命的盛衰，历史的变迁，都是告别，当中深埋的是精神，运行的是大道。日月天地旋转不息，每每在人们心中摇荡生情。原来，沧桑聚散乃是宇宙的精神，也是人的精神。“人生代代无穷已，江月年年望相似。”离别是永恒的，生命也是无穷的，于是，离别意味着相聚，逝去同样意味着新生。“挑战者号”的陨落并未阻止人类对宇宙探索的脚步；罗布泊的无名冢旁，苦行僧的身影面对斜阳。离别为的是开辟一个新天地，马革裹尸是为家国添一缕和平的火光，三过家门不入那是心念黎民、情系天下的崇高，人生也许就是因为那次远征而增添了重量和色彩。如果我们老是怀恋旧屋，眷顾新娶的嫁娘，那我们的世界又是何其小，生命又是何其卑微。斥鷃有翱翔蓬蒿之乐，却永远不会明白鹏鸟的薄云之志，虽然我们也不拒绝平淡。

别离不是选择，我们理应顺其自然；别离又是选择，我们化伤悲为力量。这是我们说服自己的理由。

没有真正经历离别的生命算不上成熟和完美。这样说，离别是一次生命的洗礼，是一次淬火和磨砺，从最初离别的泣泪沾襟到经历离别后的从容，不再回头的背影是一个男人的背影。我们为一只孤鹰在峡谷间的盘桓而神往，为一曲告别独自乘桴浮于海的渔歌而击节，为广阔大地无数满手老茧的劳动者的夯歌而致礼。他们都是告别者，在告别亲人和安逸，告别稚嫩和依赖，把最初的母亲给予的躯体，改造成如今的模样，而现在的自己正是真正的自己。

生命不但需要向心的力量，而且需要一种离心的状态，人类在这两种力量下才呈现出成熟的美。那些匍匐于大地却向着太阳方向张望的万物，常常摇动着我们内心的一种感动、一种深思。

相信我们吟咏着古人的诗，只是品味了诗美好的情调，而忽略了它们的惆怅，但诗给我们这些行者的苦思增添了生命的愉悦和色彩，像前面的浪花激荡，引导我们奋勇向前。

春天来了，我们告别昨日的风雪。冰河千里，那里曾滞留过一个春暖花开的梦想。冰河解冻，告别生命的冬眠，不忘最初的追求。继续吧，生命的河流还要载着一份叮嘱、一份期盼、一份等待已久的告别，向着遥远的东方奔跑。

写意中秋

中秋这一天，本是个寻常日子，但这一天的天空就是格外蓝、格外高，空气也格外清新。行走在富有而不喧闹的大地上，人的呼吸均匀舒畅，身心中淤积的摆脱不掉的浊污，如抽丝般发散开去。

这是真正的清秋佳日。先祖们充满了智慧，他们把一个天朗气清、月圆如镜的日子和文化上的长久完美、亲情团聚揉成一个月饼，酿成一壶老酒，置放在大地丰收的祝福中，置放在怀远思人的遥望台，这样的合成实在近于完美。于是，圆圆的月饼一半应献给富丽瑰奇的造化，一半应留在文化的供龛上以作祭奠。

中秋到了，一种气息自自然然地氤氲在这山水间、这大地上。

缓步于延河的浅堤，看那细碎的鳞波，如岁月的皮肤上轻轻抚出的尘皱，灵动而又端庄；抑或是微风原想在镜中一睹芳容，而不经意留下的影子，却被秋的柔水小心地收藏。这秋水，毕竟最像是无法触摸的时光了，连绵不绝的涌动里映照的是去年的冰雪，还有春的落花、夏的翠色，也更有永远流不尽的几世几代的春愁秋恨。这平静的河水呀，看着身旁的小山缓缓拢起秀发，绾成螺髻，然后染上几缕银丝，直至满头白发。不信么，徐风中堤柳轻盈的舞动，难道不是与一个季节的告别？沙沙的低语，不也是声声的叹息和欲说还休的不忍？

树上的蝉鸣呢，那分明是晚唐小李杜的诗吧，管它格调什么的，趁着秋日正暖，趁着寒流未至，继续那楚臣离境、汉妾辞宫的柔声。于堤柳下倾耳听吧，多像古琴的呜咽和离别前的一步一回头，但也不一定完全是，或许那是一个佳期的序曲，一种憧憬和迷茫交融的哀而不伤，为了礼赞生命的不朽，它们可能会歌尽而亡。这真是世间少有的别样的恋曲。

然而有样小东西，却要在这个期望团聚的季节里背井离乡，那就是燕子呀。这个精灵，着一袭黑缎子披风，要在第一次寒潮来临之前，把北方的故乡撂下，去那林木繁盛、草长莺飞的南方。北方的天空虽然明净，但秋寒阻住了飞虫的薄翼，给以草虫为食的燕子带来致命的打击，于是天空中便鲜见它们剪掠的身影。或许它们正在为那些生在屋檐下的孩子们做万般的叮咛：路途艰险，要保护好自己和姐妹们啊；这里可是你们的家哦，明年春天不要忘了回来啊；这屋子里住着的可是善良人家，启程的日子不要忘了打个招呼哦……

还在水边的我们呢，其实早就做了中秋赏月的打算，那是与金秋八月做的一次相当重要的约会，在最宜人的季节里和流布最广的神话进行一次约会。今夜，四海万家共赏一轮明月，那更是中华文化的盛会，用美酒浇释亲友的思念，用诗赋吟唱千古愁怨。这中秋也本是意境深远的诗文，诗文里有远方的扁舟和家乡的明月楼，有西风中的驼铃和边陲的哨影。

当然再深的忧思别怨都不及月宫里的嫦娥十之一二，在与以玉兔为伴的寂寞嫦娥的对比中，一切都得到了安慰。中国人很巧妙地把中秋的寓言刻在明月上，于是悲剧的神话，反而安慰着代代不已的今夜无眠人。十五的夜月如果隐去，楼台便是空的，客子孤舟里的灯光是昏黄的。

说到明月，那可是被身处江湖之远的孤客视为知己的。公元1082年，壬戌之秋，身在黄州的苏子，在七月十六的夜晚，偕友夜游，用不变的眼光看待眼前的水与月，让自己连同百代文人的万古愁思，倾泻于万顷碧波之上，于是忘却了人生短暂的苦恼和难以排遣的宦海悲愁，进而尽享江上的清风和山间的明月。虽非八月月圆夜，但当晚的月是世间少有的明月，清风是世间少有的清风。请允许我的深信不疑，一个人在幽暗昏惑中突然感到豁然明朗，那么空中的明月，当不会那么执拗和不解风情的吧。

的确，在中秋佳节，一切都是那般美好，相信连那最先落叶的梧桐，落地一刹那的巨响，也不再是叹息，大地的枯黄也不再被看作是时光的锈迹。在秋天里，当人们都在忙着收获，独有自个儿站在篱笆旁因两手空空而落泪时，也许会告诉自己古人说的那句话：想要收获，先埋种子。

还得对着将要远逝的皱波里落魄的影子，不为时光易逝而嗟叹，告诉自己你就是一棵树的姿态，西风来时你在进行的是动人的歌唱。仰望远方的玄鸟和稀落的叶子，也安慰安慰它们，天下人都不可能永远栖息在自己的故乡，何不也把他乡当作故乡？

珍惜2016年的中秋节，也珍惜一切，包括不是节日的寻常日子。活着本来就是哲学，而活得好是美的哲学。现在已是午后三时，得准备准备，唤上约好的友人去登山，看中秋那最大最圆的明月去。

陈蔡论道

鲁哀公三至六年（前492年—前489年），孔子周游进入陈国（大约今河南东部），当时东南的吴国意欲攻打陈国，陈国自知无法与之抗衡，于是向西南的楚国求援。陈国处在大国的缓冲带上，陈楚是唇齿关系，于是楚国出兵，驻扎在城父（今安徽亳州）。

楚国人听说孔子进入陈国，想聘请孔子，这个消息传入陈国大夫耳中。陈国大夫们平日里施政不力，兴许还有不少劣迹被孔子掌握，他们害怕孔子进入楚国后走漏消息，从而对陈国掌权者构成威胁，就想了一个自认为高明又很不地道的办法：让征发来的服役者把孔子和包括颜回、子贡、子路在内的弟子们围困在郊外的旷野上。

这一段在《论语》中有简短的记载，仅30余字："在陈绝粮，从者病，莫能兴。子路愠见曰：'君子亦有穷乎？'子曰：'君子固穷，小人穷斯滥矣。'"太史公以修正史为务，《史记》中说孔子及其从者突围不能，弟子们因为断粮，饿到站也站不起来。

这是孔子14年周游列国最为困窘尴尬之秋，如节令中的寒冬，穷厄至极。而每到这样的处境，人生的理想和追求往往因此动摇，会质疑自我行为的正确性和可行性。孔子呢，面对这样的处境，他一面讲学，一面又是诵诗又是唱歌弹琴，和平时并没有多少不同。

体质弱的弟子已经站不起来了，好勇直率的子路于是首先发难："君子也有走投无路的时候吗？"显然话外有音：君子和小人有时也没啥区别，你唱歌弹琴能当馍馍吃吗？我饿肚子，你不也饥肠辘辘吗？子路的话，口气很重，语带讽刺，盛怒之下，甚至有些忘了为人徒之礼。孔子知道来者不善，于是回答道："君子遇到困窘，能坚持节操不动摇；而小人遇到困窘就会不加节制，什么违背道义、超出底线的事情都做得出来。"并对身边的子贡说："我虽博闻强记，但有一种原则是贯彻其中的。"这条原则就是不违仁、不违礼。君子不因外物变化而喜怒形于色，而穷极思变。孔子的话听起来有些迂腐不知变通，而这正是常人所不能理解处。此时孔子的言行倒是具有古典哲学意味，因为我们见惯了有米便是爹的世风。欲望像一条没有堤坝的河流，只要有机会就会溃堤，仁义在物质面前几乎斯文扫地。《论语》中有孔子两句话可以印证当时他的话不是随便说说，也能看出他对学说立场的巩固："不仁者不可以久处约，不可以长处乐。"意思是不讲仁义的人不能够长期处在贫困中，也不能长期处在安乐中。

孔子带着他的弟子们出游，自然希望顺利且能有所收获。可面对突如其来的变故，他们也不得不分析处于困境的原因了。闹得最凶的是子路，子路虽小孔子九岁，却一直是孔子的马前卒，像唐僧取经路上的孙大圣，所以孔子首先开导子路："只有像老虎和犀牛这样的野兽才会在旷野中出没徘徊。而我所坚持的大道并没有错误，为什么也会在荒野之中走投无路呢？"这显然是投石问路，试探子路。子路是个直性子，他回答说："大概是德和智谋还不够吧，所以大家不信任我们，也不放我们前行。"太史公《史记》就是这样说的："意者吾未仁邪？人之不我信也。意者吾未知邪？人之不我行也。"连用两个"意者"，即"恐怕""大概"之类推测的词，可知子路对自己的回答也是不太自信，但都把问题揽在"我"的一方，盛怒之气稍弱，对当前的困厄也表现出一筹莫展。孔子下面的回答当即推翻了子路的臆测：

“有这样的话吗？仲由啊，假使有仁德的人就必定能使人信任，哪里有伯夷、叔齐饿死在首阳山呢？假使有智谋的人能畅行无阻，哪会有王子比干被剖心呢？”

子路退出后，子贡进来见孔子。子贡和子路的问题是一样的，在此不再赘述。子贡在弟子中属于能言善辩者，他心思缜密，他的话自然委婉很多：“老师的学说博大到极点了，所以天下没有一个国家能容纳老师，老师何不稍微降低一下你的要求呢？”子贡的话有两层意思，前一层自然是无可厚非，他们当前的身不由己的根本原因还是学说不被世人接受。它是后一层的铺垫，那么后一层就有问题了：既然不被接受就放低门槛，然后让别人接受嘛。子贡是个商人，能妥协能变通，薄利多销，把货物从贵族价格降到平民价格不就得了嘛，总不能把货物堆在库房里滞销啊！子贡的话似乎有道理，不想这次轮到孔子大不满意啦，孔子说：“赐啊，好的农夫虽然善于耕种，但却不一定有好的收获；好的工匠虽然有好的手艺，但他所做的却未必能使人们都称心如意。有修养的人能研修自己的学说，就像网一样，先钩出自己的大致头绪，然后再梳理，但不一定被世人接受。现在你不去研究自己的学说，反而降格来苟合取容别人，你的志向也太不远大了。”的确，孔子的学说在世人眼里为高山流水，虽然曲高和寡些，可他绝不因为别人不了解不欣赏就“甩卖”，如果这样，他周游列国的意义将会大打折扣，或者像摇着拨浪鼓走街串巷的小货郎。有一个类似的故事，同样发生在他和子贡身上。有一天，子贡得到一块美玉，不知如何处理，就问孔子，孔子毫不迟疑地回答：“卖掉它，卖掉它，我正在等待识货的人出现呢。”这两个故事表面相似，实则大不相同：后者是寓言，以美玉比方自己的学说，卖掉它就是找到一个接受自己学说的人，并没有降价处理的意思。现在，子贡的话牵涉到价值观改变这一问题，触碰到了孔子的底线，那孔子自然就不能让步了。

其实这一段很值得我们去回味，孔子带有文学色彩的劝诫很大程度上是对子贡的谆谆教导。子贡是孔子的得意门生，并且被他以“瑚琏之器”这个有微言大义的喻法相称，两人关系十分亲密，彼此十分信任。但孔子宁可风餐露宿，宁可受困于物质，也不愿意背叛尊贵的理想，不得不说和三藏途中路经女儿国而不敢停留颇有相似。虽然一个是布道，一个是取经，但殊途同归，两个人都经受住了考验。

最后一个出场的是颜回，这是个不同凡响的人物，孔子死后他配享祭祀，明代的嘉靖帝追认他为复圣。颜回说："老师的学说博大到极点了，所以天下没有一个国家能容纳老师。虽然这样，老师还是要推行自己的学说，不被天下接受有什么关系呢？不被接受，这样才能显出君子之色，一个人不研究自己的学说，那才是耻辱。至于已经下大力气研究的学说不被人所用，那是当权者的耻辱。不被天下人接受又有什么关系呢？不被接受，才能显出君子的本色！"孔子听了欣慰地说："是这样的啊，姓颜的小伙子。假使你有许多钱财，我愿意给你做管家。"

颜回的回答正好符合了孔子"君子固穷""志士仁人无求生以害仁，有杀身以成仁"的滥觞和初心，深得孔子的赞赏。相形之下，子路、子贡的自我怀疑与变易都不能支持他们实现人生的目标。

孔子有松柏之姿以当岁寒，这是后来者不能真正领悟和实践的。发生在约2500年前的这场不大的论道，它看似是论人格、论操守、论弘毅精神，实则辐射的是担当，是泰山崩于前而色不变的进取，彰显的是一个仁者的使命必达的气魄。

注："陈蔡之厄"后来被演绎成不少版本，《孔子家语》《庄子》《吕氏春秋》皆有。如此，陈蔡成了一个谈论人生的道场，一个问天、问人的地域和文化意义上的道场。

读书漫谈

我幼时喜欢读书，然而居住在穷乡之中，除了同学间流传的几本早已磨破的没头没尾的小说外，竟然没有读过一本经典。或许是后来读了几篇古人模山范水的文章，竟至于之后尤其喜欢游山览水，且乐以忘忧，不知不觉间，已过了春秋鼎盛之年。

后来也曾置书于室，将经史子集藏于架，然而多落满尘土，不曾静心以观。在山水娱游之余，常生惶恐。一个人可以读大地上的书，而思想如果断绝与古今的对话，纵然穷思竭虑，在登山的路途中，也很难有豁然开朗的境界。

苏子有“发愤识遍天下字，立志读尽人间书”的壮志，黄鲁直有“三日不读书，则义理不交于胸中，对镜觉面目可憎，向人亦语言无味”的叹息。虽则苏子未必读尽人间书，黄山谷也未尝不是通达义理之人，单看他们对读书的那孜孜以求的精神，讵不为我等之楷模？其后读书，虽纵横丛杂，但以苏黄之志烛照，也未曾蹉跎过多少光阴。

如是，小子乃斗胆以《读书漫谈》为题，疏引几个小题目，为劝己，为劝弟子云尔。

一

“我不知道世人怎样看我，我只觉得自己好像是在海边玩水的小孩，偶尔拾到美丽的贝壳，就高兴不已，但面对真理的浩瀚大海，我仍茫然不知……”这是公元17世纪最伟大的科学家牛顿很谦虚的话。知识学问是无限的，并且越是身处“高处”的人，越懂得这个道理。

牛顿和他的学问真让人折腰。

中国和西方都喜欢用大海比喻无限，证明人类在知识领域的追求上是一致的，对宇宙人生的探索有着高度的敬畏。随着认识的深入，领域的扩大，人类确实越显得渺小。我们的生活也需要知识，生活之外我们依然像泛舟的勇士，不断向着深蓝色大海劈波斩浪。我们学习最自由最便捷的方法就是读书，这是一种成本很低的获取知识和真理的方式。书是人类进步的阶梯，这个很质朴的比方，它的伟大之处在于道出了书籍的历史价值。的确，书可以改变一个人，可以改变人类。

历史的浪潮奔涌，沉淀下来的是精华。前人留下的最好的书，被称为善本。善本“江流石不转”，如暗夜的渔火，闪烁着智慧的光芒，照耀着人类探索的航途。

在这个科学觉醒甚至狂放的时代，有些对人类科技成就沾沾自喜的人，回过头来，似乎对人文科学表示不屑与质疑，不能不说这是浅显愚昧，甚至无知。不错，改变生活的是科技，甚至也有可能和战争有关，但他们忽略了一个基本问题：人的活动有物质和精神的分野，两者的前行像跬步交互的两只脚。

科学的觉醒首先应该是思想的解放。思想处在禁锢时代，站在科学前沿被诬为异教徒的那个中世纪时代，长长的1000年，西方的科学在黑暗漫长的隧道中几近窒息，等待一缕清新的阳光和伟大时代的到来。文艺复兴打开了地狱的天窗，从而迎接携手并进的两种力量。

中国近现代史的演进和国门的吱呀打开，迎进来德、赛两位先生，与20世纪的改革开放一样，都和文化运动有关，和政治的开化有关。

毋庸置疑，伟大的时代一定是海纳百川、兼收并蓄的。

而现在，我们科学的脚步带来了物质的富有，但是我们的精神文明却有些滞后了。历史要不断地审视，时代也要求我们不能再在狂躁的旋涡中盲目乐观。只有回归阅读才可以让我们的目光更深邃，从而为前行的船更好地把舵，更好地领航。

二

儿时上学，我每次带新书回来，常常是迫不及待地打开它，一种特别清新诱人的油墨味荡漾在胸臆之间，全新的图文世界呈现在人眼前，当时竟不知道，原来那就是后来所说的幸福感。于是，在昏黄的油灯下，我几乎在一夜之间就能把一本书翻个遍。之后，再拥有新书，就先是贪婪地吮吸来自书页之间缕缕不尽的书香。

多少年过去，有了买书的钱，每年仅获赠的书也够读了，可是那种渴望和诱惑却荡然无存。有时有意闻嗅，然而却已经闻不到童年时期那种清新诱人的墨香。也许是生物生理产生了变化，也许是当时的物以稀为贵，更多的怕是如今纷繁网络世界里十倍百倍的信息量的输入，才造成了如此变化，真的不能确定。

如今，人们手握一部手机，如同掌握半个世界。很多具有诱惑力的题目纷至沓来，不断涌现又不断刷新的信息流量，使人目不暇接，当年认为十分震撼的醒目的东西在这里黯然失色。

手机也可以读书，甚至就是个书库，那里的书浩如烟海。然而，与开卷细读却大相径庭。古人有掩卷而思、提要钩玄、批点评注的读书习惯，感觉有许多兴味和闲定在里面，而这些是手机阅读所不能够达到的。拿手机读书可以不用受囊萤映雪、凿壁偷光之累，且随处可读，但有一点，也许也是最重要的一点，你真能手握一部手机如同手握一本书一样气定神闲吗？大多数人做不到，能每天浏览一两篇像样的文章已经很难得了。我的床上放了一部民国人物蔡东藩的《前汉演义》，近一个月来读了不到50页，因为卧床时间多是在玩手机。

现在能读完一整本好书是很难的，我的50页是心灵挣扎着过来的。试想，邻居院里小朋友都在银幕下看电影做游戏，你能充耳不闻、不为所动吗？难！

不是现代人本身浮躁，而是外面的世界，让人觉得读书很优雅但又很另类，潮流如此，应该如何去改变？有些专业人士的回答也是模棱两可、不置可否。

林语堂和余秋雨大师都有关于读书的文章，他们认为“读书可以拒绝平庸”这一观点可谓不谋而合。对此，我也是不赞一词。而对于林先生反对古人头悬梁锥刺股的论点，我却不敢苟同。读书自然有快乐，当然，更多的是苦，其间自然要摆脱寂寞的困扰，心灵才能走进去，因而没有一定克服这些的意志力和定力是不行的。有的事不可能全因兴趣而为，学问的获得也是一场自我砥砺、自我攻伐。范仲淹儿时就是在寺庙读书，这样，书内书外的功夫都练就了。大多数人是不看好陶渊明的所谓“好读书，不求甚解，而乐以忘忧”的读书主张。

乐于读书是一种境界，衣食无忧者可以造一小楼，面对清风，饮一杯清茶，随意翻阅，实在优雅自在，可惜那是普通人所不能具备的。

现代人要读好书，首先要培养一种习惯，培养一种能够拒绝外在因素的品质，否则人的一生真读不了几本书，平庸也会伴随你的一生。

三

读到心里去的书，如结交的朋友，虽然时过境迁，却时为挂怀，偶然重逢，依然清风扑面。大凡能重读的书，真有一种缘分在其中，这种缘分深刻表现在不以为倦，且日读日新。如同儿时的伙伴，多年之后相见，即使尘灰满面，却一见如昨，仍有话要说、有旧要叙。

书并没有成长，而是人成长了，或者初读只是读了表面。早年随老师读《论语》，老师说："学而时习之，不亦说乎？"翻译道："学习并且经常温习它不也是很快乐的事吗？"当时觉得有一定的道理，但仍觉得有不妥处，经常温习就快乐吗？不烦就够意思了。不过，心里这样想，却没有能够说出来。后来读朱子《四书集注》知道，"时而习"的"时"是"适时"之意，又翻了《说文解字》，它的解释是"习，小鸟数飞也"，方才豁然开朗，拨云见日，觉得合理得多。"习"是小鸟天天飞，一天比一天飞得熟练，飞得高飞得远，当是一件快乐的事了。

其后读书，尤其读经史子集类书，就愈加小心谨慎，生怕训错一字、漏掉一个含义，有了如切如磋、如琢如磨的经验。即便如此，仍有感于当年读书学文之困惑。虽然现在推翻了之前的模糊的理解，但并不能因此抹杀过去老师对我的启蒙和教诲。

人是不断变化的，且随着人生阅历之增多，经验之丰富，认识也在累积。我曾给西安一个朋友写过"旧书落尘亦胜新"的话，在互相劝勉之外，又加了一层不忘老友的意思在其中。对于浩如烟海的书，我们不求读遍，但能从中读透那么几本，也一样有快乐在，有人生的升华在。

清人张潮关于读书有过这样的论述："少年读书，如隙中窥月；中年读书，如庭中望月；老年读书，如台上玩月。皆以阅历之浅深，为所得之浅深耳。"阅历是人生纵横所得的知识，时日一长，阅历渐深，自然见识就不同，就愈加深刻，这自是与刻舟求剑不相类。

四

读书是一件人生大事，我曾与几个爱读书的朋友这样说。既然如此，不读书则是人生一大悲哀。读书又如晤友，凡是爱读的书，多希望放置于枕边膝上，时时能抚摸翻看。那些精妙的文字洋溢着雅士的风神，足以让人心生倾慕，那些奇谲的思想和醇厚的意蕴，读之让人如坐春风、如嚼甘饴。有命运相类侪辈，读他们的书就是读他们的人，常常为他们扼腕，为他们惆怅良久。

读一本中意的书，心生共鸣是常有的事情。迁客的雅闻遭际，对个人和国家命运的愤懑，对世事无常的慨叹，常惊奇这世间竟有如此多的不如意事、不得意人。即使圣主明时，还是能晒出几多幽怨之士、落魄失意之客。春秋有悲愁，冬夏有悯农，不一而足。我们有耕读传家的传统，对农民、对知识分子的命运都是很懂的。

人皆有困窘之时，仕途失意、商海跌宕，诸如此类，若不读书、不交良友，生命就少了张力和回流。书中不仅有黄金屋，有颜如玉、千钟粟，书可能还是救治苦难的良方。人生既有坦途又有困顿，而最好的预见，就是读书。读书可明万物的大道，烛照世间的至理，能为一介武夫文人拨开迷雾，知道世间事可为不可为，万物因时而动，不可强为之。它给了迷途的人以智慧，以进退自由、收放从容。

庄子告诉世人，在你无路可走的时候，请守护你黑夜里心灵的月亮，弃除心间的尘埃，拂去心镜的蒙尘。人生不要过多纠缠于世间无谓的事情，所谓的苦和累多是由自己造成的。拥有所谓澡雪的精神，你就学会了人生路上另一种意义上的减法。

在我们的文化基因里有两条道路：一儒一道。多数知识分子践行的是先儒后道。有人说此不足为训，可是天道如此，顺势而为，如万物之盛衰，夏木阴阴与秋叶凋零，正适合于这一规律，人事原应合于天道。

屈原是个言行一以贯之的贵族，与孔子一样，有着仁以为己任、死而后已的执着。由于观念根深蒂固，所以在那样的政治背景下，他没有捐弃自己的政治理想，只能做困兽之斗了。

孔子望着天下滔滔泛滥的河水却不畏惧，知不可为而为之，这就不是一般的人了。他负戴上天给予的使命，怀着一颗悲悯的心而上下求索，一生坎坷又在所不惜。今天又有多少人读得懂他的情怀，实践他的精神？他的精神就是执着。

又回到读书这一话题上来。生命短暂如兔走乌飞，你若孤独上路，而不愿与好书良友结伴而行，人生便少了几分智慧、几分乐趣、几分力量，多了孤独与失落。

五

有朋自远方来，不亦乐乎。

读书如同晤对志同道合的朋友。从你结交的朋友，就知道你读不读书和读什么样的书。孔子曰："益者三友，损者三友。友直，友谅，友多闻，益矣；友便辟，友善柔，友便佞，损矣。"朋友是另一个层面的书。

人的层面不同，读书方法也因人而异。

每个人都有自己的读书方法，这和人读书的目的、生活环境有关。孔子不是说了嘛，古之学者为己，今之学者为人。读书为修养自己和读书为炫耀自己，纯粹是异道而驰。一个准备高考的学生与一个成功的企业家的读法不相同；一个政治家与一个学者也不同；入世之人与一个放逸之人读法又不相同。史料记载，诸葛亮隆中读书为观其大略，撷其精华，这样读可以博览群书，兼收并蓄，为大家之读。陶渊明读书也如前面所记"好读书，不求甚解，每有会意，便欣然忘食"，此则涉及要义或合于性情，视读书为生活的调味品而已。还有南宋陈善在《扪虱新话》里，谈论自己读书"始当求所以人，终当求所以出”，即学以致用。

读书要做到观其大略，和琢磨推敲一样不易，前者需要有识，后者需要精思的功夫。当然，精思之读，虽然在字句上下功夫，被所谓聪明人嘲弄为带着浓重的冬烘气，迂腐不堪，但自认为快乐，当有其可取之处；而且愚以为，真正的学问家都有过这样的读书经历。

我自幼养成娱情读书法，每到阴雨或夜深不能眠时，就爱随意翻几本书，以至床头放了一摞，而读不了几页就呼呼入睡，常常将书盖在脸上和衣服、被子上，后来渐成习惯。之后时代前进，先有电视，后有电脑、手机，竟至于无暇、无心读书，故此，蹉跎了不少岁月。有时因书太多而顾此失彼、手足无措了。知道天下书不能读完，亦不能如陈寅恪、钱锺书等大才，所以只能随心所欲了。

孔子五十而学《易》，是为了矫正过失，修身而修人，我差着知天命之年尚有时日，读书之日还很多，何不潜下心来，多读几本呢？

六

英国人培根有言：“读史使人明智，读诗使人灵秀，数学使人周密，科学使人深刻，伦理学使人庄重，逻辑修辞学使人善辩，凡有所学，皆成性格。”这是关于读书的经典论述。世间学问庞杂，而要将其化为己有，形成性格，真不是一件容易的事。我是一介书生，以教书育人为一生的事情，从心底里认为，我们最应该是活到老学到老的实践者。

现在的教育界里真正读书的人少了，他们大都专注本学科、本专业类知识，却往往不及其余，似乎这样更职业、更理性。试想，再让老师们去博览群书，涉猎庞杂，倒成了不务正业了。而我并不这样认为，读书应该成为一种生活方式。我在基层教汉语言文学至今，20多年，生活窘迫过，人生失意过，但从未放弃读书，也没有因此荒废专业，而是从中获得了很大的裨益，增识夥多。

这和在校读书时结交的一些文友有关，我们从读书到写作，后来成为志同道合的朋友。从文学作品到文艺理论，从诗词到先秦诸子，凡是好文佳篇，即遍览之，像不挑食的孩子，越读越觉得天地之大、自我思想之狭隘，形成的问题也越多。总希望在某一天能获得对某一个词、某一句话，乃至于对人生大道的通透理解，像一个登山的人来到半山，想着某一日抵达山之顶峰，尽览自然无限风光一样。后来，所读的书便不拘于本业，读西方哲学和通史，试图对中西文化做一些辨析，找到一些契合。再后来竟然对天体和物理产生了浓厚的兴趣，了解了伽利略、牛顿、霍金，虽半生不熟地读下去，但不得不说，这些物理领域的知识让我感到，对宇宙的认识和思维方式的改变，是其他本业书籍无法替代的，于是面对课堂，就更加游刃有余。

师者，传道授业解惑。一位老师，知道得越多，他对本业的理解越有高度和深度，且往往能形成个性。作为一个语言学科的老师，四书五经要读，历史哲学美学要读，那么《判断力批判》《时间简史》也要读。促使一个人读书还有一条很重要的理由就是，心中要有疑问，而实现这些最有效的途径就是读更多领域内的书。

教师的思想影响力尤其广而深远，故此，我的建议是业内精熟，业外务广。

七

读书能成为一种生活，实乃人生一大幸福。去图书馆，我只喜欢借书，在那里翻书，带有朝圣的仪式感。而人生真正的修炼则是在一人居的书舍里轻松呼吸。一个人舒适地习字和读书的确是追求一种自由自在的状态。你可以吸烟，可以喝茶；可以卧读，甚至可以无所顾忌地排放五脏废气；读到兴致处，可以开怀大笑进而手舞足蹈；有时心神凝聚，沉浸其中，又可以忘食忘忧，不知天色渐明，妻儿呼唤不迭，竟无以闻听，这是生活一乐。生活嘛，不就追求一个乐字？

或偶出游，得一本林语堂或梁实秋，或在水边濯足，或在高台吹风，其时，翻几页书，顿如酒之化肠，宠辱皆忘，亦人生一大快事。

读着读着，你的朋友有一天会多起来，与你交流，奇文共赏，互赠好书，或接受或向远方投寄几本朋友钟爱的书，有时，他把你的文稿制作成诵读版，或者寄来一两篇读书文札。原来读书是有张力的，它能带给人生的是更深广的意义：教给人们得失进退，收获人生柳暗花明的惊喜，开辟一条更为广阔的道路。

人生就是走走停停的过程，你走着也审视着，才能真正把自己和世界衔接起来。如果一个人沉浸在郊游的快乐中，而忘记读书的初心，这是舍本逐末。只有真诚面对生活，才能处理好读书与交流的关系。有朋自远方来，带着自己的观点与你共论人生之道，定然是乐事。这样的经历，绝不只是生活的一朵浪花和点缀，你从中学会了从容和真诚，这样你就知道，书和朋友是人生的一个道场。

还有一种态度，认为读书只是生活的点缀，这样失去了对生活、对人的真诚，读书就像是一种仪式的存在，可待商榷。

八

生活本是一本书，但需要创造和勤奋地阅读、实践。过往的历史，也是一本书，需要在停歇中回头审视。阅读生活，一方面要勇敢地实践，一方面要感激那些满脸沧桑的老人，我们应在走出村口的那一刻，细细品读一下他们简短的叮嘱。

年轻的人要有豪气，如果心中能埋一粒良言的种子，会受益终生；老人需要一副古道热肠，给还处在懵懂阶段的青年指点一下迷津，使他们不至于误入歧途。

一棵树、一座桥、一尊佛像，甚至一处遗迹、一条河流、一个村落和城堡，都是一本书，有心的人都可以从中觅出人生的情味和哲理来。

不知道自己家园历史的人，和一匹落单的孤狼无异，其生命就失去了本身应有的活力和进取。

不懂得生活而漠视人文的人，是没有翅膀的鸟、涸辙的鱼，他们无法具备承载道义的弘毅和忍耐力。

不懂得总结，不懂得回首和磨砺自我人格的生命，本身就像不会驾车的车夫，在阡陌纵横的世界上，也找不到真正属于自己的道路，所谓歧路亡羊而已。

九

读书是一种境界，这个境界需要不断探索的意识和勇气，同时还要有辨识的基本能力。“《书》之失诬”告诉人们，读书需要谨慎，擦亮眼睛，在真伪相杂的历史中寻找历史之真，明察人性之伪，以知人论世的角度观照人、事和物，方可获得真知。

这样，我们知道神话和野史的伪中之真、真中之伪。历史一定有其真相，但历史是胜利者的选择，所以真相一直处在迷雾之中，这是我们探究的缘由。

历史不是有闻必录，它有很大的选择性。如果我们尽信之而不具备明察秋毫的素质，或许你仅为一个书痴而已，将一直被愚弄。

苏轼勉励自己“发愤识遍天下字，立志读尽人间书”，也许你读书的数量能够超过他们，但多了又有何益？你如果没有怀疑的精神，没有自我的存在与自我的判断，纵使口读百册，·日千里，又有何益？

苏黄十年

一

苏轼生于1037年，黄庭坚生于1045年，历史给他们铺设了北宋这样一个崇文的大舞台，成就了他们彪炳千古的文名，也成就了两个人亦师亦友的不朽传奇。

那是一个伟大的文化时代，也是一个靠文化上位同时又不断挑战文化良知的时代。从这个意义上讲，苏黄是文化良知的坚守者。读过林语堂先生的《苏东坡传》，必然能感受到木秀于林者身边的群小有多可怕，官场上攻讦、诋毁者大行其道，其中不乏风骚百年、名载史册曾让后人高山仰止的人物，更有一群如蚊蝇般的急先锋和追随者。不可否认，还有不少为天地立心的骄子，如范仲淹、欧阳修、王安石等，这也是我敬重北宋的原因之一。

苏轼和李白相似之处是，身在官场依然坚持知识分子具有的良知，结果也同样酿成了个人的悲剧。苏轼天真地将一片冰心错置于官场规则上，知不可为而为之，不但导致自己一生命途多舛，而且牵累了门人如黄庭坚等。能拯救自己的也只有自己，准确地说，在他和黄庭坚无路可走的时候，佛老哲学救了他们。苏黄如一股清流，如林间的清风，穿越了那个时代，遂穿越了历史的未来。历史公正如斯，真正伟大者才能名垂青史。

今天，让我们回眸苏黄十年神交，使那段灰色的历史鲜亮起来，感受那段真挚友谊的细枝末节。

二

熙宁五年（1072），35岁的苏轼因与变法派政见不合，请求出京任职，被授为杭州通判，因公差抵达湖州。湖州太守孙觉是苏轼的老朋友，也是黄庭坚的岳父，于某日接待苏轼，席间将女婿黄庭坚推介于苏，并交给苏几首诗，说："此人，人知之者尚少，子可为称扬其名。"苏阅罢黄的诗稿，觉得黄的诗与众人大有不同，以为不是当世之人，并从中看出黄是一个"必轻外物而自重者"，即有点像庄子所说的"定乎内外之分"，不为外物所动的不俗之辈。

熙宁十年（1077），苏轼自密州赶往河中，正月，经青州至济南，齐州太守李常与苏轼亦为至交，迎接并款待了苏，接连几天如此。李常是黄庭坚的舅父，于是出示外甥的诗文求证于苏，苏因五年前在孙觉席间对黄已有了解，这次读罢，觉得黄的诗"意其超逸绝尘，独立万物之表，驭风骑气，以与造物者游，非独今世之君子所不能用，虽如轼之放浪自弃、与世阔疏者，亦莫得而友也"。这是一年后苏轼见到黄的亲笔信后回《答黄鲁直》中的话。

一段美好的友谊就是以这样的形式开启的。良禽择木而栖，苏黄的诗与书法在北宋神宗前后这段文人荟萃的时代，确像一道耀眼的光芒，而玉成苏黄者就是孙觉与李常。黄庭坚当然不是泛泛之辈，后来成为苏门弟子且与苏轼并提也并非言过其实。

三

元丰元年（1078）春末夏初，苏轼接到黄庭坚寄来的书信即《上苏子瞻书》，黄说明自己“齿少且贱”，年龄又小地位又低，“尝望见眉宇于众人之中，而终不得备使令于前后”，书信中对苏的倾慕追随之情溢于言表。黄比苏小八岁，文名如同萤火，自然不比苏轼当时的光焰万丈。但想必对苏在孙李面前的盛赞有所耳闻，并觉得此人不仅可以是自己的师长，更像是脾性相投的知己，心中的狂喜可想而知。“文章千古事，得失寸心知”，文字传达的思想感情能够穿越时空，走近另外一个心灵，是多么幸运的事。虽然后来有不少苏黄相互戏谑调侃的逸闻，在书法上有死蛇挂树、石压蛤蟆的互相贬低，谁又会死心眼地解读呢?

后人如清代黄宗羲有过“心契东坡”的简短评价，也有人说苏轼也是“真知鲁直者”。黄在信中说自己“非用心于富贵荣辱”，从他后来决然辞官的行为可见言之不谬。这种不求闻达、不汲汲于名利的淡泊，如松下清风，徐徐吹进苏轼的心中。且这句话与苏在孙觉席上语黄“必轻外物而自重”如出一辙，这也是苏看重欣赏黄的地方。

苏轼于这一年春末夏初收到黄的投书和赠诗后，“喜愧于怀，殆不可胜”，但因整个夏天都在忙于照顾生病的家人，直到秋初才回信并和诗，即所谓《答黄鲁直》。

《上苏子瞻书》和《答黄鲁直》是苏黄二人神交的最重要的文字材料，宋代发达的造纸术、印刷术很好地将其保存了下来。书信投递并没有影响二人由师生至朋友的升级。

然而苏轼给黄庭坚的答信又整整滞留了一个秋天，是年秋末，黄庭坚从卫州回大名府，户曹郑瑾才将苏轼的答书和诗交与黄庭坚。黄庭坚对苏轼的“不以污下难于奖拔接引，开纳勤勤恳恳，俯伛而忘其臂之劳，强弩马于千里”表示感激，之后又“勉奉鞭勒，至于不胜任而后已”，欲将苏轼视为终生的朋友，相依终生。

四

事实也正如黄庭坚之所言。

元丰二年（1079）春初至夏末，二人书信往来甚是频繁，成为坊间美谈。但以后，随着“乌台诗案”的发生及苏轼的宦海沉浮，苏黄如湖海的浮标，每遇风波，则跌宕沉浮。苏轼不想累及黄庭坚，黄亦不因苏有遭际而祸福避趋，彼此都做到了不负初心。

元丰二年（1079）四月十二日，苏轼抵达湖州任所，不久，有人告发他在湖州到任后谢恩的上表中，用语暗藏讥刺朝政之意。于是很快，苏轼七月二十八日被捕，八月十八日入狱。这就是当时震惊朝野的“乌台诗案”。苏轼受审期间，“不说曾有黄讥讽文字等因依”。黄庭坚在北京得知苏轼系狱的消息，焦急又无奈，为苏轼蒙受小人谗言陷于囹圄而不平，并为自己无力营救苏轼而忧思不已。案结后，苏轼于元丰二年（1079）年关（腊月二十九）出狱，被贬黄州，即现在的湖北黄冈，做了团练副使（民兵副队长）。需要补充的是，“乌台诗案”是苏轼人生的鬼门关，不管是出于新旧两派的争斗还是出于文人相轻的嫉妒，有一点是可以确认的：同在一片林子里你这棵树也太扎眼了吧。于是有人抱住使劲摇，有人拿小刀刻几个不堪的字，有人甚至带来了伐木的锯子，并开始磨锯霍霍。关键时刻，退休金陵的王安石上书说：“安有圣世而杀才士乎？”苏轼才被从轻发落，于第二年年初抵达贬所黄州。

黄庭坚也未幸免，他表面上的代价是接受罚金20斤铜，折合人民币4000至5000元，论起来不算是多重的处罚，更人程度是表明一种态度：敢于与诋毁朝廷的人亲密往来，那是没有好果子吃的。实质上相当于严重警告，如果还是新派执政，自然是升迁无望。作为朝廷，如果对只是书信往来的黄庭坚处罚过重，那么圣朝也太没有姿态了。

“乌台诗案”平息后，苏轼在给司马光的信中说：“某以愚昧获罪，咎自己招，无足言者，但波及左右，为恨殊深，虽高风伟度，此非细故所能尘垢，然某思之，不啻芒背尔。”

元丰三年（1080）春初，苏轼赶赴黄州，二月抵达，即闭门谢客“不复作文字，自持颇严”。

元丰四年（1081），黄庭坚致书苏辙，转达自己对苏轼的问询。

元丰五年（1082）二月，也就是距东坡作《赤壁赋》再有五个月的时候，苏轼在给一位朋友的信中有“独与文人胜士，多获所欲，如黄庭坚鲁直、晁补之无咎、秦观太虚、张耒文潜之流，皆世未之知，而轼独先知之”的话，又言，“鲁直既丧妻，绝嗜好，蔬食饮水，此最勇决”，可见对黄庭坚的叹赏与关注。

元丰六年（1083），黄庭坚曾给苏轼写过一封信，表达敬慕与理解之心、勤恳体贴之情。不以谪居为意，超然物外的旷达胸襟，置同道挚友于个人安危之上，真合于君子喻于义的品性，坦荡如斯。

元丰七年（1084）正月，朝廷有诏，苏轼至汝州，十月于扬州上《乞常州居住表》，次年正月于泗州再上《乞常州居住表》，二月恩准。是年，黄庭坚监德州德平镇，得知其事，大喜，写《次韵清虚喜子瞻得常州》诗，诗中惊喜有如杜子美《闻官军收河南河北》、李太白赴夜郎途闻赦报而出三峡之韵。

不久，元丰八年（1085）四月，黄庭坚以秘书省校书郎还朝，夏末离开德平镇，秋初至京师。

苏轼于此年六月闻复朝奉郎，起知登州，十月十五到任，又以礼部郎中召还，十二月抵达京师。

第二年，二人初次相见，这一年苏轼49岁，黄庭坚41岁。自1077年黄庭坚初次写信给苏轼至二人相见的1086年，已过近十年时间。

五

历史应该用重重的一笔来记录苏黄这修行一样的十年。

前后《赤壁赋》《念奴娇·赤壁怀古》，传世至今天的《寒食帖》书法手稿都是出自这个时期。这些旷世之作无疑与苏轼的人生境遇有着颇深的关系。文章憎命达，身处江湖之远，苏轼对宇宙人生的领悟得到了高度的提升。这是为官时的苏轼写不出来的，虽然居庙堂之高的他一样言行不昧良知。黄庭坚的诗成就也很高，有史料说他诗出天才，与苏轼不分轩轾，但由于辗转于官场，他的诗作较之这十年的东坡的诗，确实稍逊风骚。

苏轼逝于1101年，一年后，黄庭坚写下了《松风阁诗帖》，以表达对朋友的思念，无论是诗歌本身还是书法，都堪称上乘。三年后，黄庭坚离世。

相逢因为别离的长远而格外美好。记住这十年以及之后的短暂相聚，尽管相逢如昙花的开放，短暂得甚至没来得及回望和追忆，便要面对碣石潇湘。

这是悲剧。对后来者而言，缓冲悲剧的方式是记住历史，记住尚有温度的诗文。

后　记

后因司马光推荐，黄庭坚校定《资治通鉴》。司马光上台后废尽新法，而此时苏轼对新法已有进一步认识，与之力争，不久，就因不堪纷争去了杭州。

第二年，赵挺之向朝廷反映黄庭坚私下生活不检点，而黄庭坚对此不以为意。黄庭坚于是陷入纷争，干了五年，辞职，乞一宫观居住。

一年后，章惇为相，因黄庭坚修订《神宗实录》又兴文字狱，黄庭坚被贬黔州。

此时苏轼亦因“讥刺先朝”被贬，苏轼临行前约黄庭坚在鄱阳湖相会三日，这一会就成为永诀。

《论语》札记

《论语》是记录孔子及其弟子言行思想的重要载体。

孔子生于公元前551年9月28日，逝于公元前479年4月11日。子姓，孔氏，名丘，字仲尼，祖籍宋国栗邑（今河南夏邑），生于鲁国陬邑（今山东曲阜东南）。

孔子曾拜老子为师，带弟子多人周游列国14年（前497年—前484年），晚年修六经，即《诗》《书》《礼》《乐》《易》《春秋》。

孔子的思想如高山之泉，2500年川流不息。《论语》融治学、为政、教育等思想于一册，为后世学者之必修。笔者一度学习十数载，视其如孔子弟子颜回所说“瞻之在前，忽焉在后”。其精深如此，仍爱不释手。所谓经典，辄有琢玉之润，语出精雅，见其智慧，览之如沐春风。今广泛采掇，别类取之，梳作谫论，如是而已。

一

前两天讲国学，有学生问我：君子到底是怎样的人？从学术角度讲，这是个不算小的课题。能修身齐家治国平天下，并能在言行（思想）中体现这些的人，就是君子呀；有健康的情趣、有志向、利己利人的人就是君子呀。总之，君子一定要有所求，有所承担，为己、为家、为社稷天下，他站得高，境界也高。

同样的事，有人做了一辈子，只是做了个手熟，有人却做出了境界。何为其然也？有志与无志的区别吧。那就从追求谈起吧，林语堂在《人生不过如此》中用一则故事来阐述审美的追求：世界上有两种照相的人，一种是纯粹为了满足自我欣赏而照相的人，这类人叫素人；另一种是为照相而照相的，是照别人老婆而养活自己老婆的人。说出了艺术追求的两种境界，虽说有些偏颇，但对人还是有些启迪的。两种人用的是一个牌子的相机，一个要忠于自身的情趣，一个要迎合别人老婆的心思。

孔子说，君子不器。君子不能像器物那样任由别人摆布，纵你一身本事，也应超越“器”本身的“实用”的职能，上升为把主动权掌握在自己手中的“道”。这句话管中窥豹，孔子是给“士”说话的，并非说孔子瞧不起劳动者，相信大圣人明白“各得其所”的道理。他要告诉他引领的人要有理想，不论做什么事、当什么官都要有境界，就是要拒绝平庸和碌碌无为。那就是钉鞋子不但要让穿鞋人按工按料付钱，而且还要让其付得很高兴。在家侍奉父母，不但不让他们再受饥挨饿，还要用你的孝心和笑脸让你的父母感到没压力、没愧疚，轻松快乐，所谓孔子所说的“色难”。不然，古书尚有“乌鸦反哺”，人呢，自然不但要反哺，还要超越禽兽。

陶渊明后来成了“农民”，他和别人同样是耕作，却从中找到了别人无法体验到的快乐。别人以劳作为苦役，他却以此为乐，做到了“乐”以“忘忧”，身心合一，这是纯粹的闲适，朴素的放逸。在内心世界的宝座上，坐着一个帝王，就是他自己。陶渊明和很多“士”一样，“穷则独善其身，达则兼济天下”，走了一回古代知识分子“先儒后道”的不寻常的道路，却缔造了一个王国。虽说他不符合儒家的“君子”标准，但相信他是善的，他让对立的东西在田园之中、五柳之下自由地吞吐。他的宁静淡泊的追求让人重新审视人性的美好。

孔子说："吾十有五而志于学，三十而立，四十而不惑，五十而知天命，六十而耳顺，七十而从心所欲，不逾矩。"他是在15岁也就是现在高一学生的年龄而有志于学，开始学而习之，如鸟学飞，有了翱翔蓝天的理想的。"四十而不惑"，即六艺及实践不再依赖别人讲解（还有一种理解是不受外物所惑，真正完成了学术实践的独立），做到了没有疑惑，这已经很了不得。但这时候的他，言行要合乎礼的规范，尚须"三思"，这当然不是夫子追求的最高境界。真正达到自由境界是在70岁，所谓"七十而从心所欲，不逾矩"，修炼臻于化境。孔子的追求更有章法，走得更扎实。

二

大多数人把学习当作一辈子的事。只是因选择、态度与方法不同而有不同的境界罢了，但都是值得尊重的。十年前，有个叫马小雄的教授曾和学生们探讨孔子关于学与习的关系的问题，都认同"学而时习之，不亦说乎？有朋自远方来，不亦乐乎"是孔子关于学习的精髓所在。孔子生活在春秋末期，其时周室衰微，礼崩乐坏，诸侯皆有窥周室而囊括四海之心，造成"滔滔者天下皆是也"的局面。孔子以复周礼为己任，像是号令天下的木铎（一种安有木舌的铃），于是宣扬"礼"为核心的价值体系。六艺的学习重视实践，实践是需要反复的，把一个"习"字不断学习，便是两只小鸟天天练习飞行了，这是多形象而又富于实践意义的活动啊！再说这个"时"，它不仅仅有现代人认为的时时刻刻的意思，更有变通灵活的意思，不然，平时所学即为僵化刻板的，学习者也就会沦为书呆子，深为学者所不取，距离君子也就渐行渐远了。学习要有适宜的环境、对象、场合、时令，不能死心眼地照本宣科。"直"是一种好品格，孔子说"好直不好学，其蔽也绞"，意思是爱好直率却不从事学习，他的弊病是说话尖刻。显然，很多概念上很有人文气息的词，在言行上如果没有“礼”的节制，不“时而言”“时而动”，其结果都是十分尴尬的。一个员外给小儿子过满月，员外抱着满月的孩子在门外迎客，很多人夸这孩子长大有出息，员外也有些不亦乐乎，但有一个不识时务的客人说了句大实话：“这孩子最终是要死的。”结果，他遭到一顿打。真该!

人都有缺点，但都得依赖后天修习，才能弥补不足，接近理想的人格——君子。勇敢也是儒家提倡的，然而其前提是“义”。孔子说：“好勇不好学，其蔽也乱。”意思是爱好勇敢却不去学习，不用礼去节制，没有原则而放任勇，那么它的弊病是犯上作乱。一个人失去仁、义、礼、智、信，那这个意义上的“勇”会被人利用或者变作洪水决堤、猛兽出柙，变为怪力乱神，成为灾害。历史和演义上的吕布即是一例，他和明春秋大义的关羽便不可同日而语了。

三

说到勇，得多说几句了。谦谦君子如果缺乏硬气和骨气，缺乏担当和牺牲精神的血液，我们的民族就没有今天，也是没有希望的明天。鲁迅先生说过：“我们从古以来，就有埋头苦干的人，有拼命硬干的人，有为民请命的人，有舍身求法的人……虽是等于为帝王将相作家谱的所谓‘正史’，也往往掩不住他们的光耀，这就是中国的脊梁。”这些话读起来是那么热血沸腾，鲁迅先生所说的脊梁就是行君子之道的人，他们义薄云天，胸怀民族和国家，双肩担着道义，其不为君子而何？孟子也有“富贵不能淫，贫贱不能移，威武不能屈”的骨力铮铮的话，林则徐有过“苟利国家生死以，岂因祸福避趋之”的当仁不让。

儒家积极担当的精神如不竭之源，滋养了后世多少有家国情怀的勇士，所以，也可以这样评述一下中国的历史：荣辱贯穿了五千年，一旦国有耻，就会有勇者出来担当。一部近代史，是百年耻辱史，也是这个民族知耻而后勇的历史。

孔子说："见义不为，无勇也。"可知，在儒家词典里，勇是可以成就大义的。"慎而无礼则葸，勇而无礼则乱"，懦弱者需要勉励，好勇者需要节制，勇才符合礼的标准，才利国利民。

四

从束脩之礼开始说说义吧。有教无类的孔子收徒甚广，但是也收学费。在《论语·述而》中，孔子说："自行束脩以上，吾未尝无诲焉。""束脩"是学生赠给夫子的见面礼或学费。学费高吗？不高，十条腊肉而已，比起现在商业化的私立学校的收费相去甚远。孔子收徒之广和学费之薄关系很大，更重要的是他践行"有教无类"的教育思想。

孔子虽在后世有几多称号，这些称号大多与"圣"有关，但真实的孔子在生活中绝不像庙堂之泥塑那么肃穆古板、高高在上。孔子也食人间烟火，也洒脱，也可爱，有时也很"俗"。那他是如何看待金钱的呢？他最深入人心的话应是下面这一句吧："富而可求也，虽执鞭之士，吾亦为之。如不可求，从吾所好。"注意这里"求"是合于道，可以去求，而不是无条件、无原则或不择手段。"道"在这里自然是人我相安，没有纠纷嘛，即老百姓常说的"没做亏心事，晚上就可以睡得很香"的取财标准。既然没有背离"道义"的绳墨尺度，又何乐而不为呢？还有文学性很强的句子是："饭疏食，饮水，曲肱而枕之，乐亦在其中矣。不义而富且贵，于我如浮云。"同样是《论语·述而》中的话，相形之下，孔子在这里把所谓"富贵"比之于"义"，就显得富贵轻如浮云、轻如鸿毛了。

君子站在富贵与道义的天平上，道义何其重乎！《论语·里仁》里说："君子喻于义，小人喻于利。"可以点睛式地明确和印证上面的话了。

五

孔子与常人在学习生活中相差不大，他与小他九岁的率直又有些鲁莽的弟子子路的关系一直很好，虽然经常拌嘴，但彼此的信任度很高；在长达14年的周游途中，勇敢的子路是他的马前卒、急先锋。晚年的他得知前往卫国平乱的子路遇难后，痛哭道："天丧予！天丧予！"意思是："天要灭绝我啊！天要灭绝我啊！"不到一年便溘然长逝。

颜渊字回，是孔子最得意的学生。他曾这样评价颜渊："贤哉，回也！一箪食，一瓢饮，在陋巷，人不堪其忧，回也不改其乐。贤哉，回也！"他对颜渊的评价是贤，这是很高的评价，也折射出他对乐道以忘忧的境界的追求。

可惜的是，颜回英年早逝，早孔子两年。《孔子家语》记载他"年二十九而发白"，死时40岁，其年孔子70岁。颜回死后，孔子十分伤心："老天爷要我的命啊！"孔子在这里情不自禁，尊崇的礼呀、架子呀都放下了，真情流露如此，和普通人没有两样。

《论语·阳货》里记载，孔子到了武城，听到有人弹琴唱歌，他可能觉得音乐小题大做，所以笑着说了"杀鸡哪里用得上宰牛刀"的话，但子游对孔子的话不以为然，对孔子说："过去曾经听您教导说，'君子学道就会懂得爱人，小人学道就容易听从指令'。"孔子知道自己失言，立即对其他弟子认错："同学们，子游说得对，我刚才那些话是开玩笑的。"从孔子坦诚的态度中可以觉出师生间的情谊，这里还原了一个真实的孔子啊！

六

当然学生们对孔子的评价也非同寻常。颜回曾喟然叹道："仰之弥高，钻之弥坚，瞻之在前，忽焉在后。夫子循循然善诱人，博我以文，约我以礼。欲罢不能，即竭吾才，如有所立卓尔。虽欲从之，末由也已。”在颜回眼中，夫子之贤堪比高山，自己竭尽才力也难以望其项背，可见其内心对老师的敬佩之意。颜回也如此，诸生又将何如?

在孔子的学生中，子贡是个商人型的，原名端木赐，即端木遗风的滥觞所在，他生意做得不错。有个叫叔孙武叔的人，是个小人，曾在朝堂上议论孔子："子贡贤于仲尼。”明眼人都知道他是在挑拨师徒关系。但子贡并不得意，在他心中，夫子是没有人可比的，他的回答是这样的："譬之宫墙，赐之墙也及肩，窥见室家之好。夫子之墙数仞，不得其门而入，不见宗庙之美、百官之富。得其门者或寡矣！夫子之云，不亦宜乎！”子贡这番话说出了水平，他以墙为喻，与孔子比，没有可比性；以宗庙之美、百官之富喻孔子道德之高尚、学识之渊博，显然高低自分。孔子去世后，子贡为老师筑庐而居，守孝六年。我有一年去三孔，城墙一样的孔庙外墙大书“万仞宫墙”四字，是乾隆手书，当和这个典故有关。

东晋王羲之有个儿子叫王献之，有一天，谢安问他，和他父亲（王羲之）比，谁的书法更好，王献之说自己当然超过父亲了。书法高下姑且不论，自称胜父这一行为已为君子不齿了。这一点子贡做得很好，也发自内心，亦可知师徒关系之难得。王献之的故事来自孙过庭的《书谱》，当中引述有一个典故“胜母之里，曾参不入”。曾参，也是孔子的得意门生。

七

“仁”是孔子思想的核心观念，这个词在《论语》中出现过百次之多。其弟子曾子说："士不可以不弘毅，任重而道远。仁以为己任，不亦重乎？死而后已，不亦远乎？”孔子以弘扬“仁”的思想为己任，意志坚定，矢志不渝，用一生的时间去弘扬并实践，其志在天下，其仁有如日月之光普照万物。孔子所说的仁有几种内涵：爱人，即要爱一切人——爱父母、兄弟，爱众，爱国。其中孝悌是基础，直至于爱国。这是一种淳朴的情感，也是一种博大的情怀，更是一种高远的理想。“克己复礼为仁”，即克制自己的放任的情感，回归西周的“礼”，用以约束邪恶。“颜渊问仁，子曰：‘克己复礼为仁。一日克己复礼，天下归仁焉。’”礼的终极要求是中和，化因欲望而生的矛盾冲突为平和。中庸而不极端，要做到，首先是“己所不欲，勿施于人”。其次，“仁”乃是“忠恕之道”，这是仁者的外在行为；“忠”为利人利己，成就自己也成就他人，不自私不自利；“恕”为宽恕，即以上说的“己所不欲，勿施于人”，指包容别人，做事心中有他人。那么，君子至此，一个家庭、一个团体、一个国家其有望矣。

具有仁爱之心的个人和民族，人心不再如浮尘，不再喧嚣。以诚恳、尊重、理解为心灵的纽带，那将是怎样美好的国度与天下！

八

孔子追求“和”“中”，也主张“和而不同”。子曰：“君子和而不同，小人同而不和。”这是《论语·子路》里的话，意思是君子在人际交往中能够与他人保持一种和谐友善的关系，但在具体问题的看法上却不必苟同于他人；小人习惯于在对问题的看法上迎合别人的心理，附和别人的言论，但在内心深处却并不持有一种和谐友善的态度。唐太宗不是骂那个直言让自己下不了台的诤臣魏徵，并且扬言要杀了这个庄稼汉吗？就是因为魏徵不苟同皇上的意见啊。想一想，魏徵总不是一时糊涂吧？是为和而不同。胡适任校长时的北大，学术上分胡适与鲁迅兄弟两派，当时林语堂属于胡一派，但却参与了《语丝》的创作，站在鲁迅的战线上。这种单纯追求学术而去政治化的做法，亦为和而不同。随波逐流的人太多，最终碌碌无为，包括很多很有才气的人。修为多重要可知矣。

九

君子累吗？累。累在“昨夜西风凋碧树，独上高楼，望尽天涯路”而确立的伟大抱负上；累在“衣带渐宽终不悔，为伊消得人憔悴”的孜孜奋斗上；累在“众里寻他千百度，蓦然回首，那人却在灯火阑珊处”的千百次周折与磨炼后顿悟的过程中。人生的每一次选择都是痛苦的，在世俗的诱惑和伟大的理想之间，孔子像木铎一样，有曲高而和寡的孤独，有“累累若丧家之狗”的困窘落魄。在礼崩乐坏的春秋，诸侯称霸，各怀野心，不顾天下将崩之势和百姓倒悬之际，他却能以补天的角色出现在中原大地，衣衫褴褛，驾着破损的车子，遭遇白眼和冷嘲热讽，困厄于陈、蔡，甚至濒死于饥饿与战火，可谓艰险万分。然能痴心未改，这是何等的坚毅，可歌可泣。最累的也最痛的当然是，他的思想并不为诸多国君所接受。

孔子问津

武汉新洲，曾在西汉文帝履祚时，为淮南王刘安封地。一日有报，某处发掘石碑，碑文由秦隶刻成，上书“孔子使子路问津处”。然后武帝君临天下，始为弘扬儒术，时在公元前134年，距孔子去世的公元前479年，中间相隔345年。

孔子是鲁国人，一度对鲁国的振兴信心十足，还曾经担任大司寇职位，代行相国的权力。然而动荡的时局，使得各诸侯国相互钳制，来寻求国力上的平衡。鲁国北边的邻国齐国，害怕长此以往会威胁自己的安全，就送给鲁国君臣80名美女，以此丧其志气，削弱政权。鲁国国君明知是计，却欣然接纳，从此主政者陷入声色犬马之中不能自拔。孔子由是大失所望，而他自己也被推到人生的十字路口。春秋末年，礼崩乐坏，时局动荡，需要一个角色来砥柱中流。于是，孔子当仁不让，知不可为而为之，愿为天下之木铎，恢复西周初年的周礼。曾子说：“士不可以不弘毅，任重而道远。仁以为己任，不亦重乎？死而后已，不亦远乎？”孔子从此肩负着这一历史使命，直到死。他的弘毅精神之外，实则透出的是仁爱之精神。他坚定地走了下去，永不回头。

他离开鲁国，开始14年之久的周游布道。这在世人眼里却是奇怪之举，就像大地一片汪洋，却幼稚地探问渡口，实在让世人难以理解。

孔子在卫、宋、郑、陈、蔡国之间奔走，他不仅没有被举用，反而处境十分艰难，被人以“丧家之狗”形容和嘲讽。后来孔子来到楚国的叶邑，拜访一个叫作沈诸梁的人，此人因为政绩斐然，被楚国当地人称为“叶公”。这是个大家熟悉的名字，他就是叶公好龙的主人公。小时候听这个故事的时候，老师和我们都带着鄙夷的眼光，以为他是一个不敢面对现实的伪君子，而成语中的他与历史上的叶公简直不可同日而语，足见我们对历史的误解有多深。当时孔子给他的评价只有短短六个字：“近者说，远者来。”意思是他能够让近旁的人高兴，使远处的人追随他。这是在赞誉他的为政能力之好。能得到孔子如此高评价的人，实在不会差到哪里去。不过，君子和而不同，两人相见之后，曾在“正直”这个词的认识上发生分歧。孔子认为，父为子隐，子为父隐，即老子和儿子做了触犯法律的事情，谁也不应该揭发对方，反而应该隐瞒维护。叶公则认为这样是不正直的，如果父亲有罪，儿子告发才是正直的表现；反之亦然。二人的观点反映的是两国风俗文化的差异，也有个人价值取向的不同，实在是针锋相对，无法调和，冰炭难以同器嘛，最后只能不欢而散。但这并不表示叶公对孔子仁爱思想的全盘否定，“道不同不相为谋”并不能完全概括两个人观点的背离。世上能包容、能坚守很不容易，两个人对怀抱的良知的恪守本身都值得后人尊重。需要补充的是，孔子后人因叶公不接纳孔子这件事，杜撰了叶公好龙的故事，给叶公扣上了一顶好道又不接纳道的帽子，这个帽子一扣就是两千多年，如今倒成了妇孺皆知的笑料。有趣的是，当今的人们却很少去了解真实的叶公。

孔子带着子路、子贡、颜回等弟子继续前行。这次前行实则是从楚国折返至陈国，也就是到了开头所说的孔子使子路问津处。

应该说这一时期的这一带是孔子碰壁最频繁的地方，于是史料对此记载较为翔实。

孔子和众弟子来到河边，眼望见大水漫川，不知津渡。正在踌躇之际，见岸边田间有两个农人耕田。于是子路上前向二人询问。谁知没等子路开口，两个高个子农人中的一个叫长沮的人说道："那个拿着缰绳的人是谁？"子路顺口回答："是孔丘。"长沮又问："是鲁国的孔丘吗？"子路又回答："是的。"长沮说："那他应该知道渡口在哪里啊。"虽说子路勇武少文，但也知道此人来者不善，最少是个对孔子知根知底的人物，因为当时孔子名著虽传于诸侯，但知道他的人多是士人阶层。这个高个子实际上是个归隐的文化人，他如此回复子路，显然对孔子这样面对失道的天下而奔波劳碌的行为心生厌烦。他还可能为自己这样野居田园，做一个悠游自在的人而沾沾自喜，所以话里表现出对世事的漠视也正常不过。他阴阳怪气的，语带讽刺又有挑衅，让人听着实在不舒服。是啊，不是一条河里的鱼，怎么能知道彼此快乐与否呢？不理会他也罢，世上的鸟兽是不可能与人同群的，燕雀又怎么知道鸿鹄的志向呢？泰山将崩，勇义者不惧颓崖；森林罹火，鸟兽皆作四散，两者岂可同日而语？

子路吃了闭门羹，接着又问下一位耕种的桀溺。这个看起来也很高大的人，不但不告诉孔子渡口所在，而且从中离间："如今世道没有人能够改变，就像眼前汪洋一片都是水的局面，你与其跟着孔子躲避那些无道之士，还不如跟着我做个躲避无道之世的人。"说罢，继续他手中的活计。这个人应该还是有些眼界的，他最起码知道自己是个避世之人，孔子没有遇到有道之人。但同样不被孔子看好。

这两个人都是所谓的世外高人，面对礼崩乐坏、天下纷扰的时局，苟活于山野之间，失去了一个士应该有的济世之心，自甘堕落于红尘之外，遇见了呕心沥血补天的人竟然用风凉话去打击挖苦，可谓无德无行至极，白瞎了高大的体魄。而两个人都是"沮桀"之人，陷入了偷生之一隅而不能自拔，这一点是肯定的。所谓高大，应该是《论语》整理者的讽刺吧，正与前文叶公好龙如出一辙，这是文化的好处，于是，再高大的躯体也显得孱弱单薄。

子路无奈折返，回报孔子，孔子叹气道："他们都是些与鸟兽同群的隐士，置天下生灵倒悬于不顾，这不是我的志向，如果天下有道，我又何必如此奔波呢？”

撇开孔子主张的对错不论，仅仅从他能够把天下的大任扛在肩上，虽四处碰壁却百折不回的精神来看，他也是值得尊敬的。

孔子周游列国14年，阅人何止千百，而所遇之人，多为避世之人。避人之人，鲜有为他细心谋划者。楚国有长沮、桀溺，还有一个唱了一首《凤之歌》的狂人接舆；在郑国，还有一个人，曾经形容他如丧家之狗；他在宋国讲学时背靠的大树曾经被想杀他的司马桓魋砍倒；在陈国被困。可知，孔子罹难实在太多，并未遇上一个真正的知音，对于那个时代而言，他真是一个不合时宜的人。要说知己，有一个追随他的叫颜回的弟子，当老师独木难支的时候，颜回说：“正是因为您的主张不被天下人接受，才能体现出君子的本色。”还有一个卫国的掌管边界的人，位处今河南兰考，当孔子来到卫国仪邑时，他说：“天下之无道也久矣，天将以夫子为木铎。”

所谓问津，是问一条布道的路径，沿着这个路径，可以找到堤坝的缺口，然后弥补加固，还这个纷乱的世界以河清海晏。

重复美学

重复，是一种美学。

一切文学、艺术、哲学几乎都具备重复之美。诗歌称之为“复沓”，建筑称之为“整饬”，哲学称之为“轮回”。

而道法自然，人类的文化毫无疑问与自然有着深厚的渊源。自然的变化中有重复，这种重复启迪了智者的哲思。于是月儿缺了，我们不必担心，在预知的时间内，地平线或东山之上会还我们一弯新月；时至冬日，我们并不茫然，冬的枝头不正在摇曳着一粒粒日益饱满的春蕾吗？我们怀揣着希望并且那样自信，是因为自然的复沓早就告诉了我们：重复，理应是一条相当重要的生存经验。

人类的伟大，很大程度在于深谙这重复之道。重复，成就了人类的辉煌。巍巍千寻之塔，重重叠叠造就了它的崇高；绵延万里长城，时间和空间的层累铸就了历史的风骨。“操千曲而后晓声，观千剑而后识器。”（《文心雕龙》）此句告诉我们什么呢？最少，从事技能艺术的人们都得走一条基本的道路，那就是厚积而薄发，这样才能成就业绩。读万卷书、行万里路，这是读书人的座右铭；一柄青锋，需万千次锤炼；一卷经书，应尝皓首之苦。所以我们知道，生命的主体是一段简单但需要用寂寞丈量的重复的道路。格物致知，天道可以演绎为人道，人类的尊严因智慧地窃取了重复之道而不朽。

重复，不是单调机械地叠加，每一次重复意味着强化、重塑。重复意味着重合，但绝不是苍白的粘贴，而是刷新甚至创新。幼时，刻在小树上歪扭的字，清晰而伤痕斑斑。岁月轮回，风雨洗礼之后，放大了，沧桑了，原来那些字是那棵树万千苦难的一种，只是岁月的轮回模糊了它，它不再流泪，学会了冷眼看世界。朋友说，一棵树的伟岸不在于参天，而在于它经历了无数的风雨。长城和大厦的长度和高度缘于砖石的累积；坦途的形成，有赖于无数脚步的丈量；山峰的耸立，缘于地火的无数次热烈的冲动。

聪慧的人除懂得自然即人生，更懂得要成就自身需摆脱浅尝辄止和点到为止。登堂入室和善走捷径本来就是敌人，人类的骄傲之处在于劳动改造了身心，掌握扼住命运咽喉的能力，除了具备劳动这个笼统的方式外，更重要的是站在了创造的刻度上不断攀登。于是，后人站在前人肩上，合力创造了登天的舷梯，并为之不息奋力爬升。我在这里把重复美学写成了哲学，是因为当初面对重复一词时产生了强烈的冲动，而后又试图一窥重复美学这个姑且矫造的词语的奥义，却不小心撕破了美的纯粹，变得功利。

生命的状态如波澜汹涌，后浪紧随前浪，前仆后继，生生不息。虽然时空变幻，宇宙的精神却一如既往。

我打开窗子，看那临溪的山脊上拾级而上的人们，一步步向芳菲落尽的春的边缘走去，无边的风光渐次在山巅涌动。

写作，灵魂的探险

一

没有纯粹安静的灵魂。

万物皆有心：一粒种子，其志在于发芽；一棵树，其志在于蓬勃和开花；一眼泉水，其志在于汇聚小流，奔向远方；一块石头，不安与苍翠俯卧，必欲引来花木虫鸟、天光云影。只是万物因时因境不同，便呈现各异的姿态而已。天地之间因为有心而花开花落、有荣有枯，这样，世间便富有了、可爱了。

鸟栖于枝，雀卧于檐，以此为乐，静观世间之变；鹰居于崖间，游目四方，继而长舒双翼，徜徉于万山之间而自得其乐。有一条大鱼，化为鹏鸟，有几千里长，借着六月的热空气，可以振翅翱翔万里蓝天，那里是它的第二个故乡。

人是没有翅膀的鸟，从出生的故乡出发，寻找山外的森林、草原和湖。对安逸的追求不符合人的本性。

二

作文如果不拒绝平庸，不体察心性，严格来讲不能称之为写作。林语堂是我的远年知音，在很多方面并不是他熏染了我多少，而是在先天上我与他有着思想与情感上的高度契合。他说真正的文学不过是一种对宇宙人生的惊奇的感觉。这与我对文学的冲动，俨然如出一辙。作文的审美追求与作文的好高骛远，人以情怀这台显微镜观照烦琐世界，因此笔下的景与物似乎比现实更生动也更丰富，使读者应接不暇。

文学是要有所追求的。虽然文学评论者试图用最简洁的话表达写作的宗旨，但最终能够真正指导写作实践的，还得是作者的身体力行。雏鹰学飞恐怕不需要教科书，在人类之中，自学成才者也多如牛毛，比如在语言上的追求，孔子讲过这么一句话："言之无文，行而不远。"语言要美，这是古人今人的共同追求。词不达意不行；词不生动，揪不住人心也不行。你的语言如果能够像"忽如一夜春风来，千树万树梨花开"般神奇，足可以凭借这一句话总领全篇。你的语言如果能够像"天涯若比邻"那样给歧路离别的天下人以莫大的抚慰，相信你文中美好的祝福便像一缕春风，可以吹开含苞待放的花。

对文学的追求至少需要关注两点：思想和语言。这两者能做到水乳交融为最佳。

三

面对流行来说，朴素反而显得更加优雅，也更加高明。朴素意味着真，那种豪华落尽的天然真味，使得粉脂一身的娥儿们无地自容。

这种审美追求，来自大道至简的圭臬，来自大音希声、大美无色的沉静和成熟。辛弃疾词里有"蓦然回首，那人却在灯火阑珊处"，那种阅尽人间浪漫与繁华、矫饰与缤纷，真正寻找的就是那样一个原不引人注目的素淡与宁静，不需要招摇和炫耀，如墙角之梅，处在驿外断桥而寄托着色香的一枝，难道不能堪称独领风骚吗？那种不同流俗、洒脱出尘的风姿不也胜却人间无数吗？

杨贵妃有一个妹妹，她面见天子时不粉面不矫色，不卑不亢，实在能给为文者以生动的教训。

朴素原来就在生命的开始，可惜现在成了我们的追求，这个回归可不简单。

四

当年写作的时候，很是欣赏“文必秦汉”的规范，以致作文是每字每句都小心翼翼，生怕找不到出处。时日久了，才发现这样的写法多了书卷气，有了才子气，可文章就像失去了灵魂，被传统牵着鼻子走。一篇写完，全是文化，全是格律和枷锁，全是古人，唯独没有了我自己。

真正能看到自己的，应该是明代后期的公安派，“独抒性灵，不拘格套”，让写作摆脱了格套的束缚，有了尊重自我的精神和情怀。我便如同脱笼之鹄，在泥土清新的原野上自由行走，感受到了真实的美好。信笔写事、写景、写情，不必全篇精到，只要有一句之好、一段之好，不媚俗，不强求，放任目之所及、情之所至，岂不妙哉？

这是一个从家园逃往自然界的孩子，是一种没有追求的追求。

性灵派是有点离经叛道，更是一种尊重自我的探险与流放。师心而不师道，是一种人性的复苏。像从苗圃移植于清新大地的花木，看云出于岫，鹰击于空。

五

人之于困，缘于看不明，悟不出，放不开；文之于困，缘于道不明，见不丰，辞不达。前者因为惰于学、羞于问，而为人为文都有疑惑，要敢于问道、敢于突围。像是四面环山，阡陌纵横，这时候，一定要有逢人问路、不积跬步的精神，还要有勇于探索的品质，如此，才能走出柳暗花明的境界来。苦思冥想和怵然为戒都不是最佳的办法。

当然写作要有顿悟，即所谓灵感，而灵感需要长期的积累和实践，也就是有探险的精神，常常能给你带来非常之观、非常之美、非常之理。

六

灵感来时，如万斛泉涌，应接不暇，这或许就是杨葆铭先生所谓的等的结果吧。等是一种沉淀和发酵，前面经历了充分的储备封存，接下来就要像酒酱，要给尚不成熟的思想和感情以时间，来获得质的蒸馏升华。灵感来时，云雾散尽，豁然开朗，景与情交融，景与理开始思辨，首尾开始呼应，铺垫与主体的因果等关节都被打通，灵与肉顿觉松弛，如痴如醉；又似乎和神明晤对，妙语连珠，落笔成花。

我常常是在夜半时分获得这种感觉，有时借助酒力，有时借助夜的宁静，甚至一缕月光和户外落叶，常常能让自己和远年的知音遥远地对话，一时，脑际是那样清晰明澈。

灵感源于累积，漫漫长夜里寻寻觅觅，抬头一望，星月隐去，旭日东升，你数了多少个星辰，太阳就能给你多少光华。

灵感是美的，微风吹皱平湖，天光云影，十里荷香，都在那一刹那间，荡漾在心中。像风雨如晦的漫长后获得极致的平静，像久郁心中的块垒，因为朋友的不期而遇，积压的阴霾被融化得通畅明朗。

灵感又是短暂的，像能量巨大的核弹引爆，它只是一瞬间最美的花朵。

因为它的极易凋零，于是花开堪折直须折，可惜我们大多数的灵感都被空空地耗去，当回过头来的时候，光华已经驶入阴云，时令已至冬月。

七

时分四季，地有六合，世界才这样精彩。世间有动有静，有山有水。如此，作文如水，变化无穷，世间风物可以在文字的变化中生出万般美好。

诗文当如水，自然地流淌出来，将有万千气象，为骈为散，可俗可雅，不一而足。其写法应该务本求变，言有物而不拘于物，摹其象而求象外之境。如陶渊明之田园，王摩诘之山水，李义山之情怀，都有真味在其中，读来则如啜饮甘醇，令人心旌摇荡。

苏子有言，文似看山不喜平，实在是道出了为文的丘壑。于是作文之法，就有虚实相生，疏密相间，浓淡相宜；有动静相衬，妍媸相映，温肃相宜等。一言以蔽之，作文要寻找一种变化中的平衡。

说到平衡，它如雨后挂虹，昼尽夜临；又如梅雪争春，色香俱全，难分轩轻。变化是自然之道。稼轩的《水龙吟·登建康赏心亭》一词，英雄老去之痛，得请红巾翠袖，来拭英雄之泪，给悲怆的灰色背景上涂抹一笔淡淡的亮色，使词不至于伤至彻骨、至断肠，此乃大家之笔。毛泽东的《沁园春·雪》，上片部分，他笔下的秦晋高原的苍茫，如果一味铺排下去，大气则大气，却刚强有余而柔性不足，诚如铁板铜牙，未免单调了许多。大地如果只有昏黄，而少了色彩点缀，我们很是怀疑春天将要到来。令人击掌的是后面一句：“须晴日，看红装素裹，分外妖娆。”这样一句虚写，使得刚柔相济，境界全开，实乃神来之笔。鲁迅先生也是这样，读他的文章，在愤懑压抑之余，常常能给人以希望。

中国人的作文，文与自然、与千年沉淀的文化有关，文以载道嘛。

所以，有志于文学的我们，应该多读书多走路，这样，我们的文字中自然就会浸渍山水自然的理趣，笔端也自有秋月春花，妙趣横生。

清明节漫笔

塞外的风沙最终没能抵得住东风的劲吹，高原的春天总算是来了。可你还能感到最后一丝冬寒并未褪去。春花遍山，却一例淡妆，绝少俗艳，其香也淡；草呢，真如韩昌黎诗中“草色遥看近却无”的面目，艾草丛丛的枯枝尚在，根部的淡青的新芽初发；鸟语婉转，啼啾也柔，如玉笛轻唱，不似夏的合唱式的如火如荼。这是在北纬36度高原一线，河水满载着冰凌和沿途的黄沙东逝，汇入南去的黄河，浊流依旧漫涨，浩浩汤汤一路向前。河岸的杨柳，着一袭淡黄的薄纱，摇曳着，在翻滚不息的浊流中留下娇羞的倩影。城郊人家的院子里，南方移植来的几株不知名的树，不知北方春暖中的冷峻，嫩芽突破鹅黄包裹的夹衣，像小火苗一样探头探脑，风一来，似乎在相互问候呢。

看那山，一年中最鲜明的层次在展开：青松更青；山桃花到处是，山腰上、栏杆外，一团团、一簇簇，花枝招展的；庄户人家院外的墙脚下，淡红明丽不由叫行人驻足。山顶上全是花，曲折蜿蜒，远望如白云，如去年的雪，如九天银河。清明来了，高原真正的春天，全凝聚在春的尾声、夏的初始。在这褪去腐旧迎来新生的季节接榫处，生命正展开接力，上一棒渐次黯然淡出，下一棒才刚发力。

清明来了，宜人的节令和佳日一度让人陶醉，良辰美景牵引着，一度让人忘忧。我们一脚踏上松软的土地，不由得想起已故的亲人和朋友，他们再也不能同我们活着的人一起享受如此明丽的阳光，呼吸纯净的空气，倾听繁花枝叶间的莺语虫鸣了，怎不叫人心痛？还有托体青山的古圣先贤们，让我们在仰望山花烂漫时，就产生了一种幽深之情、渴仰之思、追慕之怀。清明节是与众不同的，泾渭分明的表意，到头也没能掩盖悲喜的交织。李叔同先生“悲欣交集”的绝笔，那种面对死亡的悲怆而恬然的心境，与我们面对清明，有着一定程度的相似。面对作古之人，为他们扫扫墓，用文字表达一下我们的哀思，此外，我们不能再做些什么了。清明里，我们中国人如此浩大地对先人的祭奠仪式当然不会只是一种仪式，还有的，是活着的人怎样好好地珍惜我们的人生，怎样活得更好，最好还能给后继的人留下些什么。清明的纯净的穹顶下，沉淀的是关于死、关于生、关于痛苦与快乐的朴素的文化。孔子说过“不知生，焉知死”，人死去了本身就没有意义了，可见缅怀的重心的确是放在了“生”的天平上。历史是公正的，生的分量，是用死的方式来回答的：生如泰山，后世当以泰山而仰望；生如鸿毛，后世当以鸿毛而对待。死就是交给人生的最后的答卷，等待后人阅判。那么我们，除了用心地活出精彩，实在是别无他途。

比之于“春雨杏花”的江南，陕北高原恐怕只有清明佳日可以媲美，但清明恐怕别有一番清明的滋味。早在春秋，人们就在夏历三月初三这一天纪念黄帝的出生；还有为纪念一位曾经追随流亡公子重耳的名臣介子推，产生出了一个寒食节。后来，这些节日都归于清明，于是清明既是纪念日，又是一个节气日，足见这个时令多有一种别开生面的情味，比之中秋佳节，其文化更有厚度，也更有概括意义。

是啊，清明是一个笑中含泪的节日，踏青的脚步沉重又轻盈，大地荣枯过渡，让你感受生命是多么崇高。在冷酷的自然力和时间的狞厉的面孔下，先人们传递给我们的这一文化，教给我们要尊重世间的人和道义，珍惜人生，尤其眼下的人生。在清明节来的时候，我们到哪里去？览胜？不错的想法，在如潮的人流中，移着碎步，品味浓厚的世俗情味，感受生命交替中的活力；再给自己一个远方或高度，在一个高处停下来凭栏，仰观宇宙之大，俯察品类之盛，让生命在攀登和远足中升华；或约几个朋友，觅一处美景，把胸臆和情怀融入自然，掬一捧溪水，感受大地的温暖，为一个峡谷和牧童题写一首诗。抖去身上厚厚的俗尘，驾一叶扁舟，载着月光也载着美酒和歌子，像古人那般“浴乎沂，风乎舞雩，咏而归”，为负累的人生补充一些鲜活清新。暮春之初，一弯新月徘徊于东山，亦可独自一人登临，让生命的真味和着朦胧的月光，或许能在月色下寻找一些别样的人生况味……

清明来了，不必像春节那样烦琐劳神。清明嘛，赋予一个“祓除畔浴”，成就一个全新的自己；赋予已故的亲朋和先贤一个祝福；赋予一个国度以“河清海晏”的祈望。在这大地发荣之初，愿草木，愿山河，愿世间的人，都能有一个美好的前程，一个锦绣的未来。

秋与秋叶

北方四季中变更交替最为鲜明，脚步最为铿锵的，是秋的时序。立秋后的午后，凉意骤起。窗外梧桐的硬朗的落叶旋下，在阳光里闪烁着留恋的光亮。这一刻，秋便真的来了，来得那么磊落，几可触摸，而其他节气变更的过渡似乎过于漫长，反侧辗转，没完没了。秋风吹卷落叶是秋的招手，咔嚓一声的坠落是凄厉的诞生。

陕北9月的天空不再模糊，云天不再粘连，云朵不再层叠臃肿，淡抹于碧蓝的背景，不像春的长云滋润，不像夏的云峰厚实。在无声的高风推动下，云停留在半边天空，呈现出款款的序列。

这时，你会感受到古人“天高云淡”的云霄诗情和淡远平静、远离尘嚣的意境。你站在丰实的土地上，在看过大地的万种风情之后，或许因虚度年华而喟叹，而放浪形骸，但是，秋风的大手会抚慰你的失落，阻挡你曾错乱的脚步，秋云的明丽会照亮你黯然的愁心。你曾对世界有百般的渴求，秋天的云陶冶你那颗返璞归真的心。你或许有过莽撞，有过颠仆，有过狂想甚至妄想。在这里，秋的高远、秋的宽博拥抱你，秋的自在的神韵早已过滤了你疲惫的心，你将会做逍遥的发轫。“秋的流云，你要归往何处？”邈远的山峦最终不能阻挡高远者的心之所向，也留不住归去者的归途。“秋高风自疾”，它驾驭风雨于九天，优游于苍穹，不知将之何处。

黄土地的人们，多少代为土地为粮食而劳形，看惯月缺月圆，感受过春温秋肃，只相信忠实的土地才是自己的家园。他们的最爱是野芳林黄、春花秋果。奋斗的汗水浸入了土地之后，他们收获着喜悦和丰实。我喜欢看丰年的秋节降临：笑语欢歌胜于山泉的流响，园田的豆果不输于浓墨重彩的画图。在年馑频频的黄土高原，挥汗如雨后涂抹出来的，是世间最美的风景。

醇厚的秋香赖于土地的奉献，淳朴的民风是土地的赐予。

农家小院如一幅蜡笔画，涂抹着童年的记忆，也未曾因时过境迁、流年逝水而从记忆中抹去。生于斯长于斯、劳于斯又老于斯的人们把生命融于土地，去创造奇迹，创造丰收和本色的诗歌。

秋风飒飒，落木萧萧。秋叶如黄昏的雁翎盘桓，而秋的巨手大把大把地将黄叶揽入怀中，勾起人们无限的遐想，盘旋如顺着天梯滚落的红叶，说明了这不是永久的告别。

落叶最能让人想到的是周而复始——春发夏荣秋凋冬藏，北方的土地，梦幻般诠释着自然的循环。疾风在驱赶成熟，让它腐朽；颠簸着的航船和帆棹四季常新，却吹白了水手的青丝几许，迎接面容不同的寻宝的人；秋风吹皱湖面，而后包括圆晕的水波渐如明镜。而当昔年的明镜照出后来者苍颜的时候，当登山者的遗骸与昨天的黄叶一起凋零，今日的健将已跨过尸骸顺着他所指的前路攀登或另辟蹊径。

秋叶告诉了我循环的痛与乐。

然而秋天，当秋菊如火、秋叶满地，它们融合着个体的凋零与群体的萌生，融合着痛和忧伤，却从未改变方向。

秋的循环不是一种概念，而是一种精神之源头。人们知道秋的纵深和秋叶的纵深是扑面而来的冬的冷颜、冷寂，死亡的脚步凌厉并且健步如飞，沃土注定在酷寒中经受与火一样灼热的熬煎，注定要与死亡的淫威做不懈的斗争。

秋深了，一个孩子在寻找最美的叶子，一个花甲的老人亦在寻找最美的叶子。秋叶是一幅画，是一首诗，更是一本书；从温馨的萌生到招手斜阳秋风，秋叶是五彩，是旋律，是丰富，是警句。在这个季节，该收获的还未收获，该得到的还未得到，这是叶的命运。它知道自己永远不会是果子，却幸于自己拥有过一个秋天，拥有过四季和风。

秋的韵，可能引诱你踏遍千山而读懂秋的意，你采撷一片秋叶，便能够思绪满怀。

走不进的故园

桃花源一样的村落被彻底抛弃了。人们已经从老屋搬出来，另辟一块平整的土地，在上面构筑了砖石围起来的院落，盖几间整齐划一的平房，留下五六条巷道。人们住得近了，连同屋顶的炊烟，几乎都是同时升起，齐整得就像用尺子量过。

那年我从城里回家，已经找不到我的家在哪里，问寻之后，在本家大叔的指引下，才在第三排的巷道里，听到父母亲说话的声音。门外没有树，没有磨盘，没有勤劳的父亲堆起的柴垛，总之，已经失去了一个家的标志。崎岖的小路和路旁的桃树、杏树，都没有了；有的，只是方向。母亲还是笑盈盈地，父亲也有些自豪地引领着我们，看每一处宅房。我理解他们，30年了，终于从旧屋挪了出来，和村里的体面的人家住在一样的风水宝地上了。

这是一个无法抗拒的潮流。但从情感上讲，我还是对过去的老屋有些难以割舍。新居南边，就是被父辈们遗留的废墟一样的旧村落，我踽踽而行，还是被高过了人头的枯蒿挡住了脚步。阳光很好，春风拂面，枯草根下已生出了青黄的芽。静得要命，而本要仰望的高树似乎矮了许多，却没有一只麻雀起落，也没有一声牛羊的叫声。

那些年的家户是散居的，如今泥坯脱落，木头或砖石的柱子便裸露了出来，土砌的墙从中间留下一个豁口，这恐怕是时代赐给这些以曾经繁华的容颜，也是时间留给它们的最自然的印记。这些农业文化繁盛时代的主体，就要坍塌了，却要给人以动人心魄的痛。那些轻松的田园牧歌真的一去不复返了，那些往事、童年的游戏，还有像《父亲》画作中的老人的影像，乡亲们的各种农事——那些农业社会的文化，都被埋葬于荒草与时间里。这被层叠沉淀的，很不幸湮没在另一种风里。

那些文化里，一段不堪回首的岁月似乎还在这耳边的风里盘旋。

人们的希望很简单，活着。这里被时间淹没了的同样有艰难的故事，在灾害频仍的岁月，举家食粥的故事反复上演，但保守的乡亲们认了。我依稀记得，30年前，有乡亲曾经给我的手里递过一块黄泥一样颜色的高粱饼，那味道如今还在，现在我依然确信，红高粱天生就是酿酒的料。不懂科学的乡亲们播种这种作物里的“长颈鹿”、能赚肥的作物，或许只是一种安慰，一种无奈。

我一个人走向了儿时无数次走过的田野，过去这可是无垠的麦田，风吹过，热浪一样，却夹杂着灌浆的麦香，那是一种诱人的回味。丰收，对这里的人们就有了多种意味。土地是文化的根，是几千年累积下来的农业谚语的根，我多少次为土地能够滋养物质和文明这两种粮食唱过赞歌。的确，这宽博的土地养育了纯朴、乐观、勤劳的人们，它虽然贫瘠，却养育出一茬又一茬不屈的强大的人、欢乐的人。他们用简陋的农具，为了上苍给予的另一种责任——生命的繁衍而诚恳地与不公的命运抗争，从未绝望。我相信，脚下这厚厚的黄土是有灵魂的，这一草一木是有情怀的。在这土地上，有着一种叫作山丹丹的六瓣的菊科的花，开在背阴的山坡上，像唐诗里的辛夷鲜有人知道和关注，就那样静静地开放，不求闻达于我的父老乡亲，但一定给过我歇息在田埂的父辈们以生命的鼓励与欢悦。那长在黄土山崖上的酸枣，是一种挑剔的文人很难入文入诗的植物，那蓬蓬勃勃的生命状态或许也给扶犁而过的父辈送去过温凉……这土地上所有的生命只要有根在，就不怕任何的苦焦。

村里只留下老人，即使响过第一次春雷，阳坡坡上的蒲公英已绽放出淡红的花，但老人们安闲如老照片里的黑白，静静地，不知是生活在现实、未来还是在过往的岁月中……村里的年轻人都走了，走得那样决然，他们丢下父辈留下的犁耙和土地，带走的，或许只有零星的记忆。他们不愿在土地上空耗过剩的青春，坚定地想在外面的世界打拚出一片蓝天。他们或许受到某个夜里灯下的故事的蛊惑，接着做了风雨兼程的准备，而后在某一个早晨，相约着背起行囊，头也不回地走出村头。他们有人鼓捣起了机械，有人凭着半生的木工基础在城镇建设的轰轰烈烈中搞起了装修，有人搞了管道维修，有人做起了农产品加工。有人挣钱了，有人落魄到年节时没脸回家。家和土地是根据地，是人生退守的最后一站，渐成气候的人回归时风风光光，落魄的继续在凄冷的街头烂醉如泥。

土地，深埋着文化的基因，文化则需要累代传承。既然生机勃勃的年轻人在大潮到来时一哄而散，乡村农业文化就变成了碎片。农业文化这一片森林，没有了虫鸟的鸣啾，我们的农村荒芜得如同沙漠了。看不到雄鹰掠过蓝天时留下的翅影，健翅已远。

故园更加古旧了，像被遗弃的残犁，层层锈迹；像明清年代的背景，故事已成断章残简，翻动起来撕心裂肺。思乡的情绪是有的，城里的月光澄澈不足，无法载动。我就像一个流浪的歌手，唱着唱着莫名流泪，却很难再走进那个叫故园的地方。

奚风

乾隆八年（1743）春，京畿一带的州县遭春荒大旱。虽则春初，却已烈日炎炎，土地干裂，风起时飞沙走砾，焦土遮天。百姓借得谷却不能稼种，只待一场甘霖普降。

入夏，旱情尤甚，河流干涸，村寨无纳凉之树，四野但闻哀鸿之声。刚开始百姓还靠着借米鬻面勉强度日，后来便举家食粥，饥不待晓。到秋初，则三五十人扶将着朝京城奔走，觅食求生，渐成声势。各地衙门不敢怠慢，纷纷禀报朝廷，急如星火。

河南登封城外有一周姓人家，老汉不惑之年得一子，靠几分薄田以种桑营生，攒得几十串钱，进城卖了丝便常去城里转悠。一日刚到闹市，走至牌匾写“伯伦不归”的酒家前，忽闻鞭炮齐鸣，一队人马鼓噪而行，朝酒家聚拢而来，领头的公人在门前站定，手把着文书大声吆喝。周老汉正疑惑，却听得人堆里说某公子中举了，衙门的人是来报喜的。周老汉好生艳羡，方才知道那是官宦人家的排场。

回家，就暗下了心劲儿让儿子读书。见外村设塾馆，于是和老伴一商量，就把孩子送了进去。到了孩子弱冠之年，给他取名周治平。这周公子天生聪颖，加上老塾师十分严厉，那四书五经被周公子读了个滚瓜烂熟，把那圣贤之道琢磨得让老塾师都连连称奇，那一手经世文章更是了得。于是常有乡邑学人前来游学，吟诗作赋，甚是敬佩，周公子成了方圆百里名副其实的神童。几年下来，县里童试考中，周公子得了个秀才名分，把周老汉高兴得仿佛年轻了几岁。亲戚族人都来贺喜，赞周公子天赋异禀，乃谢家之宝树之类，说周家祖上有德，荫庇后人了。有诗为证：

周公日晷测天象，二程理学传文脉。
嵩阳山下灵秀地，修齐治平又逢春。

话说这周公子童子试后，马不停蹄回乡探父母、酬亲邻。他在县里结识了几个名流，于是地方缙绅名士咸来周家，额手相庆，不免攥几两银子前来道贺。周老汉在忙乱中，忽然记起多年前的城中见闻，心里春风荡漾自不必说。

周老汉有个同胞弟弟，年方不惑，膝下一子，与周公子年华相仿，父子二人都是一样好吃懒做，好酒肉、好赌博，日子过得叮当响，周老汉平日里帮衬了不少，但哪里经得住两个腌臜泼才挥霍。今日那一对父子得闻哥哥家好事，不顾饭碗在桌上打转，也不抠鞋帮，就飞也似的到哥哥家中。

刚进门，就和周老汉撞了个满怀。一对父子还算识相，等客人都出了门，弟弟便将哥哥拽到门庭，讪笑着："哥哥近来好运道，我治平侄儿聪明过人，这都是咱祖上修得的福分。哥哥比我大十多岁，从面貌上看，却也不比我大。我这拖家带口的，底子薄，你这侄儿又是个不成器的畜生，你弟妹常在念叨，哪日咱这块宝能赶上治平的一个脚后跟就好了。"见哥哥不言语，嚷过身后的儿子道："还不见过你大伯！"儿子畏畏缩缩出来见过。周老汉说："知道你们是来哭穷的，怎奈咱老周家倒是有些时来运转，却也没有几两银子回收，再说这里面都是欠着还不完的人情债。"弟弟打断话头："咱那先人死得早，也没有给我成个破烂家，如今你这侄儿老大不小的，前些日子在邻村看上个媳妇婆娘，媒人却说没个百八十两银子，事情就不得圆满。好歹你也是咱老周家芝麻开花的门户，忍心看着这畜生打了光棍，断了香火？”说着鼻涕眼泪就流下来了。

周老汉心软了，偷摸着从家中取了银子，整整三十两，交到弟弟手里。两个人飞也似的出了大门。

兔走乌飞，日月轮转，眼看到了第二年秋天。秋闱乡试就要在省城进行了，周老汉和老伴收拾好行李，放在书笈里，安顿周公子匆匆上路。

时值初秋，天气晴和，周公子背着行囊，一路昼行夜宿，倒也无事。一日，正走间，只见前方红尘滚滚，有大队人马朝这个方向流水一样过来。周公子心里嘀咕：莫不是逃荒的难民？早些时候听说河北一带闹灾情，今日看来当是真事。当人群走近，周公子看这些人蓬头垢面、目光呆滞，瘦骨嶙峋如枯枝，拖儿带女倾巢出，确是难民。

这群人走到周公子面前，脚步不动了，也不说话。眼窝里，忧愁和冲动搅和在一起。周公子也不敢动，他曾听过灾民暴动的事，也听说过吃人的事。此刻他往坏处想了，于是不由分说，解下行囊，打开干粮袋，一股脑儿倒在地上。灾民顿时一窝蜂拥过来，怎奈还是不够分，没有分到的几十个，又像之前一样，站在他跟前。此刻，他内心恐惧至极，于是没再犹豫，把带在身上所有的银子倒在地上，背了行囊狂奔而去。

夜幕降临时，他还没有找到客栈，心下思忖：就是找到，也是身无分文，这可如何是好？正忧愁间，忽见前方耸立一山，山顶处有光隐隐约约，似是一户人家。

周公子又累又饿，看到那灯火立时有了精神，到山门，见有石碑矗立，朦胧间可辨识三个字“丰云山”，于是三步并作两步走，约莫半个时辰，终于来到山顶。此处原是一座庙宇，年久失修，却有灯火光辉闪烁。周公子叩门，出来一位老道士，一身玄色道服，鹤发童颜，走路飘然，看见周公子面善，便让他进来。周公子说过自己落拓缘由，老道士说这里也常有书生投宿，便自顾自卧于一石床，嘴里却低唱曲子。周公子吃了几口老道士放着的冷食，却听出老道士唱的是先秦的《采薇》，心下自想：莫非这老道士竟是前朝人？

是夜，周公子和衣睡在庙后一间空屋，这屋子空荡荡，只留一桌、一椅、一床、一灯，似曾有行人留宿，却因时日长久，屋顶和物件上落满灰尘，高处挂着摇摇欲坠的蛛网。周公子有些惧怕，也不见那老道士前来问候，只好让灯火不熄，稍稍驱赶恐惧寂寞也罢。

又累又饿的周公子在寺庙后院凑合着睡了一夜。第二日早晨起来，便觉浑身舒坦，见那桌上的油灯早已熄灭，起身看时，桌上分明搁一薛涛笺，便借着晨光瞧去，纸上竟留有几行诗：

遥想烽火戏诸侯，褒姒乃是我祖宗。
幽王博得老祖笑，只把江山作故丘。
我本洛邑贫家女，为谢周氏树于此。
昨夜见君如相识，了却恩怨两千年。

周公子仔细看了又看，再用手摸时，方才信那真是纸笺，一时惊诧了半晌，两腿已经不能挪动。再去看那字，清秀隽永，端庄有致，信为一女子所书。周公子出了门，到前院找那老道士，见其已经端坐于堂前，两目微闭。

老道士虽则已知周公子救济流民之事，心有同情，却因自己身世而未能尽地主之谊。今日见周公子无告发之意，好生高兴，一改昨日轻慢，备了酒馔，邀周公子落座，好生畅饮了一番。老道士说，此地离省城已经不远，两三日便可到。知他已经身无分文，即使到了也举目无亲，怕是难以落脚。今番认识，甚是投缘，莫如做个忘年交，权且留在此地温习功课。周公子心里明镜一样，又见老道士心意诚恳，起身道："小生今日落魄，幸遇到仙辈收留，来日定当回报！"于是推杯换盏，又畅饮了一回，方才作罢。

眼看日薄西山，两人便各自回屋歇息。却说周公子坐于桌前，回想昨夜女子题诗，原来与自己干系甚大，但借着酒劲，已不比初来时惧怕。从题诗看，这女子不应是邪魔恶鬼，如果能够现身，岂不更好？胡乱想了一会儿，便伏案睡去。

是夜人定时分，屋门被风刮开，一素衣女子款步走进，近可比前汉阿娇，远能攀三代湘妃。她抬手向四周一划，破庐立时成为华屋，但见四壁金灿如昼，床闱内鸳鸯戏水，惟妙惟肖，银钩玉坠，金帐翠帘，纹衾饰枕，甚是精致；地铺锦毯，描龙画凤；门庭开处，远山如画；壁立书橱，囊括古今经传；书桌摆放兰花一盆，幽香暗送，有十分雅意幽情。

这女子见一切安排妥当，随手铺开纸笺，素手搦管，为诗一首，轻置于案，再留两锭银子，辄自先去。

五更，周公子睡醒，四处看时，不觉一惊：破庐倏忽变成金屋，莫非是在南柯梦中？不由得看了好几遍，才定下心来，知道必有缘由。周公子拿起诗，仔细将它一字一句吟诵了：

书生读遍万卷书，难将世事阅清明。

江湖一时起云谲，桅折樯坏波回舟。

三五月明团圆夜，身陷缧绁空玉兔。

小舟从此逝江波，浩渺天际寄余生。

周公子读罢，心里一惊，又暗自寻思：想我一正大光明堂堂男儿，身正不怕影子斜，岂能罹什么牢狱之灾？这样想着，心中安定。对这不速女子，却生了几分敬慕。她如此缥缥缈缈，来去无踪，为我周家千年故事道谢，真是旷古未有之奇谈！不觉摇头，暗自发笑了一会儿。

自此，周公子废寝忘食，一心用在读书上。闲暇时与老道士斟酒论道，纵谈风月文章，忘身物外，甚是快哉，不觉间将到中秋。

一日午后，周公子出门，但见秋风骤起，黄叶满地，心中不觉有飘零意。虽说出门幸遇贵人照应，不免生出几分“鲈鱼堪脍，尽西风、季鹰归未”的感慨来。眼看秋闱就到，周公子不敢怠慢，急忙收拾好行李，前去与老道士告别。老道士当晚设酒饯别，略有离别感伤。酒正酣、兴正浓时，却听一屋内隐约传出读书之声，周公子再看时，但见灯光如豆，哪里比得上自己华屋辉煌。老道士说，昨日晚间又来一个赶考的公子，安顿着住下了，虽说简陋，却也是个遮风避雨的所在，周公子这才明白。借着酒力，他问老道士：“你可知我华屋为谁人装饰，怎的也不过问？”老道士手指观外一千年银杏，笑而不答。周公子纳闷，却不再问。酒罢回屋，忽然想起那女子来，又不知何时传递音信，周公子吟了一首陆龟蒙和皮日休的酒后诗：

几年无事傍江湖，醉倒黄公旧酒垆。
觉后不知明月上，满身花影倩人扶。

吟毕尚有余兴，便在书桌前坐定，翻看那女子题诗。转念一想，离别之时，不能相见，莫如留诗一首，以作言谢。

周生志在致尧舜，奈何江湖有风波。
今生若有相聚日，当在春风得意时。

周公子题毕落款，端端正正放在书桌正中。

当晚无事。翌日，周公子早起出门，踏着秋霜大步朝山下走去。行了两日，周公子赶到了省城，寻了一处靠贡院的旅店住下，等待开考。

开考那日，周公子早早起来，洗漱罢，带好一应用度物品，来到贡院门外等候。各处生员陆陆续续前来，有胜券在握的，也有把失败写在脸上的，各色人等，操各种口音，南腔北调，一时乱糟糟闹哄哄，文士风度尽失。

正在等候间，几个官家衙役闯入人群，领头的在大家面前站定，板着脸嚷道："有叫周治平的没有？应个声，到这里来回话！"接连喊了几声。周公子不明就里，赶地走上前去，揖罢说道："小生便是周治平。"领头的从上到下打量他一番，道："你可识得丰云山老道士？""识得识得！"没等周公子再说，领头的一声吆喝："就是他，给我拿下！"周公子几欲争辩，几个衙役不由分说，将这个文弱书生反手捆住，推搡着朝府衙而去。闹哄哄的场面顿时消停了下来，人们面面相觑，呆若木鸡。

是日，周公子被押到公堂跪下，堂上大人惊堂木一拍，问道："堂下可是周治平？"周公子应声是，大人又道："周治平，你可知罪？"周公子自知既然来到这地方，今年的考场是进不去了，于是回道："小生不知所犯何罪，请大人示下。"大人道："明知故问！听说你与丰云山老道士过从甚密，可有此事？"周公子心下疑惑：一则何人有如此千里眼顺风耳，竟然知道我与老道士深交？一则书生举子难不成不能与老道士相识？于是答道："小生与老道士相识已一月有余，此事与罪证有何干系？敢问大人为何将小生押来对簿公堂？"大人大怒："这个自然干系甚大。丰云山老道士乃前朝余孽，康熙爷平三藩时，此人曾是叛贼吴三桂麾下干将，事败隐居于此有年，可惜天网恢恢，到底给端了老窝。你说有无干系？"周公子这才明白过来，初见时听老道士吟诵《采薇》曲，竟与他遗民的身世合拍。周公子辩驳道："虽然老道士是前朝人，却未曾对小生说过半句圣朝的不是，且老道士已到风烛残年，日薄西山，早无心思做那悖逆大道之事。大人不可听信小人一面之词，而辱没了当今太平圣朝！"大人面露窘态，厉声喝道："你到底是死硬不知罪，反倒教训本府。来人，将罪犯周治平押往大牢详加审问，看他知罪不知！"

书生妙笔能弄文，无奈秀才遇到兵。

面壁未解心中愤，徒对孤灯想家亲。

周公子就在进考场的端口莫名被下了狱，此生功名，眼看着成了东流之水、过眼之云。皮肉之苦自然是苦，哪比得上蒙冤之痛。是夜，周公子领教了世事的无常，才痛定思痛。他还想着老道士是不是也获罪入狱，即使是得道之人，又哪能受得住一顿廷杖之刑？再说那奇女子的留诗，难怪那样评价我，说书生不谙世事。看来那汗牛充栋，那坐拥书城，端的是废纸一堆罢了。

正所谓：天有不测风云，人有旦夕祸福。蜈蚣百足，行不及蛇；家鸡翼大，飞不如鸟。马有千里之程，无人不能自往；人有凌云之志，非运不能腾达。文章盖世，孔子尚困于陈邦；武略超群，太公垂钓于渭水。盗跖年长，不是善良之辈；颜回命短，实非凶恶之徒。尧舜至圣，却生不肖之子；瞽叟顽呆，反生大圣之儿。张良原是布衣，萧何称谓县吏。晏子身无五尺，封为齐国首相；孔明居卧草庐，能做蜀汉军师。韩信无缚鸡之力，封为汉朝大将；冯唐有安邦之志，到老半官无封；李广有射虎之威，终身不第。楚王虽雄，难免乌江自刎；汉王虽弱，却有河山万里。满腹经纶，白发不第；才疏学浅，少年登科。有先富而后贫，有先贫而后富。蛟龙未遇，潜身于鱼虾之间；君子失时，拱手于小人之下。天不得时，日月无光；地不得时，草木不长；水不得时，风浪不平；人不得时，利运不通。

曩时，吾在丰云，暮投僧院，夜宿寒窑，知君子若不忍于一时，将虚负襟抱凌云。今有望通达，谁想遭劫难于阙门。非君子卑贱，乃时也运也。

如此这般感叹了一回，却不能安睡。

当晚，最让他担心的是家中二老，不是说“儿行千里母担忧”，不是说“临行密密缝，意恐迟迟归”，如今我自命苦不用再提，可那年迈的爹娘，若知我锒铛入狱事体，难保有个山高水低。

自从周公子离家赶考，周老汉老两口一面高兴，一面又不由得为儿担心，两个人互相埋怨：孩儿虽说二十出头，却没有一个人出过远门，当时何不雇个伙伴，一路上也有个说话的，有个照应。二人天天念叨，天天掰指头算日子，熬煎了好些时候。一日，老汉对老伴说："我还是觉得不踏实，想去城里一遭，看看治平可好？"老伴拗他不过，就打发他起身，却忘了一宗事情，家中已经没有几两银子。没有盘缠如何起身？老汉一急，倒想起前月借给胞弟三十两银子的事情。他知道给儿子娶媳妇借钱是假，瞅机会打秋风是真，那银子倘若没有用过，不正好做上路盘缠？

周老汉心里盘算得好，事情却偏不如他意。胞弟听哥哥前来要账，急忙出门横在院子里："哥哥也是个急性子，我借你的银子在手里还没有焐热，就跟屁股来追。亏你还是亲哥！"周老汉见状，知道他要赖，却也没个说理处，说道："我不是全都要回，只因你侄儿单个去了省城，我和你嫂子放心不下，寻思着去看，今日只凑个十两便可。"哪知他弟并不理会这般道理，厚着面皮道："你们倒是红火热闹，几时想过我这烂摊子光景？人常说大哥哥小老子，就算我儿不成器，你可知道世人说这话的分量？"周老汉竟一时不能对答。

两人正争不出高下，恰好那个无赖儿子回家来了。不知哪里得来周公子被抓捕的消息，这无赖一看家里这阵势，把正说话的伯父推搡着，嘴里一边嚷道："你到这阵子还不知道，你家那神童犯了法，入了省城的大牢，这会子正在挨打受罪，你竟有心思在这里烦人，快走快走，不要连累我这良善人家！"周老汉经不住这推搡，又听得这似真似假的话，一时急火攻心，晕倒在门外。周老汉的老伴赶来，看这情形，呼天抢地哭喊了半天，登时也昏死过去。

毛发微利看似小，尚能压断骨肉筋。
不见多少名利客，精心牟利算自身。

周公子在狱中熬了七八日，吃不好睡不足，担惊受怕又不知前面吉凶祸福，整日思来想去坐卧不宁，不幸又病魔缠身卧床不能起来，虚弱憔悴已极，真正叫天天不应，叫地地不灵。一晚，忽然梦见父母来探，泪流满面，似有冤屈不能申，而后突然消失。周公子颓然坐起，唯见弦月朦胧，孤灯影绰，长叹一声，暗自思忖：莫非二老遭遇不测？

恍惚间，灯影处似有一红衣女子卓然而立，面容清秀，两眼若能言语，见周公子坐起，也对着油灯屈膝而坐。周公子再仔细端详，竟似乎在哪里见过一般。女子笑盈盈对周公子道："公子知我是谁？"周公子道："我知你乃丰云山上神女，不敢呼尔真名。"女子大笑道："既然如此，今日就告诉于你，小女子奚凤见过神童周公子。"周公子赶忙相劝，这里不比闹市仙山，容不得大声，又急着起身要谢。奚凤笑道："怪不得世人说你们是文质彬彬，而今拖一病体，也不忘那繁文缛节。我能一指做屋，这小小狱卒能奈我何？"周公子赧然，道："自那日留诗，便知你不是寻常女子。我本一介书生，身份低微，承蒙仙女照应，常想有朝一日总能相见。只因我等俗念未了，汲汲于富贵名利，整日把个诗书读破，竟把你忘却脑后，而今落得如此地步，真是罪过！"奚凤道："我自然不会嗔怪，五谷滋养的肉体凡胎，哪个不是这般情形。"周公子道："我虽然读了你的留诗，还是不知你所言身世到底真假？"

奚凤正襟危坐，说道："这个自然不假。我祖褒姒本无意富贵，自小不苟言笑，冷若冰霜，怎奈幽王垂爱，不得不从，进得宫来。为求我祖一笑，幽王煞费苦心，后偏听虢石父下策，不惜点燃烽火以戏弄诸侯，博取一笑，终致国破身亡。而我祖褒姒随平王东迁，流落洛邑民间，成为庶人。

"虽说国破之责在于幽王，而褒姒老祖却并无推诿，曾言，当初若不耽于酒肉声色，而以周礼化民，则天下大治。于是教导后人，若遇周氏族人中有志于治国安邦之辈，尽力襄扶，以偿还两千年前夙债。后见我生得精灵，于是将我化作一银杏，植于丰云山巅，以待来者。今日遇见你，可是两千年的缘分。"

周公子听罢，道："真是世间奇闻，旷古未有，旷古未有啊！千年事理不忘者，奚凤也。今日得遇神女，再听这神奇故事，就是终生与富贵无缘，也不枉此生。”纳头便拜。

二人围灯而谈，甚是欢快。看看到了五更，奚凤道：“我今番前来是为营救公子，不然，你这羸弱病体怕不能维持长久，况且又无做官的亲戚替你申冤。但若生硬救出，怕是你今生都不能再有出头之日，且你亲戚家人都要受连累。”周公子惆怅半晌，感叹道：“今生之命可任由你做主。”于是，奚凤将手指对着周公子一划，周公子手脚上的锁链齐刷刷落地，顿觉轻松许多，像捡回半条命。奚凤又对着门板一划，门大开。于是背负周公子，一溜烟向空中升起来，朝着丰云山的方向飞去。天已过五更，远望见丰云山白雾萦绕盘旋，飞近了，分明看见那老道士竟已经站立在银杏树下，发白如霜，须飘若仙，在那里迎候。

三人在院中落座，周公子问起事情来由，老道士将一屋门打开，内中走出一人来，书生打扮却獐头鼠目，像一个囚犯低头走出来。老道士述说了缘由：“原来他也是赶考的书生，因天晚而投宿于此。周公子离开那日，他见贫道对周公子那般厚遇照顾，又特别安排在华美居所，心里生出不平之意。那日饯别时，这书生无意知晓了贫道身世，于是一到省城，便将此事报了官，才造成如此结果。”

周公子大吃一惊，世间原来有如此狭隘之辈，欲上前惩治一番，老道士忙制止道：“昨夜我将他捉拿了来，他已经认识了错处。”老道士指着院外银杏树道：“书生此生将以护树为务。”

奚凤对周公子道：“你二老遭遇本家弟弟欺辱，卧病几日，现已好转。你叔叔和他儿子非但不还银子，还百般抵赖，昨日二人都已成疯傻之人，从今以后将与猪狗同槽而食。”周公子登时觉得心神恍惚，恶心欲吐……

于是三人若羽化之状，向一个大泽飞去。当他们落在蒹葭丛生的去处的时候，水边的茅屋升起了袅袅炊烟，两个老人从屋中走出来……

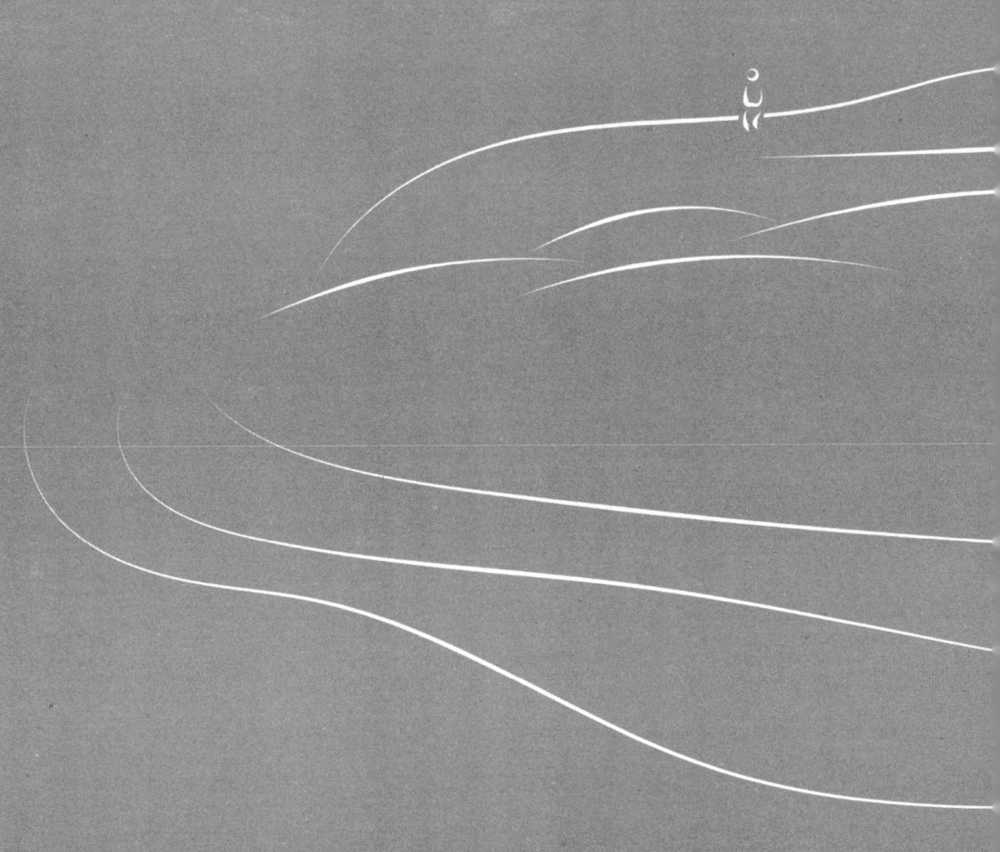

游记

商州行

从商州归来，没留下几张照片，朋友就调侃，并讲述自己与朋友相约去西藏的事。本来嘛，和牦牛照相是比较重大的摄影活动，不爱合影的他，便被推举为专职摄影师，大家兴高采烈，轮流骑在牦牛背上摆动作、耍酷。朋友便煞有介事地端姿拍照，很是下了些功夫……从景点回来，大家索要照片，结果发现所照的那些照片里，竟然没有牦牛和大家的影子，有的全是朋友那各种紧张的脸谱。答案很快揭晓，原来他竟然用了自拍……

最初登陆商州地面，我的心情并不轻松，商州一地，层层叠叠地留下太多古今文人政客的踪迹。因山水锦绣、地势奇险且地接豫鄂，南有关中南大门武关扼要，为历代兵家必争之地，又多了个明末的闯王在此厉兵秣马，在这片人文繁盛之土地上，留下颇多的诗章，也是自然而然。其中最爱温庭筠的《商山早行》：

晨起动征铎，客行悲故乡。
鸡声茅店月，人迹板桥霜。
槲叶落山路，枳花明驿墙。
因思杜陵梦，凫雁满回塘。

有幸在一位同行游客的指引下，在商洛学院一座古旧建筑的角落发现一株枳树，秋天里，果实真不比淮南橘子的肥硕，颜色也灰暗得多，橘黄色，乒乓球大小，在碎碎的叶子间闪闪烁烁。此种情形下，其滋味想也不会好到哪儿。还有诗中的槲树，我未见其树，也许眼见了也不知是它。不过翻了资料，知其叶经秋黄而不落，明年春发时再落，可知秋冬时节，它在风中泠泠作响的愁人情味，而在大地发荣之初落到红的砂泥中，倒还是会让人想到"海日生残夜，江春入旧年"那句让人牵肠挂肚品玩不够的诗句来。

20世纪90年代读了商州大文人贾平凹的《月迹》，讲的是中秋节儿童追月的故事，纯真的孩子们当然不知道"月"这个形象在文人笔下有太多内涵与美，更重要的是他们认为月代表"好"就行了，这结尾的内容摒弃了"悟"的痛苦，感受到一种最为自然的对美的追求与向往。

地处秦岭南坡的商州一带，被万山苍翠围住，城郊一带居民自然生存，虽然毗邻通衢大邑，却似乎与纷扰相去遥远。让人不明白的是，红砂泥竟然能孕育出如此葱郁的森林，还有林间小桥流水两旁，隐隐约约有几处白房子人家。如柱的炊烟像出岫之云飘飘荡荡，消失在如洗的碧空中……

商州城就在这崇山峻岭之中，有一条名叫丹江的碧流穿城而过，哺育了几十万商州人。行走在旧城并不宽阔的街面上，人多车多，或因地理位置封闭，或因山清水秀已经眷顾这里太多，这里社会经济并不发达，电动车明显要多于轿车，几乎成了主流，缓缓地行进在相对杂乱的旧城街面上。午后，和妻子、女儿一行走出去，印象最深的还是街面杂物多、拥挤。发达一点的县市20世纪八九十年代的市场景象，在这里理直气壮地存在，就像电影《秋菊打官司》里那种卖辣子的、市民坐在简易棚下面吃面的情形，仍然大行其道：磨得发亮却又褪色的招牌；吃米线的大姑娘屁股下的低长凳，都被磨平了四角，漆皮掉了，成了黝黑的颜色。我对妻子说，商州这地方的城管怕是最慈祥的了，妻子笑了；我又说要么就像十年前的环卫工人只管在早晨扫地，这一整天就不用如流水般打扫街道了。果真，第二天天麻麻亮，我打开

168旅店的窗子看街面时，正如我昨天的猜度。

另外一个猜度至今都没有得到证实。我们走进一家手机经营店，选好手机后，一个男营业员笑着走过来说："学生都是网购这款手机，只要你精通网络。"我们几个面面相觑，有些摸不着头脑。我想把自己的揣摩分享给几乎是要逃出店面的妻子："这小伙儿是不是和老板有啥嫌隙，或者怕我们外地人觉得会吃亏，而给咱们指了条光明大道？要是后者，倒显得咱们太没品位了。"

商州人面貌亲切，你能从他们的外表看到真诚，168旅店一楼的高压饺子馆，是一家夫妻店，他们的店开得不错，在当地很有名气。老板对人也好，只去过两次就很是熟悉了，那老板娘说自己要休息，没料了才停业的，可我们进去之后，他们还是费了很大的劲煮好了饺子，说要照顾外地人，如果来客是当地人，会把他们支到别家去的。就凭这一点，我不由得对这个老板产生感激。

商州虽小，却小得有灵气，小得精悍，小得让人记挂。这块土地，曾经是商鞅的封地，有李杜的诗篇，有驿路的马蹄，有《商山早行》的意境，有城外苏轼与章惇的一语成谶的经典对话，还有当代那个商州骄子贾平凹，便觉得这次旅行并不孤独，也见得文化是一个连接天地人的名词了。

商州是一个了不起的地界，它处在北纬33度到34度的地域上，现代气息与古风遗存相得益彰。这里的山、这里的水，在披上了翠绿的衣衫，并且被古代的文人的诗句层层浸透之后，就像一个古代女子，腹中有墨，更有了气质，让你觉得：这山更清，这水更秀，这人更美。

凉水岸纪行

初登狗头山

雨后的高原在阳光下更加妩媚动人，在经过姑姑山和后九天两处景观之后，我们终于望见了狗头山。

一路曲折，一路颠簸，一路向前。当汽车抵达山脊一处平台停下来时，已经是下午4点。凭栏俯瞰，山脚下的村落、农田、白蛇样的蜿蜒的公路清晰可见。

登山并不困难，虽无阶可踏，但初夏的丛生的杂草中，还能辨出前游者留下的路。在这样的山中行走，不像在人工修饰的台阶上那样规规矩矩，它多了一份闲趣，多了一份洒脱。在这里，你可以驻足在一棵不知名的如盖的树下，倾听浓密叶间婉转的鸟的脆啼；可以斜倚于未生苔藓的奇石上，俯瞰谷坡如浪的松林，感受松风的深沉与强劲；可以凭栏看沟壑纵横的造化之奇，从而生出类似“山阴道上，应接不暇”的惊叹来。

我曾一度惊羡绝顶之美，在那里，你能游目四方，看尽万山。但真正的生命的意蕴或许多沉淀在半山，那种用脚步丈量的刻度不是营造之法所能度量的，它能在每一步的前行中获得寻觅的乐趣，感受自然与人生碰撞的真味。生命如登山，拒绝平庸又在接纳平庸的状态，一路绝尘却依然眷顾凡俗，生命才有张力，仰望与回望才游刃有余。

就这样想着，不觉已达山顶。

狗头山是一条东西走向的山脉，其余脉直伸向黄河，而此刻我们已站在制高点上。这里有怪石，状如哮天之犬，是狗头山的名字由来吧；有岩松，能接送四季南北之风而岿然挺立；有山庙遗迹，仅留砖石委地，散落于草木之间；中有断柱残碑，文字漫灭，以手拂尘，则有“寂光普照”“觉智慧圆”等字样，可知此地曾是佛门净地。

平旷处有一古井，如磨盘大，水至半壁，清可映出云影天光，此为一奇也。

暮投凉水岸

狗头山一过，向东便多是下山的路。

黄昏时分，一行十余人，终于落脚在一个面向黄河的被叫作下坡的村子，庄户家的小狗远远就吠叫起来，不一会儿，便来到人裤脚温顺地厮磨。男主人是当地人，50岁上下，操着的当地口音让几个延安的朋友听不甚懂，但并不妨碍交流。他唤来两三个邻居帮忙，笑盈盈地杀鸡设酒。喝茶聊天之间，丰盛的酒菜已经齐备，三环堂主坐上首，其余主客依次坐定。于是把酒言欢，谈旅途见闻，论古今南北，席间虽无丝竹管弦，尽可问田家桑麻，访一域传奇。

夜深，晦月不升，星斗满天，方听得隐约的天籁。

睡个好觉吧，去迎接明天的峡谷之行。

静静的黄河

三环堂主与主家老妪合影告别，我们又朝着云雾半开的峡谷行进。及至谷底（黄河滩），迷雾散尽，天地澄澈，清风送过，令人心旷神怡。

漫步于乱石铺地的河床，方知峡谷之阔之深，秦晋两岸岩崖之高之险。上古时期大禹疏浚河道应是借了天神之力，才凿有如此堑壑吧。岩崖层积而不知其高，石色参差不一，中有怪树斜生、枯藤倒挂，间有瀑流击石，风过时，飞漱激空，鸣声不绝。两岸峰峦绵延，断于碧落之外，虽有鸟飞，不闻其声，倏忽无迹。

黄河流经此地，因地势平阔，竟然波澜不惊，河面如发匣之镜，山影静卧，不知山水和来人谁是风景谁是观赏者。滩涂无垠，有细沙如舐，游者可以放纵情怀；有沙田百十顷，植枣树花椒，一望无际；有乱石无序，巨者如峰，需折腰攀缘，细者如卵，色泽莹莹，粒粒可爱。

黄河向南，延河向东，两河在此处交汇。有人说过两水交汇处必有一城，而这里却是例外。

水是生命与文明的发源和载体，一条来自千里之外的巴颜喀拉山山口的黄河浊流，沿途接纳百川，泽被万里，形成了华夏文明的主脉；一条延河，近六百里长，曾荡漾过范仲淹“忧而后乐”的社稷天下的音符，弥补了圣人布道的遗漏，倒映过70多年前一个民族黎明前温暖的土窑洞透出的灯火。

两条河流的交汇本应有剧烈的冲撞，可在这里，延河如同被母亲揽入怀中的孩子那样从容。这里是平静的，平静到风烟俱净，平静到我们兴之所至差点忘了津渡。

黄河岸边泊有一条古老的渡船，等老船夫把好了舵，大家小心翼翼地登上船，古船推出微波，向着并不遥远的对岸驶去，老船夫那红装在苍翠的背景下像一团火……

焦村游记

一

去城东五十里，塬上有焦村。

延河东渐，至三十里处缘山而上，一路向北。时值初夏，洋槐树正是花期，繁盛如雪如潮。久住城中，常见花开却不得其香。花香虽不能为景，而在明丽之外能给人以好心境。春花虽也烂漫，香淡若无，有君子之风；夏花如潮，香浓如含甘饴，有平民情味。于是引来千里外川蜀养蜂人，他们在半山处安营扎寨，觅一处阴凉，给这银装素裹的高原又添了俗世的合唱。

二

平生初见鸵鸟就在这一次的旅途中，有吃惊，有满足。

鸵鸟有两长：腿长，颈长。应该不是造化塑就，而是物竞天择使然吧。鸵鸟没有了长得夸张的腿，非洲大草原，恐怕不会是它的家，在那里，速度才能产生生命的奇迹；没有了长颈，潜在的危机就不能够看见。然而，鸵鸟有了这两件，它就不再想飞了。它找到了平衡。

鸵鸟有蛋，重四斤左右。未食，不知其味。

三

焦村塬东，有一条沟，往下行走，道路狭陡。沟有一庙、一戏台，皆坍塌不忍直视。路遇一翁，说丝竹香火民国人物，游者听罢，皆寂然而后叹惋。

沟有一溪，清流潺潺，或渠，或瀑，或潭，或萦纡蛇行，或水落石出。水边细草如茵，黄白碎花如萤火，洋洋洒洒。岸有杨，有槐，有柳，掩映三两户人家。

缘溪行百余步，至一村落，村中有清至民国私塾，虽经修葺，风尘依旧。舍外植有古槐，年200余，由此可推知书塾始修年月。两个世纪前，此地人文渐兴，山色水光下，累代经世之才绵延不绝，汇入那个时代。

前有一山，状如走虎，林木荫翳，风过有萧萧声。

村中三五黄发老者，如桃花源中人，颜色恬然。见十数来人，皆排闼欢迎。牵一驴，笑看人驴合照。问其先祖，亦山上焦村分支。

游人有叹，只羡其林泉之乐欤。

四

此日焦村庙会，游者甚众，多为近处乡民。

村人多焦姓，十分好客。落席之后，丰盛的饭菜端上来，美酒敬上来，主人客人不分彼此，相互斟酒对饮。

有善民歌的游者唱起来，有善道情的老人唱起来，唱老人寿、孩子乐，唱爱情美满，唱幸福绵长。

子午岭的蝉声

时令已至初秋，子午岭林中的蝉儿或许还在怀恋那个刚刚走过的热烈的夏日吧，它们不惜轻弱的身躯，欲以一整午之时光，唱尽余生的歌子。

方圆几百里莽莽苍苍的林海中，蝉儿是一种隐藏极深的存在，除了为爱情而殉死道旁的尸骸，哪怕是你蹑脚地循声寻觅，也绝难发现荫庇于密叶中的它们。蝉儿可能并不知道自己的渺小，于是几乎用尽浑身的力气来大闹这个原本幽静异常的子午岭。于是偌大一片森林里，听吧，那游人移步的栏杆外，高高的岩松上，禅院外的深树中，还有身手敏捷者脚下的壑谷间，都有蝉儿的合唱。你驻足于栈道边，不仅会惊怵于脚下的千仞危崖，恐怕更会被这四面传来的蝉声吸引，让你仿佛要卷入这蝉阵林立的声响的旋涡中。此时，旅途的倦怠和疲劳，会因蝉声的嘹亮高亢而洗刷得无影无踪，于是腿脚变得极轻松。有善歌者叩栏高歌，强壮的高原汉子在山间吟啸，声可遏云，让行走在盘曲山道上的游人们隔着幽谷应和。

有同行友人很懂得世间风物，说蝉儿饮啜树汁清露而鸣，可是短暂的生命使它不得不只争朝夕，在饮水的同时不忘呼唤爱情。它的一生只为一件事，那就是繁衍生息。我相信这个说法是真的，同时也理解蝉儿那堪比杜鹃啼血般壮烈的吟唱。这不由得叫人在礼赞生命的同时，对执着于理想的小生灵寄予敬畏和悲悯。从盛夏的歇斯底里到深秋的纤弱悲啼，那是欢乐还是叹息，真的不得而知，但这连绵不绝的啼唱在子午岭上已经进行了整整一个夏天。

子午岭的初秋并没有退去暑气，蓝天很蓝，白云依旧夺目，高台的松风依然含着混沌的气息。满目苍翠的子午岭，到深秋该是更美了吧。此时游人们都已获得了山水之乐，虽说不比古人那种乘蹇驴而吟啸的自在、高台而舞的风神。

不得不说，当下许多人自然也少了俯仰一世的执着。

下山途中结识了一位诗人，交谈中得知其因痴迷于诗歌而放弃了原有的官职，谋得半生自在。我惊诧于他的自我意识之强烈和追求精神之执着，为了宗教般的诗歌，为了吟唱伟大的自由，而决然放弃其余，同此君者，今有几人欤？

阶前摇落的斑驳的阳光，在诗人的歌声中翩然舞动。

皇庆寺游记

北方这两年多雨，入伏之后，雨似乎来得更多，也更猛烈。当我偕数友出了城郊，天气却异常晴明，早上9点的阳光也格外和煦，洒在延河两岸的翠绿峰峦间。淡静清新的世界向身后逐次退去，峰底的延河在山间翠色的映衬下，波色虽黄，却纯美如沙。

这次去的地方是离城不远的一处道观，应张思明先生之约，为重修的皇庆寺题写楹联。正值盛夏，恰逢暇日，自如脱笼之鹄、潜渊之鱼。在张家滩小镇小憩之后，过一石桥，缘镇南山而上约十里，就到了闻名遐迩的皇庆寺。

因香火旺盛，村子也冠以皇庆寺之名，在方圆百十里地内，这里地势明显卓然耸立，很有高山仰止的味道。村人多植苹果，在近乡遭受多次冰雹袭击之时，本村果蔬谷麦却安然无恙。幸运之余，百姓又迎来皇庆寺重修竣工之喜，虽然距定于7月26日的竣工之礼还有两天，却有远处商贾早早进驻，安营扎寨，营造了一种有别于寻常的气氛。百姓亦扶老携幼，堆着笑脸穿梭在披红挂绿、古槐隐隐的观院前。

这是建于金元时的古道观，六七百年来屡遭战火匪患，经多次翻修重建，保持香火绵延至今。虽是盛夏，但因为有古槐的荫庇，凉气逼人，疏漏的日光落在人们脚下，斑驳可爱。观院宽阔，正北为玉皇殿，气势非凡，《皇经集注》中有“玉皇者，圣中最尊，神中最贵，诸佛圣师……”之语，足见正殿所立为当然的了。东西两侧分列文昌楼、魁星楼，下有药王、送子娘娘、某元帅诸神，其南为戏台。北方道观大多规矩如此。因重建，大小诸神各着新袍，面目庄严，气势凛然。

题完对联，桌旁有皇庆寺的传书，随手翻阅里面的传说：公元547年前，玉皇庙县东50里，相传距庙15里圣灯沟，牧童常听石岸有凿石声，石岸内若有人问曰：“开也么？”牧童应曰：“开！”山崩出石像。后一夜各村俱梦人借牛，次早，家家忽失牛。寻到山头处，群牛卧地，汗湿淋漓，而石像峙立，疑惑众牛所曳也，因立庙。

传说很是粗糙，故事孤立且未流布，难以深入人心，绝比不上江南人能把一个西湖的诸多故事都演绎得那样有着人神共舞的精彩。那里人文荟萃，编出的故事流播甚远且精雕细琢，便觉得那山水有了神灵之气，这些是一直处在中原文明与草原文明缓冲带的厚重少文的陕北人杜撰不出来的。

不过这是一块饱经马蹄车毂的经济军事文化碾轧交通的地域，有了这个意义，中原文明才显得流水不腐，历史的盛世才有了可能。

日已西斜，车子在隐隐的林间辘辘返回，身后传来久已不闻的钟磬之音……

黄色河流

前往

一个人，一生要蹚过多少条河流，真的数不清；而作为中国人，有一条河流你是一定要去的，那就是黄河。有的人是经过了，但很多时候是坐在列车上，透过车窗看黄沙漫漫下，一条分明的浊流从遥远的峡谷间漫扑过来，然后很快消失在脚下和视野之外。而要想获得子在川上叹逝者如斯的体验，恐怕这种方式是不够的。人生如果能够行而知之，可能生命会更独特，更趋于真切奇妙、别开生面。人都有好奇猎奇的本能，可惜的是，很多人只是临渊羡鱼，而少了结网捕鱼的执行力，末了，只能囿于一室，对着一杯清茶坐而论道了。

今年的春天来得很规矩，物候都好像配合着节气，按部就班地从容地来了。于是我换了春服，约上几个朋友一起驱车前往黄河。

接近中午，我们一行来到一个叫作“天尽头”的村落，计划在那里歇脚，然后徒步前往黄河。透过连山的缺口，我们已经可以看到如裁剪过的黄泥色的河面由峡谷的桃红柳绿间铺过来，就都知道那是黄河了。

歇脚处是学生的家，父母都在村里面住，招待得十分周全。村里人听说来了外面的人，三五个相约着来看，他们操着当地的口音，纯朴如尧之遗使。

村落不大，坐落在一个面南的山窝。房前屋后就是他们的田地，中间种着杏与桃，远处又有团状的翠柏，点缀在裸露的黄土间，有着别样的美与和谐。几只山羊在刚刚返青的山坡，顽童一样地撒欢。

可能是地势的缘故，这里的春天来得早了许多，风很柔和，四处荡漾着温湿的泥土气息。

这里像极了江南。

古 寨

村落向东，沿着不规则的羊肠小路走，是一座古寨。

路很险要，古人说的畏途也不过如此，眼睛不敢往下看，只顾顺着崖根走，小路多风蚀的石砾，有些滑脚，走起来小腿不太听使唤。如临深渊，战战兢兢，说的就是这种感觉吧。

终于到了古寨，回望一下，并没有走多长的路。

这是一座突兀的土石结合的皋地，东临黄河，西边就是来路，南北都是深谷，少有草木生长，即使春天方至，衰草零落在石罅间，当风摇动；还有几株并不茂盛的柏树泛着青，在高崖上独自挺立。两股清泉分别从南北的山谷间泻下来，只是看不清全貌，却听得到水落深涧让人战栗的声响。

站在高处，可以极目南北，河面并不宽阔，水流平稳，这就是黄河的容颜了。从遥远的巴颜喀拉山山口出发，从几十万年前的远古出发到这里，既不像歌里的澎湃汹涌，也不像影视里看到的苍茫暴戾，在明媚的春天里，黄河温柔而从容。河流黄得纯，黄得宁静，黄得坦荡，如打磨过的阳关大道。站在这里，我几乎忘却了她就是梦中的黄河，忘却了她的母亲河的身份，也忘却了她和层层叠叠的神话典故的联系。

倾圮的古寨在春天的阳光下，孤独而萧索，尽管脚下的百草中尽显出了生命的势不可当。几孔冒了顶的石头砌成的窑洞和残破的围墙就是建筑的主体。除了杂草间散落的一些瓦石之外，再没有一丝人气，没有一张纸片，墙壁上也没有一个字样。

他们说这里曾经是百姓的避难所，当年村里人可以凭着表里山河的体势，来阻挡祸乱时期的兵匪。不错，这是一个一夫当关万夫莫开的好地界，这样说来，倒觉得这个破败不堪的古寨有了温热。

日头过午，我们返身赶赴不远的渡口去。就在回首的时候，同行的朋友突然呐喊起来。大家回头望去，终于在天空的深处看到了鹰的影子：一只孤鹰盘旋着，很小，但很矫健，像孤独的灵魂，在这空旷的天地划出一道神奇的弧线。

我们不会惊动它。

摆渡人家

在学生的指引下，我们顺着面对黄河的崎岖的山路直直地向下走，十多分钟后，来到黄河边。然而眼前的河流远非立于古寨看到的黄河。站在岸边，你才知道黄河是宽阔的，水流虽说不是太大，但分明可见波峰起伏相连的大气，听见的只有澎湃水波拍击岩石发出强烈的声响，脚下的沙岸在无声地震颤，河水在沉吟，对岸的山渐渐地向后退去，让人有些眩晕。

河水的颜色也不像远望的纯黄，水面漂浮着沿路的杂草，随着洪流奔向远方。刚认识了我们的老艄公说，这是桃花水，每年桃花开的时候，黄河就涨水了，船也就停摆了。

这让我们很是失望。

老艄公几年前在电视节目中被报道过，现在更老了。他是典型的当地人，敦实的身体，说话不太夹杂普通话口音，全是方言，听起来有唱歌的节奏。他说他的父亲是个老艄公，从小就在黄河边长大，水性好，一顿饭工夫能游到河东再返回来，还曾经救过不少落水人。他一边说一边在河边徘徊。后来呢？我们接着问。后来可能得罪了河神吧，有一年桃花水下来的时候，上游漂下来一根粗大的木头，他不顾别人的劝阻，竟然一跳跳上去，谁知道那是一条大蟒蛇，这样，就把他给带走了。

老艄公很健谈，我们递给他烟。他说有个兄弟水性比他还好，接了父亲的船，自己又不操心，晚上下山时摔坏了一条腿，就再也不干这行了。他装了一条假肢，在城里干钉鞋的活。他钉鞋老实，挣来的钱就塞进假肢的缝里，晚上回家后再取出来。走在路上总是叮叮当当地响，钱挣了多少他都能听出来。有一天晚上回家，他被几个不认识的人给卸了假肢，把钱全拿走了。老艄公说得有些伤心，我们也跟着难过。

东　渡

我们说这次来很遗憾，恰好遇上桃花水了，去不了河东了。

这时老艄公两眼来了神：“我可以帮你们过啊，河水现在还没有涨到最高的时候。”他很坚决，我们反倒后悔了，生怕发生什么山高水低的意外。

最后还是达成了一致，怕什么，拿出当年黄河保卫战的精神来！我们上了船，老艄公脱去上衣和鞋子，露出一身亚洲铜的颜色，和这沙这水便融为一体了。说话间船已经到了中流，浪很大，可以把船送得很高，然后船又跌入低谷，我们就随着船的起落向对岸挪动。随着老艄公一声“抓好了”，每个人都死死地抓住船舷。他吼起了大家都听不清也听不懂的歌，大家跟着他的节奏喊出声来，恐惧感在这有点豪迈的喊声中渐渐缓解了。

说真的，船到中流，你方才知道这河之广之险，四面全是声响，木船在波浪的峰谷间如同一根苇草。人的渺小、天地之大，你在这时候能感受得真真切切。河风把衣袖吹得鼓起来，无法表达的感觉。在这里，很多名词的含义，需要重新界定。

老艄公把着舵，浑身的每一块肌肉都在发力，包括每一声嘶吼，都在全力以赴。他从容却不松懈，自信又不失谨慎，如同狮子捉象。

船沿着斜线向东南方向的东岸靠近了，我们方才松了一口气。

河流与哲学

河流，是滋生哲学的土地。

黄河，这个千古不易的名称，养育了生命本身，同时也在川流不息中打开了人思想的门闩。或者说她本身就是一位思想者，她激浊扬清，大浪淘沙，融智慧与活力于一体。逝者如斯，最能映照宇宙沧桑，揭示宇宙永恒而生命不息的本源面目。茫茫彼岸，也像闪烁着生命理想，指引着也藏匿着无数的追求者。

渔樵之人也是哲人，他们的哲学是朴素的。看惯了秋月春风之后，他们可能也有历史虚无的感叹，但不能以言语表达。感悟历史的虚无是所有人都要走的路，之后就会分道扬镳。

当一个人的生命融入空间和时间，他本身就有了哲学意义，同时也有了智慧，沿着河流和阳光走，也沿着生命的绵延不绝走。他是永恒宇宙、永恒哲学的一个生的力量，就像文明灰堆里的一簇火苗。

青山依旧在，几度夕阳红。请不要再为大尺度下的悲剧而叹息，这悲悯之中正显出了生命的意义在于被青山和夕阳见证，或者说生如夏花方能死后被托体于青山，我们不就是这生生不息力量的一部分呀！

山水间的摆渡人，和这渡口停泊的驳船，他们也许还是不息河流中的浪花一朵。

谁谓河广

站在黄河辽阔的峡谷中，天空异常苍茫，两岸岩崖高峙，云起花开的山脚下，掩映着几个小村。

老艄公把我们带到一个石头围墙的小院，出来迎接我们的先是一只黑色的小狗，没等它龇牙咧嘴，就从屋里走出一个穿花色衣服的姑娘，小狗便很不自在地躲到一边去了。我们知道这是小院真正的主人，她安排大家坐在屋外的石桌前，自己准备茶水去了。姑娘是老艄公的外孙女，她母亲去世得早，父亲前些年出了远门后再也没有回家，听说又续了弦，于是，她只能自己一个人住在离村子不远的这里。老艄公告诉我们，她人可怜，相中了村子里的一个很精干的小伙子，三年前这个时候吧，小伙子坐船去了河西，一去就再也没有音信。他这外孙女一门心思全在这个小伙子身上了，还容不得别人说他是负心汉。“唉，她太倔，没办法，性格随了年轻时候的我啊。”老艄公叹气，我们也跟着叹气。

姑娘人很利落，穿着一件花衣，好似亭亭的树上落满了蝴蝶。人们说，花衣是农家的衣服，显俗，一般是不敢穿在身上的。而我以为，服装的妍媸取决于人，就像姑娘吧，倒是显得落落大方，加之她的刚强中的若有所思，显得多了几分雅致和神采。

不知道姑娘叫什么名字，在这个大地上也许知晓的人不多了，包括三年前出走的那个人，也许已经把她给忘了。

天色将暗，河风渐起，老艄公催我们上船。姑娘叮嘱我们，帮她打听一下那个人，我们竟然应了下来，挺不自信的。

《诗经》里有“谁谓河广，一苇杭之”的句子，怕是合于姑娘执着的思念吧。船开了，在河流的中央，回头一望，姑娘那花色的衣裳依旧在沙岸上飘动，像黄色河流上一道彩色的阳光。

游无名溪记

丁酉季春廿日，与呼延驾车出东门。时夜雨初歇，烟霭始散，至东十里，山川之秀美、天地之晴和方始显现。于是，过小桥，经柳堤，然后西折入川。

虽地势稍狭，道路犹然平坦。人烟渐稀，而山色尤佳，时已过午，犹觉清气拂面。夹岸阴阳相映，两山植柳种桐，日色疏漏而鸟鸣上下，又有桃李妖娆其间，或披拂或葳蕤，颜色参差。鸭知水暖，嬉于碧溪之上；新燕啄泥，濯足清流无声。

此溪无名，予以为无名之溪，流水因谷取形，蜿蜒迤逦，平阔处水波乍明，水藻游丝浅浮于砥。经桥而过，则微闻水声潺潺。

有瀑，下多有潭。循声前望，果有素水击石，哗哗然泻入岩下。有潭焉，其色如翠，水平如镜。有蛙声轻柔，相为回答。山色堤柳倒影，风过皱波，顿生几多趣味。

余与呼延临溪良久，然游兴未足。于是溯流而上，欲穷其源，而村人语余，源头有十里桃花，于今竟无人知其踪。

方知神秀藏于造化，亦存于世间胸臆，岂独耳闻目见而为足乎！

罗山的阳光

罗山人的脾气暴躁，辣子辣得出名，这在很大程度可能和罗山的日头毒有关。夏日正午，去登山或者穿过小镇，在这半石半土的山脊上，分明能嗅到土石被头顶毒毒的日头炙烤的焦味。路旁三五棵被玻璃刻画得面目狰狞的白杨，叶子早被晒蔫了，它们一定恨树根扎得太深，要不然一定会逃离到北方更北的地方。这里没有一只鸟，没有一只麻雀或者燕子发声，更别说飞渡近于死亡的罗山。再凶的白色和黑色的狗，都会觅一处阴凉，在那里尴尬地吐舌，急促地哈气。

当午，村落安静，像是在和土地一起酣睡，静静地等待日头西斜。

居高临下的罗山小镇是一只半酣的大鸟，斜倚在山的西南壁。镇政府的大门半开着，院内停放着几辆释放废汽油味和轮胎胶皮味的汽车。工休一体的窑洞的门帘落起来，屋内就传出高低不匀的鼾声，这声音把偷空光顾的一只狸猫着实吓了一跳，这个不速之客似乎觉得自己的造访不受欢迎，于是掉头就跑，幽灵一般飞出大门，才远远地回转身省察它的冒失。

不足两百米长的街道在供销社门前拐成一个角，这里算是最繁华的地段。两边开着六七家百货商店，店主人此时也很无聊，曲着胳膊搓着汗津津的胸背，以此打发这一段“鸡肋”时间。对面的一位拿着蝇拍，下狠手驱赶马达功率很大的绿头苍蝇，不时传出不堪的叫骂声和货品滚落的声音。

街面的瓦房高矮相差无几，一溜儿蜿蜒向西，瓦缝间借着连阴雨长出几棵狗尾巴草，早被这正午阳光晒得失去了颜色，无奈地苟延残喘着。

终于有了较大的动静，城里的那趟班车还是出现了。它从山后的陡坡摇摇晃晃地下来，灰头土脸的，却一抖精神，面对空空如也的街面发出长长的嘶叫，声音一直延绵到小医院里那个平时固定停车的地方。像下饺子似的，从车上下来十几个人，有的背着比自己身量还大的包裹，牵着还有些睡意的娃娃，一边走一边还在咒天骂地。

车主似乎跟镇上的人都熟，说话振振有词，收了车费，漫不经心地将行李架上的行李拎起来，随手抛到乘客的怀里。

20年前的一个夏日，在这里，发生过一个和这趟班车有关的故事，那是个关于爱情的约定，后来因为班车没有鸣笛，坐车的人和等车的人也因此失之交臂，从而推迟了约期，最终酿成了这段感情的曲折，也成就了一段难忘的旧事。

当然，制造这个曲折故事的还有罗山的阳光。

走进翠屏

其实翠屏只是坐落于陕北高原的、被天雨切割最终凸显的千万个山峁中的一座。只不过有几丛灌木、几株松柏、几百个逶迤的直通绝顶的石阶，以及缘石阶而建的较为古典的凉亭、庙宇，但也因此多了人迹。孟春以后，秀色可餐的小山，便成了隔河相望的小城人的一半的梦寐。

小城的人们无须远涉名山大川，稍借小半日就可以拾级而上，这是一次经济的旅游。

翠屏北坡似绿屏，斜倚于七八十度的山体上。山下是弯曲流过的延河，经年累月流淌，将山体冲刷成耸然的弧形石壁。这样，山的绿可以淋漓尽致地将水色涂抹；流动的水，用它锲而不舍的精神，专注于对山石的爱抚。山水相映，动静结合，水光山色在这里形成了和谐。

山间有几处曲径通幽，两旁灌木交柯，不知名的鸟在这里忽起忽落，在春日，此地便是体会“鸟鸣山更幽”的最佳处所。因为山间少有花树，于是，秋日的风景或许更胜，几丛灌木点缀一两株乔木，在红绿相间的灌木叶的映衬下，赤霞似的乔木叶，更显出几分可以兴起热情的韵味。

虽然翠屏不是画廊，不是标本，人工的成分也可算是点缀，但翠屏那春的柳树披拂、摇曳参差，夏的翠色欲滴、鸣声上下，秋的层林尽染、幽深清静，冬的林海雪寒、静穆悠远，构成了翠屏的盎然多姿，以及小巧玲珑又内涵丰富的底蕴。

登山未必临于绝顶，亦未必循于人迹，在幽僻处听几声鸟鸣，在山腰处俯瞰匆忙的人流，甚至可以驻足遐思，可以思接千载，与古人一起因造化之妙而吟咏。

登山可以看日出，但需要一份闲情。

黄河雾

汽车缘山而上，我们要去观山景。

一路的颠簸，一路的光景与秋气，抖落消释着积淤的俗尘。有人哼起了当地的民歌调子。此刻，每一个人都有脱笼之鹄的感受，在还没有抵达山顶的时刻，仿佛才有这种冲动，内心氤氲的是一种莫名的冲动和期待。

路遇一个荷锄农人，沟壑纵横的脸上依然荡漾着一份自在安详。他吆喝着羊群欲向深林而去。农人告诉问路的朋友："快点走吧，慢了就赶不上了。"农人不回头，歌声高亢，羊群已经像一片云，飘远了。

农人答非所问，留下了悬疑，我们加快了迷茫的脚步。

当我们临于山之绝顶，环望四野的时候才发现，哦，今晨有雾，黄河雾。在我们脚下三四十里地，向东是奔腾的黄河；向南则是潺潺的延河，当地人叫"小河"，它婉转萦纡，汇入黄河的浊流。有水之处才生云雾，昨夜骤雨，今晨日升时自然有雾了。

我们马不停蹄而来的观山心情全被晨的薄凉浸湿了。

那雾起初如白线，形断意连在沟壑之间，勾勒着山水的形势。而几乎在转眼之间，骤然如银龙升腾，在翻腾、滚动，在愤怒，似乎要摆脱苍冷生硬的峡谷的束缚，没有丝毫妥协与退让，上升、蔓延、覆盖，在我们目不暇接中，便完成了一次神奇的转变。几处远峙的山也不再雄伟傲慢，反倒有了一种仙风道骨的神气。此外，全是雾弥漫了的高原村落，如林的梯田，土地的斑斓，甚至牛嘶马鸣、鸡鸣狗吠，都被淹没，只能凭借想象了。无比刺眼，如李白的“月下飞天镜”。那种映于水中所见的月光与鳞波的变相辉映的耀目，比起这黄河雾的白亮来，湿润了许多。仿佛有多少水珠就有多少个太阳，眼睛都睁不开，呼吸也几乎屏住。

我才想到，生活在这里的百姓是幸运的。他们的生命在劳累中有这雾的抚慰；他们的歌喉因浸润了天地这份灵动秀逸，定会创造出近乎天籁的歌曲。那种创造粮食和艺术的真诚便不见了尘埃，这雾的洁白早已将污垢涤荡得一尘不染，这是一种天然的生成和雕饰，如璞玉一样清新脱俗，却美妙绝伦。

古人对好山好水的玄之又玄的解读是：“知者乐水，仁者乐山。知者动，仁者静；知者乐，仁者寿。”我喜欢伫立水边观赏水的奔腾不息，也喜欢水中的山月光景。水是无形的，然而日之温寒，可使之为霰为冰，亦可羽化般为雾为云。

坚守的峡谷与坚实的河床，应一川灵动之物都东逝入海。而雾呢，又张扬于其不受羁绊的自然之性，敢于拔离大地，逍遥天际。人类应具有山水的秉性：坚守好山好峡谷者，承担着理想和底线，引领前行；灵动如水者，顺其自然，给这世界增添绚烂色彩。其如鸟入山林、兽归岩穴，使其自得其乐，生命才蓬蓬勃勃。

雾已散尽，山原一望，更加郁郁葱葱，一条黝黝的道路在我们面前缩短又延伸。

中山林书序

延水之阳，有山焉，谓之南山；山阴有林，曰中山林。

中山林亦谓之翠屏，因近代战火涂炭，凡毁坏者再。乔木尽为焚斫，唯余灌木次生，为榛荆。每至春初，桃李先自妖艳，缀乎青山之间，其美如笑，其香也淡。暮春时节，则满山披翠，有鸟如雀，跳跃鸣翠。缘阶而上，山色如画如屏，此则山名之由来也。

石阶左右置栏杆，缘山脊盘曲而上，途中阴阳交互，亭台上下各一，可吹风，可小憩，可观翠屏之丽，可听延水之声。凭栏北望，一水过城，水波潋滟，两岸楼宇林立，栋梁纵横，尽是延水人家。

山顶有新造道观，当地人张氏招地方良善之士，募而修之，青砖黄瓦，烟斜雾横，掩映于青翠之间。每至春令秋节，香火尤盛，便有善男信女结伴前往，求多子多福、老少康宁。

中山林并非山名，乃特为山阴之翠屏而取。缘山阴道西向至一平阔处，是谓二天门，林中竖一斜碑，几欲仆地，其上文字因风蚀水渍，皆不可辨。而林下之面河岩壁所书“中山林”楷书，虽有剥落，其色朱红，犹可辨识，然需移步对岸方可为观。三字者，乃乾隆常用馆阁榜书体，厚重雄壮，气势恢宏。阅地方史志，知有延长名士朱幼康者，于民国十六年（1927）书并刻之，以中山先生山崩两年而作，字大如斗。旁有附诗，曰“青山不老人始在，红树皆因血染成”。至今整九十载。

如此，造化之奇，人文之秀，皆在翠屏、赤字、苍崖、绿水间，彼此相得益彰，为地方一胜境也。

余常与友偕而游，其间有诗有酒，有歌伴于途，曾不觉有厌耳！

官　道

从官道村下去，就是黄河古渡马头关。先说那个桥头堡般的村落，就像小蒜头戴了顶大帽子。纽扣大小的村子被冠以如此人见人爱的名字，真真有些大而无当，但再看去，它身处秦晋两省的通衢大道口，踞于入京的水路要津上，凭借得天独厚的地理优势，应该不算辱没这个名字吧。

在没有古渡和大桥的岁月，官道村俨然就是个隐士，后来宁静而又紧闭的柴扉还是被虔诚的不速之客们急切地叩开，这意味着在这吉祥如意的村名下面，应该埋藏着某种不可言喻的神秘力量，它会因为人的亲民被赋予一种神圣和责任，上天会降大任于斯。即使这样，官道，还是一个相对封闭的小地方。

官道其实还有一层意思，即为官之道，也就是儒家之正道，匡扶社稷，安抚黎民，使民免于灾祸，或如孟子所言养民育民。

官道之官，亦有公家的意思。私下以为，这才是题名者之本意，官道即大道。有些人就是要曲解为做官人之道，亦不谬哉！明明是天下人皆可走的大路，怎么就狭隘到如此不堪呢？这倒不由得让人想到当地一父母官的逸事，官道下游50里处一村，名唤“天尽头”，是延河汇入黄河处的村落。一日，某官员巡游至此，听闻村名“天尽头”有无路可走之意，于官之升迁有碍，于是灵机一动，竟改其名为“添劲头”，村民敢怒而不敢言，只能称其为神来之笔。两村名高下雅俗其实显见，村民心知肚明，却架不住此“父母官”的权势，即日便动土立碑。不久便也成为一方之笑谈。

官道村美而民风淳朴，宁静而古老。春初桃花早开，花带雨露，天气澄和，有一派小江南的气象；夏日秦晋两岸，岩崖流翠，黄河满溢，雨后白雾升腾翻滚，自有万千气象，更有布谷啁啾鸣啭，农人和船夫的号子应和，生气满川；秋风刚过，黄河上空有苍鹰击空，徐徐盘旋，或剪掠于谷峰之间，傲视蓝天与闲云，划出萧瑟天地间最后一道苍凉的弧线；冬日初升，万山负雪，冰卧塞川，鸟兽绝灭，山民藏在室内，翘首等待冰雪融化，等待那个年初热闹非凡的庙会，迎接下一个温暖和煦、姹紫嫣红的春天。这个季节，是官道村最安静、最安然祥和的季节。

官道村是黄河边上古老村落的缩影。在这里，原有的学校由于生源稀少而被撤并，却成了鸟雀的安乐窝，房檐走廊都有鸟雀的窝巢，却看不到红旗的色彩，听不到嘹亮的国歌在晨曦初露之时的那份庄严肃穆，也听不到孩子们抑扬顿挫的琅琅读书声和悦耳动听的歌声。

我只是一个过客，在秋天，告别这里到黄河峡谷去。

寂寞狼神山

经西风侵掠后的陕北高原，就像陷落的城池，或像一部繁华剧的落幕。狼神山是这城池的一隅。

地处黄河西岸的狼神山，到了深秋，如果你是匆匆过客或者回乡游子经过，寂寞不经意间就会袭上你的心头。你翻几页清初的县志，会看见一首五律，是一位清初举人所作：

地避容吾拙，人归任我游。
浮云过岁月，古寺老松楸。
野鸟联红翅，山云尽白头。
黄河常在眼，终日散乡愁。

你的心境应该也是如诗这样的，虽然你眼前的景色美丽如画。

狼神山本是寨子，古时曾有庙宇，香火很盛，“每岁中秋节，迎神赛会，演戏酬神，已有年矣”。而今，乡民多背井离乡到繁华城市，虽则中秋还有演戏酬神的大会，但规模到底差了许多。民国时期，又修新学校，时称宜川第二高级小学，走出几多风云人物，一时教育大兴，后辈英才遍地。狼神寨一度成为当地人的荣耀。如今，历史烟云散尽，半石半土的狼神山，古旧的戏台旁，秋菊花空自开放，荒草在秋风中沙沙作响。

这是一座失落的城池。时间的风毫不留情，把秋的主题不断深化。老戏台旁的几棵白杨，树下落叶堆积，树枝刺破天空，像城楼上悲壮的巨旄。

北风来了，像密齿的梳子。于是深秋的大地上，一部分要逃亡，一部分要埋葬，一部分要坚守。就是最耐寒的秋菊，也逃不过寒风的肃杀。高飞的大雁，也要在真正的寒流到来之前，结伴南行。你走过狼神山下，那里有稀稀拉拉的大小村落，你从一个村落的高槐下路过，分明听得到大风掠过时枝柯的碰撞。抬头仰望，疏落的树冠上，自高空落下残枝和鸦雀的飞羽，而树的根部在震颤。你感叹这断壁残垣又风骨犹存的城，是一部困兽犹斗、惊心动魄的章回小说。一棵矗立在寒风中的树，在这个季节收尾的时候，也许人们要从它身上听到和风，找到春的信息，可是，冬日漫长，它注定要在寂寞中坚守。

两次寒流过后，冬天的脚步急促。你从山脚的冰河走过，你看到崖间玉柱擎空般的冰挂，那是水滴无心凝固堆积。细流本可以从从容容汇入脚下的溪水，却因为风的刻刀的挽留和凿铸，成为这寂寞幽谷中美轮美奂的天然雕像。水呀，是自然中的智者，它可以为冰为雪为雾为云为霰，可以为泉为溪为瀑为湖为海，它因时因势而动，随方就圆，扬厉与隐忍最是从容。就这眼前峭立着的水的姿容，只是它万种风情之一种，而你又知道它是怎样默默地形成如此秀美的呢?

假如你要感受狼神山的寂寞，那好吧，咱们继续向季节的深处走。如果你回乡，正值傍晚，天气阴沉，穿小镇而过，昏黄的灯光神神秘秘，谈话隐隐约约，它闪烁着一丝温暖，给人希冀。曾经在这里居住了十年的我，大多数时间是在等待中走过，像是生命的滞留和搁浅。心绪如同福楼拜的爱玛和他弟子莫泊桑的玛蒂尔德一般无聊不安，常常像等待一场小小的酒会，一次邂逅，一封远方朋友的来信。

的确，蛰居黄河延河形成的高原一隅，自然地理决定了生命的状态。无奈的是，没有什么可以打破这样的一成不变。

那些年的冬天，我倒是常常盼望一次降雪。当然你也会像我一样，以为雪像朋友、酒，还有爱情一样可以改变生活的状态，或者长久或者短暂，让你我的心灵暂且抽离沉闷和黯然。

那个离家的夜里，我在和当地的朋友把酒言欢之后，沉沉地睡在小镇的窑洞里。

晨起，看窗棂，积着一层圆晕的白，注视窗户纸的破洞，你看到了雪的颜色。推开门，眼睛有些受不了。于是裹了大衣朝山上走。山路很陡，却不滑脚，雪太厚了，埋住了脚，拨动裤管沙沙地响，把孤独的声音发出来。站在山顶，阳光照过来，在雪地上印上一个孤影。

远望去，看到的是无边的广漠。你发现了自己的小，如白沙洲上的孤鸿。雪并不能使你内心宁静，而是让你和远方更远，就这样白茫茫地铺张了去，把随风滚动的腐叶掩埋，把野兔和鸟雀盖住，甚至把人迹覆盖。雪是个侵略者，它让死寂蔓延，即使峡谷上空的鹰翅也不再盘桓。只有风，在树杈间留下呜咽，似乎进行一场生离死别。

山腰的路上，有驴车向着小镇的方向艰难蠕动。伴随清脆的响鼻和车夫不尖厉的吆喝，一路摇晃身影，隐没在瓦肆后面，留下直而短的雾气。

凹凸不平的街面上，两边铁皮橱窗和木栏窗很晚才卸下来，店主在和蹒跚路过的“皮帽子”或“红头巾”打着招呼。一天一趟的班车像一匹走累的马，安详地闭目养神，它的主人应该早已经躲进哪个小酒馆里喝小酒去了吧。车是红色的，成了小镇雪后唯一的暖色。

因为雪，也许又要延误一次并不遥远的征途，或一段腊月里的姻缘。这一缕暖色显得那样苍白，不能给滞留的人们带来任何希望。可是谁也阻挡不住一个远行者的脚步。

走过狼神山，你知道，那些离家的人也许还会回来，但没有了激动；他们的子孙也许还会回来，但已经十分陌生。所有的村落都没有了学校，你在这里听不到歌声了。没有了书声和歌声的土地，显得那样荒凉。

这，是真正的寂寞。

延河早春

在延河下游跋涉，才知道这条高原河流算得上是古老的了。延河的中上游我常常路过，但见那河面平坦而宽阔，水流清澈而平静，像一个温顺清丽的女子，倒映着高原秃圆的山，以及山体上色泽各异、参差错落的乔木灌木，还有树木簇生间的窑洞人家。于是这里的延河因为敞亮，因为有村落和人家的存在，便显得有活力而青春，甚至走进历史纵深，走向红色岁月，走向抗击西夏和北方诸胡的北宋，那沿途的窑洞的灯光，塔身下的碑刻，都让人觉得那些个时代并不遥远。当人们还能感受到一片土地的历史荣耀的时候，这片土地和淌过的河流，依然是那样年轻。

这种年轻和活力在下游的延河是感受不到的，随着水量的增加，海拔的骤降，河道的狭窄崎岖，站在几乎没有道路的河岸，很难相信脚下流过的就是延河。

正是早春，南北两边高峻的山峰下面，一条刚刚融化的冰河汹涌着，河槽满溢而浩荡，像暴戾的野兽，发出令人惊骇的回声，向不远的黄河奔腾而去。

河流的北山上，几处山坳的零落的桃花迎着寒风开放，在无人光顾的荒野独自娇艳。近旁的白色的衰草，似乎被这个春天遗忘，不急不躁地停留在颓圮的古寨下，面无血色。

初春的陕北高原上，阳坡处备受日光的青睐，于是显得格外明亮，让人感到时光在这里凝滞。但风还是冷的，陪伴这被窝一样的阳坡的，只有身下偶尔从崖顶飞动上升的鹰隼，和对岸崖壁高悬的冰挂。

延河南岸，最耀眼的不是含苞待放的瑟瑟却勇敢的迎春花，而是苍色高崖上映出冷光的冰挂，像一组组群体雕像，等待一阵又一阵东风的刮割，然后形容枯槁乃至坠落，或者这群体的雕像被季节暂且收藏。不管怎样，这些冰挂是自然的伟大作品，很有节奏地在岁月的宁静中一期又一期展出。

下游一带，河流的切割力量陡然显现，两岸连绵不绝的山如对峙的城墙，仰望犹如造化的斧斫劈而成。在初春，它们色彩晦明相映，冬寒犹在，它们却蒸蒸日上。

继续向东走，拄着拐杖，趔趄着身子，朝着并不遥远的黄河挪动。累了，抬起头，峭壁的罅隙间，并不多的几株苍松伸出弯曲有力的虬枝，倾听河流裂岸的浑厚的吼声，这时，觉得脚步有力了许多。

我们在延河下游跋涉了两天，第一天晚上住在山上的一个村户家里，户主老头姓孙，肚子里有讲不完的关于延河下游还有更东边的黄河的故事。他的父亲曾经参加过20世纪30年代末的黄河保卫战，在延河入黄处，河防警备队用黄土高原青色的石头筑起牢固的碉堡，凭着黄河天险，把渡至一半的日本兵打得鬼哭狼嚎，丢下80多具尸体仓皇逃回。他的父亲已经去世多年了，活着的时候，常常上溯到延河上面去，祭奠黄河保卫战中牺牲的战友，直到去世。

第二天我们来到黄河边，看过那黄色的河流、滩涂卓立的巨石之后，又迎着潮湿寒冷的河风，终于在西岸陡峭的石壁上，找到了当年的碉堡，绿苔裸露的地方依稀留着焦黄的弹痕。这静穆的壁垒把我们的思绪引向80多年前的那次激烈的河防战役，眼前的碉堡，山下乱石矗立的滩涂，一时成了打击倭寇的战场，那枪炮在秦晋高原的河谷间的轰响声，似乎还在我们耳畔盘旋……这是黄土地的儿女、河流的儿女为保卫家园发出的愤怒的声音。

我们小心翼翼地走，在感受先辈们不屈不挠的伟大斗争精神的同时，也深深地感叹高原河流生命的硬度，知道眼前流淌的是一条倔强的河流，在这里，汇入了东方最伟大的河。

人物

霍金之谜

2018年3月14日在办公室，从新闻上得知霍金先生去世的消息，享年76岁。我说，霍金走了。正在修电脑的工作人员说，呀，老霍才来几天么，去哪儿了？

霍金去哪儿了？他在世间是个创造谜题的人，死后他会去哪儿呢？他即使站在上帝面前，也能展现人类精英的一面，依然可以随意竖立起一道写满问号的墙壁。不得不说，他是一个伟大的人，死后依然是。

大家都知道，我要写的人是世界物理学史上继爱因斯坦之后最著名的物理学家——史蒂芬·霍金。他在凡俗世界里留下了谜，也可以称之为传奇，而在学术领域留下的“传奇”用文学上的语言来归纳是远远不够的，甚至“伟大”都有些概括不了。所以从这个意义上讲，霍金先生的离去，一定不是某个领域的损失那么简单，他的去世掀动的是宇宙河汉的巨波和太阳风。

他构筑的宇宙图案在我们看来和他本人一样邈远，因为他们同样无所至极，他所创建的黑洞理论也许在21世纪乃至几个世纪以后仍难以得成实证，可见这是需要仰望的巉岩般的高难度。他说过“哲学已经死亡”，当人类最高智慧的哲学跟不上科学的步伐的时候，当哲学已经不能理解科学的妙门的时候，这个高度更不是一般知识分子绞尽脑汁所能有的千虑一得。我们在惊叹之余，也为人类哲学家几千年书写的哲学捏一把汗。

史蒂芬·霍金诞生于1942年二战中的英国，这个天之骄子在少年时代，并没有显示出天才的禀赋，直至进入牛津、剑桥大学才初露峥嵘。不过正像他后来所说的“身体与精神不能同时残缺”侧面反映的那样——宇宙不允许完美。21岁，刚过中国人定义的弱冠之年，他却罹患一种肌肉萎缩性侧索硬化症，即全身肌肉萎缩（1963年，霍金的身体出现了渐冻症的症状，尚未确诊），可又无药可治，医生曾诊断他只能活两到三年，然后会因肺炎和呼吸肌肉失效导致窒息死亡。

此时离他在剑桥大学读宇宙学毕业还有两年时间，两年后，他留校进行研究工作。

我现在要说的是，他能够活过医生预测宇宙留给他的两年的界限，已经被医学界视为奇迹，而他把这个奇迹延续到了这个数字的20倍之多。他是一个在轮椅上坐了50年的人，并且凭借红外传感器把石破天惊般的研究宇宙的信息传递给这个不大的星球。也许科学家就是预言家，他的渐冻的身体里已经有了预言。不然，他的病魔缠身的躯体如何撑着，让一个大脑进行异常敏锐的思考，让一个思想异常深邃的人活到2018年，而且中间不乏出现肺炎和呼吸肌肉失效等严重危机？也许是大脑的异常活跃，如同火山的不间歇喷发，让山脚依旧四季如春，不至于白雪皑皑。没有解释，那就是一个谜。最大胆的猜测莫过于，可能宇宙早就给他制定了一套能够让他基本生存，并且保持大脑高效运转的大规划，让他拥有相当于目前地球人平均寿命的生命指针……而这些都是与他的乐观幽默相匹配的设计。

他的情商和智商是相匹配的。他与简的爱情正和他的幽默乐观有关。乐观可以获得玫瑰，也延伸了生命。姑妄言之。

《霍金演讲录——黑洞、婴儿宇宙及其他》是他的宇宙理论的集子。作为演讲，比起真正的学术著作，自然显得浅显许多，这样，反倒更能展示他幽默风趣的语言艺术。在《宇宙的未来》里，他揭示那些为世界末日设定日期的预言家在屡次失败后为自己找借口解释的行为："1844年是第二次回归的开始，但是首先要数出获救者名单。只有数完了名单，审判日才降临到那些不列在名单之上的人。幸运的是，数人名看来要花很长的时间。"结尾还说："所以我正是继承那些巫师和预言者的良好传统，两方下赌注，以保万无一失。"后面的结论，是因为他通过计算平滑之外的暗物质来计算宇宙的密度，进而推得宇宙最终的坍缩决定于一个临界值，这个初始密度有两种选取：一是人择原理，一是暴胀理论。因两个概念的抽象，而笔者的水平所限，恕不赘述。

他是幽默的，丝毫不影响他的严谨务实的科学家本色。

他的《时间简史》一书成于1988年，也是一本天体物理科普类的书。但千万不要被"科普类"几个字诱惑，因为它同样是普通读者难以读懂的书。有人说世界上能读完前三页的人，都没有几个。这本书出售1000万册，霍金坦言，这个小册子是为赚钱而来，动机之俗也没有影响书的精致和在全球范围内对宇宙知识的推广普及。

霍金主要的贡献是，在1979年至2009年的30年时间里，主要研究宇宙论和黑洞，证明了广义相对论的奇性定理和黑洞面积定理，提出了黑洞蒸发理论和无边界的霍金宇宙模型，在统一20世纪物理学的两大基础理论——爱因斯坦创立的相对论和普朗克创立的量子力学方面走出了重要一步。

史蒂芬·霍金认为他一生的贡献是在经典物理的框架里，证明了黑洞和大爆炸奇点的不可避免性，黑洞越变越大；但在量子物理的框架里，他指出，黑洞因辐射而越变越小，大爆炸的奇点不断被量子效应所抹平，而且整个宇宙空间正是起始于此。

史蒂芬·霍金的生命是个谜，他研究的宇宙和黑洞是个谜，他异常弱的躯体却支撑着一个深奥的大脑，看似垂头丧气的他竟然有一颗乐观的心脏，这个谜的分量也不轻。他这个无神论者认为宗教才有奇迹，而科学与奇迹不能共存。他在崇尚科学的同时，却创造了连上帝都应该惊叹的奇迹。

不得不说，史蒂芬·霍金是理论物理上的巨人，而令他难解的谜是女人，在接受记者采访时，他说："女人，她们是个彻底的谜。"在这方面，他花费的时间最多，这真让他为难。

吾爱孟夫子

孟氏名人第一人应该是战国中叶的孟子；第二呢，应该数得上孟浩然了；还有一个五代乱世在蜀国称王的二世后蜀国王孟昶，可惜做了宋太祖的阶下囚，后因懊悔而猝亡，他颇似和他同时代的南唐后主李煜，有才华，还写了中国第一副对联“新年纳余庆　嘉节号长春”，可见他是个不折不扣的文人。把这三个人放在一起说事真是有些意思。孟子说自己是王者师，于是好冒天下之大不韪，得罪于王、藐视于王，他见梁襄王，敢于直截了当地说梁襄王“望之不似人君，就之而不见所畏焉”，可谓前无古人后无来者。因为即使三国“建安七子”之一的陈琳，最后还是被曹操招安，从此没了主张。孟子是知识分子独立人格的代表，他把自己的才华发挥到了极致。活得精彩，活得洒脱。

孟浩然是湖北襄阳人，比李白年纪大一轮。因为孟的诗歌出名早，所以李还是孟的粉丝，对他充满崇敬，并且为此写了一首《赠孟浩然》：

吾爱孟夫子，风流天下闻。
红颜弃轩冕，白首卧松云。
醉月频中圣，迷花不事君。

高山安可仰，徒此揖清芬。

还未成为唐玄宗文学侍从的李白，绝不低眉顺眼地以丧失人格为代价来获得进入官场的机会，晋升后又不畏权贵。这样的李白偏偏对一辈子只做了几天张九龄幕僚的一介布衣崇敬如此，这个孟夫子就不寻常了。

唐朝的知识分子不全靠科举得官，他们还有一条入仕的道路，那就是广交权贵朋友，混个名气，而后被朝廷赏识录用。唐睿宗（唐玄宗的父亲）时期，有个叫韩朝宗的人，在朝中做过左拾遗，他在当时是最受读书人仰慕的人，原因是韩朝宗任官时喜欢提拔后进，李白曾有语："生不用封万户侯，但愿一识韩荆州。"当时的大诗人李白曾写下举世闻名的篇章《与韩荆州书》，就是希望得到他的举荐。韩朝宗推举过严武（杜甫的朋友），严武后来做过剑南节度使，颇有战功。孟浩然曾是幸运的，他认识了这个人。世间有一样东西叫作酒，曹操为它取了一个别名叫作"中圣"，这个中圣结了多少情缘，酿了几多悲剧，可以说车载斗量，反正这一次，孟浩然就是栽在酒上面了。唐玄宗时期，时任采访使的韩朝宗邀孟浩然一起到京城，打算在朝堂上推荐他。正巧孟浩然家里有老朋友来，喝酒喝到非常高兴的时候，有人提醒孟浩然说他与韩先生有约定。孟浩然斥责说，已经喝酒了，哪有时间管他！最终没有赴约。韩朝宗大怒，孟浩然依然不为所动。这就是李白诗中所说的"醉月频中圣"吧！爱酒之人，谁能对他有办法呢？

酒化入肠，醉态不一。猴子的醉，无非闹得更欢，或憨态可掬，再不会有什么新的超越。人可是不同，酒可以让一辈子汲汲于功名富贵的人，视其如粪土，视将相王侯如走卒。酒让人暂且忘却万古烦忧，得到了一时的快意。某种意义上，酒是失意者的麻药——不，是良药。

孟浩然一生除了游历求官，就是隐居，后者也可作为第三种做官的途径吧。其实这些做法的本意是一致的，我们知道的所谓"终南捷径"，就是避开科举，隐居距离国都长安不远的终南山，欲盖弥彰式地让自己晃悠在天子的眼皮底下。可是，孟浩然如此这般并没有叫醒帝阍，最后无疾而终。更年轻的时候，他曾一度隐居在老家襄阳东南的鹿门，虽说出世，却已名布海内。

他出生于公元689年，40岁的时候到长安，曾在太学作诗，在场的人都搁笔伏案，对他敬佩有加。传说有一次王维请他到工作的地方做客，不巧的是，唐玄宗正好幸临，情急之下，孟浩然躲进王维的床底下，王维出于不敢欺君的原因，就如实说明了情况，孟浩然很是怖惧，也很尴尬。《新唐书·孟浩然传》是这样记述的："维私邀入内署，俄而玄宗至，浩然匿床下，维以实对，帝喜曰：'朕闻其人而未见也，何惧而匿？'诏浩然出。帝问其诗，浩然再拜，自诵所为，至'不才明主弃'之句，帝曰：'卿不求仕，而朕未尝弃卿，奈何诬我？'因放还。"

皇帝见到孟浩然很高兴，并让他赋诗，他把自己的《岁暮归南山》吟诵给玄宗：

北阙休上书，南山归敝庐。
不才明主弃，多病故人疏。
白发催年老，青阳逼岁除。
永怀愁不寐，松月夜窗虚。

诗是好诗，就是不合时宜，一句"不才明主弃"，就让眼前这个帝王脸色一变：你这分明是抹黑朕嘛，你自己不上心，倒怪朕不识人才，真是笑话！于是很快，孟浩然便被放回老家。

这件事发生在韩朝宗盛邀之前。其实，这个孟山人在王维官署事件以后，并没有对在庙堂为官漠不关心，可谓身在江湖，心在魏阙。再说举荐吧，除了韩朝宗的热心援引，还有一个名叫张九龄的高官，也曾得到孟浩然赠诗。这首写给张九龄的《望洞庭湖赠张丞相》水准很高，表意十分露骨：

八月湖水平，涵虚混太清。

气蒸云梦泽，波撼岳阳城。

欲济无舟楫，端居耻圣明。

坐观垂钓者，徒有羡鱼情。

再说说唐代的这种推举风气的话题，既然是一种潮流，自然有成人之美的佳话，也就有石沉大海的投递。有个叫朱庆馀的人，投给时任水部员外郎的张籍的《近试上张水部》，诗是这样的：

洞房昨夜停红烛，待晓堂前拜舅姑。

妆罢低声问夫婿，画眉深浅入时无？

大意是，昨夜洞房花烛彻夜未熄，待到天亮拜见公婆并希望得到他们的好评，于是精心地打扮了一番。未见公婆之前先问丈夫：我的打扮合适不合适？

这是很有意思的试探，诗外的意思，欲盖弥彰：试问张水部，我的文章可否入您的法眼？很快，张籍用同样的风格回复了朱庆馀，在《酬朱庆馀》中，他写道：

越女新妆出镜心，自知明艳更沉吟。

齐纨未足人间贵，一曲菱歌敌万金。

这个回复让朱庆馀心花怒放，自己不但容貌出众，而且歌喉迷人，张籍的意思很明白：不用担心你的诗才了。

孟浩然没有这样的好运气，不管是年轻时隐居距离长安僻远的鹿门，还是后来隐居终南山，都是抱着被人赏识的心态。因为自己不会在玄宗面前说话，赏识他的王维也不好替他说话；韩朝宗的热心肠遇到了恰处在饮酒之乐中的他……机遇一次又一次从身边滑过。张九龄是个政治家，其时正是被贬之后，他自知不能在地方上搞得大红大紫，可能因为自保，自然不会像以前那样刚直不阿，因为他知道唐玄宗“卿不求仕，而朕未尝弃卿，奈何诬我”的责备的话，便很知趣地躲开了。

孟浩然几年后死在了老家。王昌龄被贬南方路过襄阳时拜访他，孟浩然因背疮将愈，饮酒玩乐过度而死。这和苏轼盛情款待米芾而自己患病而死的情形何其相似。可惜！

我爱孟夫子。

他怕帝王，所以他躲起来。他有一个独立的自己，这样他可以避免说那些套话假话笨话。最后他还是说了，只是用自己的诗歌说的，没有那么委婉，所以惹怒了帝王，与柳永因“忍把浮名，换了浅斟低唱”一句惹怒仁宗如出一辙，遂令放归。这两个皇帝不会屈尊，也不会妥协，皇帝的一切活动都和政治有关，于是高处不胜寒。

孟夫子爱酒，爱自然。爱酒，没有让功名凌驾于酒之上；爱自然，他用一生的大多数诗歌去书写。

有人可能会说他是东方世界里的西西弗斯，是的，有点像。作为一个知识分子，他有权施展政治上的抱负。而最终，他的追求一次又一次被撕碎，因此最终还是“一生襟抱未曾开”。

即使如此，他结交权贵而不逢迎帝王。

幸运的是，他的田园诗为他建立了一个王国。

真人赵秉勋

赵秉勋吝啬，与他结识过的人无不这样评说。然而他吝啬得那样诚实，丝毫不觉得心虚。他和我对坐，且知我有烟癖，却自顾从上衣口袋里层里摸了半天，摸出一支香烟来，放嘴里点燃。有一回，他竟然忘了带火，只得问我借，这样，我终于得到了一支他的廉价香烟。他说，他的烟拿不出手，也就自个儿抽。后来母亲说，没人说他，发了也没人说，但他自己还是转不过弯来。

赵和我同乡，大我几岁，却在外乡教书，后得知他早年在家乡工作，因冒犯上级，被调到基层，后来外出到外乡学校有几年，飘荡辗转，最后还是落脚到陕北外县的一所中学。

两年前，我认识了秉勋，初见后便觉得有些相见恨晚。他很渊博，经史子集无一不通，却好臧否人物，近乎苛刻。他说孔子活得紧张兮兮，我在心里反对，却还是觉得这话有些分量，要么就是他站在另一个角度看孔子和孔子的追随者，因为我从未听过有人这样评判孔子。再或者，他更像那个孔子路遇的楚国狂人接舆，最少我知道他喜魏晋人物，谈论起来的时候，他眼睛发亮，紧接着掏出一支烟来点燃。他说我是儒家，我说我不是，我是喜欢孔子其人，如此而已。他又说我是外儒内道，骨子里还是洒脱得很。我不好辩驳，只得嗯嗯称是。他几乎读了我的所有文章，便说：“你一个陕北人，文章却有很浓的骚人气质。”这我是第一次听说，很是惊讶。他说：“你的思想里有些忧郁苦闷，隐约间，审美上有水的灵动。”这对我来说的确有些措手不及，因为赵师很少赞美，而多批评。他客观起来几乎六亲不认，仿佛自己就是坐在公堂上断案的知府，他对堂下人有着生死予夺的权力。

不过，对他提出的某些观点，我在勉强接受的同时，也分辩，也腹诽。

他善为人师，几个文友在一起的时候，内心还是挺佩服他的，他出语评说不离开形而上，删繁就简，能把平凡之事之物拔高，拔高到别人预想不到的境界，这是很难得的。对大家伙的文章，他总是倾注自己很高的热情，有时几乎用了比原文还要多的笔墨作评论，纵横捭阖，驰骋才情，读后很有启发。有时，因文中一字一句，竟如古人般推敲琢磨，否定又否定，是否能打动人不说，首先符合了他内心的真实。一则他心存真诚，二则他古今中外俱通，所以大家欣然接受，纷纷传阅。他后来给一个年轻人列了个书单，年轻人在信誓旦旦后决心按计划读完，然而再也没有下文。他就瞅机会追问，年轻人就搪塞，说忙，说要还房款，没有心思。他叹气之后也就语塞。

赵秉勋的评论有理有据，引经据典，高屋建瓴，而散文却让人不敢恭维。曾读他一篇《故乡池塘》，硬着头皮读下去，不禁让人心生怀疑，这是他的作品吗？后来也就释然了，有人崇文，有人尚理，赵师属于后者。和让我们去评论一样，未免有些根基不牢，很难做到洞若观火、一针见血。

他爱强调作文的境界，我认为《寂寞狼神山》一文质量平平，他却石破天惊地惊叹：“此文深有荒寒境界！”我才记起文中高原寒冬的诸多意象来：那深秋不休的风，古老的戏台和近旁散落的瓦砾，冬日村庄里高大古槐所衬托出的宁静与荒凉，山崖间冰挂天然雕像般的美轮美奂与孤寂，雪后莽原的苍茫无际，小镇如同被世界遗弃般给人的兴叹……不得不承认，他在文学艺术上的追求，确实有俯视的姿态，他有独特的视角和专注的精神，对作者文笔敷衍处，他会毫不留情地指出来，或者擅自改过。

他倾心于文学审美，把一切艺术多从审美角度评判。审美是艺术的根基。于是他举重若轻，评论起来运斤如风，目无全牛。他给我的《何处驻东风》作了两篇评论，对白旭生院长的《高原苍茫》和刘彦亮的《灯火》的评论也是自告奋勇。对高红艳新作《古槐》除了改，又有作评。不能再去细算，上面我所罗列的仅是九牛一毛，但其倾心文学批评的热情已经可见一斑。

赵秉勋早年心有鸿鹄，却遭逢蹇途，今已经将自己交付给美——收留落魄者的自在的苑囿。他早年著有《觉悟美学》一书，虽装帧普通陈旧，却丝毫不掩内容上的华美。美学在这里，是一个迷途未远、今是昨非的所在，他在这里享受自然的清风与明月。

他一面像《儒林外史》里的严监生，通达与吝啬纠缠在一起，让人不解；一面又像缩小版的苏东坡，人有傲骨，文有气象。

嗯，真人赵秉勋。

门卫焕焕

我期待焕焕的第二部诗集已有好些年了。

20年前吧，我还是个刚从校园走出来的青年，一个有月的夏夜，我和焕焕的一个文学上的追随者，也是我儿时的好友，聊起自己的校园生活。他谈起他们学校的一位诗人，朦胧诗写得挺好，而且对诗歌的追求几乎达到了狂热的程度，诗作还经常在知名杂志上刊登，并且出了一部诗集，就凭这个，还以个人名义参加了北京的一个诗歌研讨会。这个诗人就是焕焕。后来听说那本诗集赔了钱，即使如此，我们还是一致赞叹他赔得潇洒，“有本事你也赔个”。还有别的朋友说他平日里不修边幅，还是个老烟筒，胡子拉碴，以致成了校内出了名的大龄青年。20世纪七八十年代，诗人身上总有一种神秘感，全国出了好几位驰名诗人。听了朋友的介绍，我觉得焕焕就像那个卧轨山海关的海子，不由得对他有些肃然起敬了。

多年后，我从乡下调到县城工作，正和焕焕一个单位。焕焕很瘦，还算健谈，因我们在文学上有一致的追求，所以很快就熟悉了。他不但写诗，还有几篇很像样的散文，印象较深的是一篇题目叫作《两棵树》的，写的是他宿舍前面的两棵槐树，起头有鲁迅先生《秋夜》的风格。这两棵树在焕焕笔下很有情味，以致我多年后依然印象深刻。

那时我就想，什么时候能拜读他的第二本诗集呢？

焕焕衣着的确不讲究，胡须也像心气不高的庄稼田里的草一样异常茂盛，身上还有一种20世纪诗人的气质。每次见面，便主动与我谈起他的写作近况。我有些不甚情愿，换句话说，诗歌已经被我逐渐疏远，多年都没再看过几行诗了，即使偶尔翻出几行，绞尽脑汁也读不出个名堂。家里书架上也有那么三五本诗集，却不能吟哦出一句来。焕焕还在背他的诗，我于是碍于情面，言不由衷地点评了一下，以做回应和掩饰。似乎我的点评点燃了他的灵感，他很快从自己的诗歌中筛选出最精彩的断章，用诘问的方式逼我回应，试图要把这小范围的研讨进行到底。我像一个被押解的俘虏，时刻想着寻找一个逃跑的借口，然后伺机溜掉。

说真的，焕焕的诗写得不赖，受了汪国真诗的熏陶，他的诗并不颓废，主题常常洋溢着不屈于生活的旋律，要么是在逆境中扬帆，要么是在黑暗中嗅到黎明的气息。他在一个小县城里甚至在更大范围内，真的已经算是出类拔萃的了。

他在学校里教的是外语，业余做过不少的事。他玩电脑很早，甚至比物理老师还早。后来就拍照片，为此购买了一台很不错的相机。有一年我带毕业班，临近毕业，同学都要照毕业相，也算是一件大事，那就交给焕焕照吧。他整整忙活了一个下午，晚上一个人钻在被子里洗胶片，第二天一大早就把照片交到学生手上。那天我上早自习，班上有几个女同学在座位上哭哭啼啼，我于是仔细调查，调查清楚才知道，这是一件相当严重的相片变形事件。相片上，很多同学都是高鼻梁——异常高，头顶和下巴都是尖尖的，活像西游记里的妖精。

我后来找了焕焕，焕焕也笑，看起来他和我一样无奈。当然这事不久就平息了，焕焕赔了钱。

不久焕焕的高档相机被小偷拿走了，听说焕焕报过案，公安说“相机算啥，人没事就好了”，然后就没有了下文。以后也没见他再买相机，这意味着焕焕的照相事业暂告一段落了。

焕焕做过图书管理员、校史管理员，没多久，校史馆在迎接上面领导的检查后就被撤掉了，他又被不知道哪位很有跳跃性思维的领导安排在保卫科。于是，瘦小的焕焕又穿上了一身貌似警服的制服，虽然不很威武，却明显精干了几分。诗歌不会挑剔职业，但在我看来，这套服装还是将他和诗歌拉得越来越远了，读他的第二部诗集的愿望也更渺茫了。

焕焕做门卫做得很敬业，每次经过校门，看到他就让我想到他散文中的像卫士一样站在宿舍门前的两棵树。此刻的他，可能还不知道有人曾期待过他的第二部诗集呢。

写给李东

去年冬季，白李东将厚厚的一叠散文打印稿交到我手中，希望我为他将要成书的散文集刊校写点什么。转眼已过阳历年，今腊八又至，我仍未动笔。其间，李东婉促过两三次，我听得出他语气中的些许焦急，像渴望新生儿降生一样的心情。只是个人最近俗务多，抽不出身子。然而虽是在忙乱中，这个事、这个人依然在心中发生着一些反应。于是感叹：一个脑子里不装事，傻傻的人，咱不愿意做；脑子里的事能压出病的人，也不愿意做。看来这是个哲学命题，年轻的人如果境界太高了，有时不见得是什么好事。我也知道，作序像给一个小孩取名一样，那是一件十分庄重又严肃的事情，不敢造次，因此迟迟未能动笔。

文稿我已读过，有的篇什还看了好几遍。作为李东的半个启蒙老师，读过之后我有些似鲠在喉、如芒在背之感。想想前些年，总觉得自己忙，可是回过头一看，竟然也没有闹出什么名堂来。以前的我也曾怀揣一个文学梦，到今天也没垒起一宅半屋，虽然也有七八篇短文偶见于县级刊物中间位置，但总还是觉得乏善可陈，不足一观。如今，李东作品一出来，便发现自己当初的“一片冰心”早已沾染了太多杂芜、俗气，心中筑起的疏篱感觉也被这俗气冲击得七零八落，留下的只有放浪形骸。

余秋雨说了，行走世间，人会误入一些圈子，之后就得小心翼翼，蹑手蹑脚地出来。李东似乎不情愿，也无意去为之劳碌费神。他在文学圈里虽不是国家级文学会员，但这并不影响他的作品的价值和意义。他的心湖上划动的是一叶不系之舟，想要的是一种进出自由的生命状态，方才还在帆影点点的平湖上徜徉，没多会儿又找到一险峰极处。他的散文题材新颖，涉猎广泛，感觉他对这个说大不大的世界始终怀有新奇之感，因此对很多领域都要探头探脑仔细琢磨学习一番。世界上最少有两种人可以成为文学家：一种是思接千载、视通万里，如周树人者；一种是不想看透也无意看透，如李白者。李东属于后面一种。他的笔下，少了忧郁，多了阳光，没有叠床架屋的累赘，文字纯净如水，写景不事秾丽，一副素面朝天的气象。他的血液里有一种质野气息，而文字或许能让他的质野做较持久的停泊与放逐。此前，他曾有几篇一时兴味之作见于不知名的纸媒，之后就淡出喜欢他的读者的视野，像个孩子，一会儿水边游水濯足，一会儿又追蜂逐蝶。

而这次不同，他似乎又一次受了缪斯的蛊惑，又窃取了阿里巴巴宝库的咒语，一下子翻腾出许多宝物来，让我看到的不再是零星的篇目，而是集装箱式的库存。他打开门扉，整理自己感悟到的真善美，接受生命中的难以承受之轻，似乎做好了在漫漫黑洞里匍匐前行的准备。总之，从目前来看，凭他的才气和不俗的文字感知力，完全可以在文学这一板块上触及人生的新高度。

文学其实是一条苦行僧式的道路，一路向西，安逸的想法始终像行者投出的影子，伴随着也咬噬着前行者的脚趾。身处闹市，就要构筑一道心篱，可以冷眼看繁华，却要阻拒涌动的繁华及夹杂其中的冷嘲热讽，甘愿享受寂寞，在淬砺中完成自我人格文格的超越。如此，方能达到一定的高度。

痴迷文学才华是人生的一着险棋。缪斯脚下，累累的无名白骨；向西路上，多少人在吟唱生命的悲歌？因此，举烛夜行之途，寂寞的花随时会被夜风冷雨打湿摇落。不知李东真的做好准备了吗？

李东在文学方面甚有天分，他是在人生的行进中滞留一阵之后才有了这个集子。这让我想到文学中的一种普遍现象：文章憎命达，魑魅喜人过。

在一个秋天，普希金因一场瘟疫滞留在波尔金诺，他在那个像囚禁或流放的金色大地上，灵感犹如井喷，完成了奠定他在俄罗斯文坛地位的作品。看来文学常常眷顾身不由己之人，李东如斯，文学会给他悬挂一盏灯。

李东的作品文不甚深，雅俗共赏，很接地气，来日但得一册，将爱不释手，当以宝之。

送杨生序

与杨杰君别有六年，其间偶遇，皆匆匆耳。

六年前，杨君尚一介书生，身体虚弱，声若蚊蝇。吾见其患湿寒之症，由是特求一屋供其养读，直至考中，进至湖湘一学府。杨生上进，侵晓夜阑，埋首苦读。有闲，斯与余晤谈，竟甚是快意。杨君貌讷，然极善辞令，有经略韬晦，班级事务，悉交诸操持，予亦多有余暇也。与余谈，多涉国际形势，中东问题、美欧霸强类题目。其作文，皆取其中题材，笔锋所指，嬉笑怒骂，将美帝之心，揭之昭然，入骨三分，甚是痛快，乃不以为一颤颤病体耳。

杨君待人，以宽和为体，好勇义。同窗有困顿，必冲锋在前，且常寄以勖勉语，殷勤有余。予虽为师，以之为傲之余，常心下默习之，诚视之如诤友。

杨君进学湖湘月余，因南地秋气寒湿，遂辍学回乡。后补习，明年又得中。四载还，先实习于一乡邑小学，常于假日越大山、涉延河，徒步数十里以省祖母。

去年秋考入体制，为师洛川。期年，杨生教绩斐然，得赏识。虽初为人师，然事理通明，应得有长进。

杨生今行，不禁往事萦怀，聊作一序，以期重逢，再叙别后之思。

青云老师

20世纪80年代中期，我在家乡的公立中学读书，念的是初中。当年生活条件差，很多老师都穿着肩上打补丁的中山装，膝盖关节处、衣领袖口处因为洗过多次，染料便褪了色，但看起来大大方方。白青云老师也穿着这样的衣服上课，与众不同的是，他还经常戴一顶带着前檐的蓝帽子，帽檐呈 S 状，这个 S 没有我们想象中那么夸张，于是也就遮不住下面有时欢喜有时怒目的脸。

青云老师是一个方正的人，似乎不懂得宽容和妥协，这是他留给我和同学们最深的印象。他教的是政治，课前如果黑板没有擦干净到自己满意的程度，他不会善罢甘休，非得他满意不可。他50来岁，黑板上的字却刚劲有力、方方正正，像在办黑板报，一条线过去，绝不会留下任何涂抹痕迹。他讲课慢条斯理，一字一句说下去，掷地有声，绝不含糊。有时被下面学生惹怒，他批评别人的时候，自己先红了脸，叫人害怕。事态再严重点，他也会动粗，把靠近窗子拽前排女同学辫子的男孩一顿教训，有一次，竟然把自己的手拍在土墙上，下面的同学终于耐不住了，几个后排的同学把头埋在桌子下面笑出了声。

那时，我们都觉得他愚，让我们想到了鲁迅当年的那个寿镜吾老先生。

还有一回考试结束，我的政治考了65分，因为这一科，我从第一名掉到了第七名，心里很难受，便鼓足勇气去找他。他很认真地看了一遍我的卷子，并没有给我加分的机会，说："好好做笔记，你说得好像有道理，但政治不是语文，不要乱发挥。"我的名次没有改动，还是第七名，那时，我内心是恨他的。

我考学回来，顺利地回到母校教书，我们成了同事，感到他很亲切也很会照顾人，他还是穿着那样的衣服，戴着那顶颜色更淡、帽檐更S形的帽子。在我心里，他应该是最有封建教育态度的老师，因为时代变了，变得开放了，礼义廉耻之类的东西应该淡化、模糊了，白老师也该放弃很多腐朽和落后的东西了，难道他会顽固到底，像辜鸿铭那样的遗老一般教育下去?

我的一个朋友和青云老师班上一名女同学定了亲，这在学校已经不是什么让人惊诧的事儿，时间一长，知道的人一多，人们就习以为常了。不过，这个朋友来到我办公室，给我提出十分难办的事情，要我把他的女朋友也就是青云老师的学生约出来。我拗不过，最后还是去了。说是约，实际上是请假，和我想的一样，没有成功。由此，我悔恨了好一阵子。

多年以后，我才知道，青云老师的很多做法是对的，甚至是值得称道的。我们总是以为自己已经走在了一个时代的前列，仿佛可以引领什么潮流、什么时尚，却把很多有价值的东西无意间丢弃了，丢弃得那样理直气壮。曾经以为随波逐流就是所谓的圆通，把"水至清则无鱼"断章取义地解读，模糊了是非曲直；渐渐地，曾经根植于心中的美好的东西，被流行蒙蔽；终于有一天，我们感到无比虚空，没有崇高，没有宗教，像是漂浮在水面的浮萍，色彩浓艳，却极易凋零。

青云老师于前几年深秋去世，我参与了吊唁。他的家在城郊的一座山下，去的时候，朋友指着山上的松树说：看，那是青云老师栽的树。

焕焕有过幸福

凭借焕焕在20世纪90年代初出版的唯一一部诗集，加之当年对诗歌的热情，身后有着不少当地的追随者，他有理由被定性为诗人。不但如此，他身上所具有的不同的气质，以及很多在旁人眼里的不可理喻等，更是证明着有一个歌者曾经在这块土地上歌唱过。最少，那时的他像羽翼丰满的夜莺，歌声优美动听，即使有人投去轻蔑的眼神，然而他懂得自己的快乐。

此前我写过一篇关于焕焕的文章，还算客观，其中有写未结识前的崇拜，有写结识后在世俗心态下的不屑和漠视。而我真正深切感到他对诗歌追求的狂热，是在我与他结识后，他把我视为文学上的朋友，我完全可以感觉得到。有了这个基础，就有了惺惺相惜和文学话题的交流了，这正是我要继续写一篇有关他的文字的原因。

焕焕喜欢谈他的诗，倾听对象后来就只剩下我了。并非因为我是忠实的读者，而是他需要这样一种人生的活法。选择我，是因为我会倾听他，说不定可以拯救他，拯救一棵不那么茁壮的草，让其在久旱的荒原上成长。只是后来我开始敷衍他的话题，甚至心不在焉，最终借机逃离。对我的这种态度，他并不介意，我便顺利被放行，后来依旧如此，再后来他也不再坚持。我有一天突然发现了这个问题，并且感觉他甚至不再创作新诗。

这已经过了两三年了吧，现在觉得自己真的残忍了点。一个被时代和众人推向高处的人，突然被抛弃，跌在无人关注、备受冷落的角落，除了自己的原因外，一定还有其他看不到的原因，或者被一种力量挟裹而麻木不自知。即使如此，我们谁也不愿承认，在精神领域上，我们是歧路亡羊的一代。

他是有过幸福的，那是在与诗歌共同发展的20世纪八九十年代，在和我讨论的阶段，已经是诗歌衰落的时候，焕焕是诗歌兴衰的参与者和见证者。于是，从20世纪80年代到今天，他经历了情感的跌宕是不言而喻的。

不错，在有人阅读他的诗歌或者渴望阅读他的诗歌的时候，应该就是他最幸福的时候。他会一改往日的沉默不语，突然变得滔滔不绝起来，而且两眼放出光芒，思路清晰，甚至不可一世，好像国王带着大家走进自己的领土。不幸的是，周围的人和这个时代把这片领土抛弃了，包括我在内，像叶公好龙的故事犹然在我们的身上发生。

反过来想，我们又何尝不是悲哀的人？焕焕至少有过精神上的愉悦，有过精神追求中的激动，生命历程中有了这样的体验，应该不会再遗憾。当我们在庆幸自己没有误入歧途的时候，同时也会感到莫名的悲哀。

生活依旧继续，只是今天所做的还是昨天的重复，昨天的向往要么被时间冲淡，要么被世俗湮没。诗歌的时代，一定是理想尊贵的时代。

后　记

老实说，我的这部体量不大的散文集写的不是整个陕北，更代表不了陕北。从地域上讲，我所描述的地域，处在陕北东南，黄河壶口上溯百十里被叫作罗子山的黄河沿岸一带。奔腾不息的延河水流经延安后，就在这个地方汇入黄河，延河末梢的村子叫“天尽头”。这里的人们语言有着异常的独特性，严格意义上讲，它不算是陕北话。20多年前，我还在延河上游的陕北某所学校读书的时候，我的陕北同学就给我说：“你们说话像唱歌，咋叫人一句也听不懂。”这除了证明我以上的观点外，更是说明我们所在的地方比相对封闭的陕北更封闭、更落后。

不错，黄河与延河形成的夹角地带，在地域上有先天上的劣势。但，或许正是这个两河形成夹角的山河架构，像天然的湖，流水在这里形成漩涡，生成沉淀，恰好隆起一座文化上的高地。毕竟，相对整个陕北而言，它是边缘，但与文化中心的中原却是一衣带水的距离。有人说，陕北是个“圣人布道此处偏遗漏”的化外之地，这里的人们自然是化外之民。我要说的是，我散文中所写的地方，亦被儒家文化濡染过，虽不是根深蒂固，却有点像沙漠和森林之间的几株梧桐，掠过阵阵塞北的风，也沐浴过中原诗意的雨。

这是一片神奇的土地。两河是天堑也是壁障，封闭着也接纳着、沉淀着，不得不说这是一块文化的洼地。难过的是，只是接纳了、沉淀了，却固守而不善走出，像河水的涡流，多了重叠，少了浸满。

我似乎忘记了自己是从什么时候喜欢上这里的好山好水的。定下神去想，或许是缘于后来读了几本书的开悟，或许是跌宕人生的回归自然，抑或是源于祖辈的启蒙？可能都有关。我的祖父是河北保定人，20世纪三四十年代西渡黄河来到陕北，和我的祖母结合。我记事的时候，祖父已经去世，祖母常常指着对面的山坡，给我讲祖父栽树的故事，祖父勤劳，把整个山坡都种了桃树。于是祖母反复对我讲，就是春天的时候，满坡的桃花开了的往事。那时我还小，只是在好奇中，把那些没有情节的述说一直揣到现在。如今祖母离开我已经20多年了。

让我深信不疑的是，山河与生生不息的人类一定有着难以言说的联系。对山河的眷恋，又无疑是东坡先生所说的，在人生多次面对风雨之后，山头的斜阳映照着落魄。世间的繁华不再，山水间回荡渔樵的独唱。人需要通过对话，来挽救精神的凋零，这可能是生命的本能，也是文学的渊薮。

也许这就是文学与生命同样源远流长的原因，也是山河依旧，关于它的吟唱却回荡良久的原因。

文学因为是人学，所以应该是一个开放性的命题，尤其散文，几乎可以表达时空网络里的所有词汇与话题，这是我钟爱这一文体的原因所在。而在与山河的对话中，我们只是舀取最牵肠挂肚的一瓢。

这部散文是把几年来的所谓对话稍做整饬，当初并没有要集成一册的想法，后来受各位朋友的撺掇，加之风格的逐渐成形，于是就来个“水到渠成”吧。集子以题材内容确定为四部分：“风物”“杂感”“游记”“人物”。看着无章可循，但隐约间有一以贯之的草蛇灰线，那就是对自然人生、历史文化的比较个性的认识与关怀，并且试图窥探生命历程中的进退，省察个体在造化给予的舞台上的状态。

有自觉状态下流淌的追求和追求得失中的执着呼唤，如《孔子问津》《博爱春秋》《黄色河流》等，包括一些写人物的如《青云老师》《门卫焕焕》等篇目，都留下了我的影子，我的人生追求的态度；其次是对传统文化、传统审美的秉承，对历史社会的担当，如《子午岭的蝉声》《夏至》《高原之秋》《隐》；再有对文化失落的关注，诸如关于田园牧歌的吟唱和反思的《四爷的驴叫》《走不进的故园》《寂寞狼神山》等。

需要补充的是，当我自己审查自己的作品分类的时候，觉得很为难。因为文章的最终归类和评判者一定不是作者本人，而是读者与评论家，再久远一点就是更后面的人。那么我的文章首先应该是名山之作，才有可能那么幸运地穿越历史！

我写的是不大的陕北一隅之地，不过因为贯注了思想，把眼前的山河放在历史和时代的视野之下去玩味、去考量，所以，所谓的山河盘游，就有可能不是用我的双脚去丈量，笔下的孔子、苏子和我们所处的时代也就连接起来了。盘游即乐游，我所乐的不是时下的山河，而是历史的文化的山河，眼下的只是触发地，如此而已。

站在陕北高原，思想也许是南飞的雁，也许是秦汉的明月。我感谢高原无比清澈明丽的阳光，拥有它，可能比拥有一种思想更有意义；感谢四季仪态万方的神奇变幻，它本身就闪耀着思想的光辉；同时也为这个民族留下的几千年来丰厚的历史文化馈赠而动容。陕北大地，在生命辉煌和阴郁中，不断给予人们滋养和激励。

把一个个体放置在这样的背景下，人的尊严和价值才熠熠生辉。这是一种高尚的美。

高原以东，黄河与延河的夹角处，是我的家乡，是我人生发轫的地方。

最后，我要感谢为《山河盘游》这部散文集的成书予以鼓励并作序的文化学者杨葆铭先生，他与我亦师亦友，对我在做人和做学问方面，总是谆谆教导，常常叫我如坐春风。感谢《松林闲话》，感谢白旭生先生、赵秉勋先生和几个学生对我散文创作的鼎力支持，我将一如既往，在文学道路上，创作更好的作品。

2019 年 11 月 30 日